천년의 침묵

천 년의 침묵

저자_ 이선영

1판 1쇄 발행_ 2010. 1. 27.
1판 14쇄 발행_ 2021. 1. 10.

발행처_ 김영사
발행인_ 고세규

등록번호_ 제406-2003-036호
등록일자_ 1979. 5. 17

경기도 파주시 문발로 197(문발동) 우편번호 10881
마케팅부 031)955-3100, 편집부 031)955-3200, 팩스 031)955-3111

저작권자 ⓒ 이선영, 2010
이 책의 저작권은 저자에게 있습니다. 저자와 출판사의 허락 없이
내용의 일부를 인용하거나 발췌하는 것을 금합니다.

copyright ⓒ 2010 by Lee Sun Young
All right reserved including the rights of reproduction
in whole or in part in any form. Printed in KOREA.

값은 뒤표지에 있습니다.
ISBN 978-89-349-3707-4 03810

홈페이지 www.gimmyoung.com   블로그 blog.naver.com/gybook
페이스북 facebook.com/gybooks   이메일 bestbook@gimmyoung.com

좋은 독자가 좋은 책을 만듭니다.
김영사는 독자 여러분의 의견에 항상 귀 기울이고 있습니다.

천 년의 침묵

The Last Pythagorean

| 이선영 장편소설 |

김영사

일러두기

❖ 피타고라스의 정리와 피타고라스 학파의 불문율은 역사적 사실을 근거로 했으나, 소설 속 수학과 관련한 모든 이야기는 작가의 상상에 의한 허구임을 밝힌다.

❖ 고대 그리스의 기수법과 진법에 대한 수많은 학설이 있고, 당시의 수 표기도 알파벳 순서 배열로 하는 방식이었다고 전해지고 있다. 그러나 소설에서는 독자의 이해를 돕기 위해 아라비아 숫자와 십진법에 준하여 표기하였다.

❖ 수학사에서 인류가 '0'의 개념을 생각한 것은 기원전이지만 '0'을 본격적인 수로 사용한 시기는 훨씬 뒤다. 소설의 배경이 되는 고대 그리스에서도 '0'과 음수 표시를 하였는지는 확실하지 않다. 원래 비어 있는 자리를 표시하기 위한 기호가 나중에 '0'으로 정착되었다고 전해지나 소설에서는 독자의 이해를 돕기 위해 현재에 준하여 표기했음을 밝힌다.

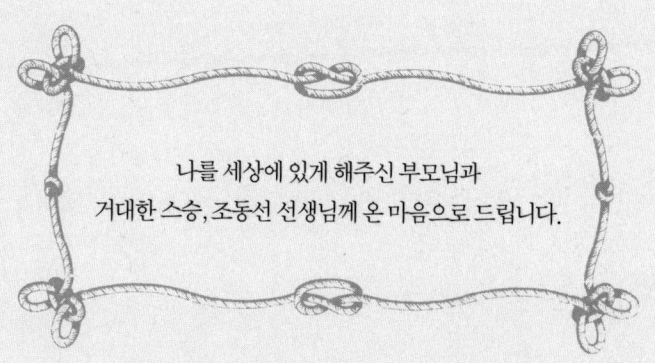

나를 세상에 있게 해주신 부모님과
거대한 스승, 조동선 선생님께 온 마음으로 드립니다.

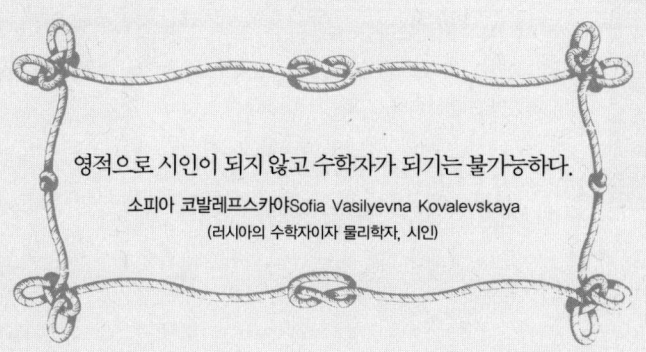

영적으로 시인이 되지 않고 수학자가 되기는 불가능하다.
소피아 코발레프스카야Sofia Vasilyevna Kovalevskaya
(러시아의 수학자이자 물리학자, 시인)

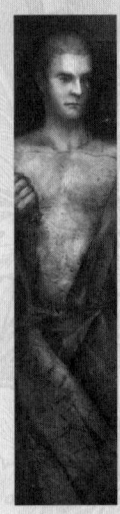

| 등장인물 |

현자 피타고라스 Pythagoras ‖ 고대 그리스의 수학자이자 철학자이며, 피타고라스 학파를 만든 장본인. 기원전 580년경에 그리스 사모스 섬에서 태어났다고 전해지나, 정확한 생몰연대는 밝혀지지 않음

아리스톤 Ariston ‖ 귀족회의 의원, 디오도로스의 동생

디오도로스 Diodoros ‖ 현자의 수제자, 아리스톤의 형

히파소스 Hippasus ‖ 현자의 수제자

카리톤 Chariton ‖ 현자의 수제자

테아노 Theano ‖ 현자의 아내

필레 Phile ‖ 테아노의 비녀

킬론 Cylon ‖ 그리스의 도시국가 크로톤의 참주

니코스 Nicos ‖ 시민단체의 대표이자 하층시민들의 권익을 대변하는 인물

에우니케 Eunike ‖ 현자의 연인

니논 Ninon ‖ 크로톤의 하층시민, 니코스가 이끄는 시민단체에 소속되어 있음

코레 Kore ‖ 니논의 여동생이자 킬론의 집 하녀

팜필로스 Pamphilos ‖ 킬론의 아들

테론 Theron ‖ '칼잡이'라는 별명으로도 불리는 살인청부업자

페레키데스 Pherecydes ‖ 시로스 섬 출신의 철학자, 현자의 스승

다모 Damo ‖ 현자와 테아노의 맏딸

텔라우게스 Thelauges ‖ 현자와 테아노의 아들

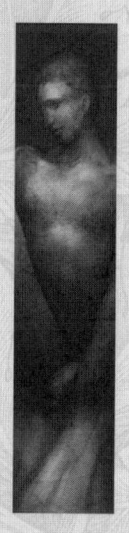

| 차례 |

프롤로그 12

제1부. 죽음 14

제2부. 수의 제국 62

제3부. 추적 92

제4부. 잃어버린 진리 128

제5부. 닿을 수 없는 나라 168

제6부. 악의 수 202

제7부. 봉인된 천 년 232

제8부. 전쟁 282

에필로그 290

그 밖의 사실들 292

작가의 말 294

참고 문헌 297

프롤로그

어두운 방에 뛰어들어온 그는 가쁜 숨을 몰아쉬었다. 펄떡거리는 맥박 탓일까. 오른손에 움켜쥔 대리석이 마치 살아 있는 짐승처럼 느껴졌다. 방으로 돌아오는 길을 샅샅이 뒤져 어렵게 얻은 돌이었다. 쫓아오는 이도 없었지만 그는 내내 쫓기는 기분이었다.

가슴 속에 깊이 감추고 있던 가죽 조각을 펴 들었다. 점 하나, 선 하나 보이지 않는 어둠, 오직 기억에 의지하는 수밖에는 없다. 그곳에 그려져 있을, 보이지 않는 도형을 노려보았다. 그것을 처음 그려 넣던 날의 흥분이 또다시 열병처럼 끓어올랐다. 한때는 그에게 온몸의 세포 하나하나가 곤두서는 전율을 선사한 그 도형이 지금은 벼랑 끝까지 몰려 살기 위해 발톱을 세우며 짖어대고 있었다. 그렇다, 도형을 남겨야 했다. 눈 밝은 누군가 발견해줄 때까지 시간을 견딜 수 있는 곳. 쉽게 눈에 띄지 않는 곳. 왜곡당하거나 영원히 침묵당하지 않을 수 있는 곳. 그는 등을 대고 누워 침상 아래의 좁은 공간으로 기어들어갔다. 땀으로 범벅된 등에 닿는 돌바닥의 냉기가 정신을 번쩍 들게 했다. 손가락 마디 하나의 길이가 얼마였더라. 왼손으로 길이를 가늠하면서, 대리석을 쥔 손에 힘을 주어 비뚜름한 사선 하나를 새겼다. 대리석과 나무가 부딪치는 소리가 방 안에 울리자 심장이 멎는 것 같았다. 긴장한 탓에 팔이 침상 귀퉁이에 세게 부딪혔다. 튀어나오는 신음을 삼키자 겨드랑이와 팔죽지에 땀이 솟구쳤다. 시간이 없었다.
첫닭이 울 때까지만. 그 후에는 무조건 떠나야 하네. 잠깐 방에 다녀올 일이 있다고 하여 겨우 허락받은 시간이었다. 퇴출을 알리는 학우의 옆얼굴은 차가웠다. 예상했던 일이지만, 그는 잠시 눈을 감고 심호흡을 해야 했다. 앞으로 그는 어둠 속에서 죽은 자로 살아가야 한다.
직선들이 어긋났다. 나무 거스러미가 손바닥을 파고들었다. 길이와 수평을 유지하기 위해 자처럼 갖다 댄 왼손을 대리석 조각에 몇 번이나 짓찧었다. 살갗이 벗겨지고 피가 맺혔지만 딱히 아프다는 느낌조차 들지 않았다. 진실을 밝힐 유일한 단서가 되어줄 도형과 그것을 안전하게 품어줄 어둠을 쏘아보며 간신히 새긴 그림을 손끝으로 매만지며 확인했다. 섬세하게 새기지 못한 쐐기문자들이 감지되자 웃음인지 울음인지 모를, 끅끅거리는 비명이 새어나왔다.
그때였다. 문밖에서 발소리가 들렸다. 절대 들켜서는 안 된다. 그는 재빨리 침상 밖으로 몸을 일으키며 대리석 조각을 침상 아래 슬며시 놓았다. 돌과 돌이 부딪치는 맑고 가녀린 소리에 어깨를 잔뜩 움츠렸다. 곧이어 문이 열렸다. 시커먼 어둠보다 더 검은 그림자가 와락 밀려들었다.

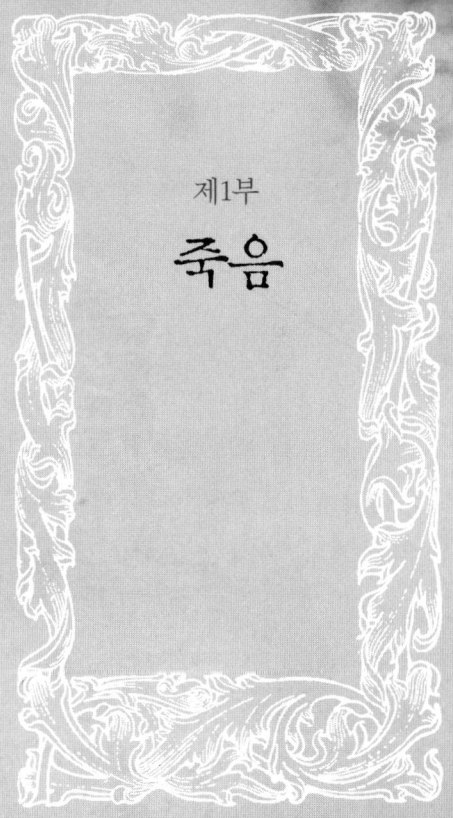

제1부
죽음

수는 미신에서 태어나 신비에서 자라났다. 숫자들은 한때 종교와 철학의 기본이었으며, 숫자의 속임수는 쉽게 믿는 사람들에게 엄청난 영향을 미쳤다.

프랜시스 파커 F. W. Parker (미국의 교육학자)

　모래 위에 나동그라진 물체는 사람의 몸이 분명했다. 퉁퉁 불어 창백하다 못해 푸른 얼굴과 벌어진 검은 입술에서 생명의 온기라고는 전혀 찾아볼 수 없었다. 차마 똑바로 볼 수 없어 멀리 시선을 돌리자, 선을 그어놓은 듯 금빛으로 반짝이는 한낮의 지평선이 눈에 들어왔다. 너무 파래서 눈이 부신 이오니아 해가 얄궂게도 그날따라 몹시 아름다웠다. 아리스톤은 무슨 말인가를 중얼거리며 그 자리에 우뚝 섰다. 하얗게 빈 머릿속으로 돌연 쳐들어온 슬픔이 명치까지 가는 시간은 너무도 느렸다. 왜인지는 알 수 없지만, 그 순간 아리스톤은 예리한 칼로 베어낸 고깃덩이에서 천천히 배어나는 핏물을 떠올리고 있었다. 뺨이 떨렸다. 시퍼런 얼굴에 이목구비가 이지러졌지만 그건 분명 형, 디오도로스였다. 단단하고 건장한 형, 총명함으로 빛나는 형, 고집스럽고 때로는 미련할 정도로 앞만 보는 형이 바로 거기에 있었다. 몸뚱이와 사지가 따로 노는 느낌이 든다 싶더니, 니코스가 달려와 아리스톤의 흐느적거리는 팔을 잡았다.
　"이 사람, 정신 차리게. 어디로 가는 거야?"

분명 형의 시신 쪽으로 가고 있다고 생각했던 아리스톤의 몸이 바닷물에 반쯤 잠겨 있었다. 젖은 옷자락이 다리에 마구 휘감겼다.

열흘 전, 학파에서 짧은 휴가를 받아서 나왔을 때만 해도 멀쩡했던 형이다. 오랜만에 함께한 식탁에서 형은 유난히 왕성한 식욕을 보였다. 지혜로 빛나는 눈과 단단한 근육은 남자인 아리스톤이 보기에도 매력적이었다. 팔씨름을 겨뤄보자며 달려들 때의 호탕한 웃음소리가 귀에 선한데 그 형이 지금 여기 싸늘한 시신이 되어 누워 있다니.

시신은 새벽녘 난동을 부리던 폭풍우에 휩쓸려왔던 걸까? 어젯밤 유곽에서 나오며 언뜻 올려다본 하늘에는 번개가 내리쳤다. 시커먼 하늘이 몇 조각으로 동강나듯 번쩍거리더니 사방에 벼락이 떨어졌다. 비가 적고 건조한 크로톤에서는 좀체 보기 드문 날씨였다. 빗속을 뚫고 집에 온 아리스톤은 몸살기로 하루 종일 잠에 취해 있었다. 그러다 문을 두들기는 소리에 잠이 깼고, 어디를 가는 줄도 모르고 니코스를 따라 여기까지 왔다. 미간에 굵은 주름을 드리운 니코스는 해변에 당도하도록 아무 말이 없었다. 질문에도 대답해주지 않았다. 부친과도 절친한 사이였던 니코스의 긴장이 전해져 아리스톤은 이유도 모른 채 어깨를 떨었다.

니코스는 하층시민들이 거주하는 저잣거리에서 가장 덕망 높은 인물이었다. 갑자기 사고를 당해 손쓸 겨를도 없었던 아리스톤 형제의 아버지가 마지막으로 찾은 사람도 니코스였다. 손을 벌벌 떨며 서 있던 니코스에게 저 두 녀석을 잘 부탁한다고 당부한 아버지는 무슨 말인가 더 하려다가 끝내 숨을 거두고 말았다. 철도 들기 전에 부모를 한꺼번에 잃은 아리스톤에게 형은 어머니였고 아버지였다. 그리고 가장 친한 친구였다. 부모의 시신 앞에서 엄마 아빠를 살려내라고 떼쓰던 아리스톤을 쓸어안고 끝내 눈물을 보이지 않은 디오도로스였다. 차분한 얼굴과 달리 심장 소리가 무서울 만큼 크게 들리던 넓은 가슴이 엄청나게 뜨겁고 축축했던 기억이 났다.

침착한 형과 달리, 아리스톤은 어릴 적부터 반항기가 다분했다. 또래 친구들 코피를 터뜨리는 건 다반사이고 패싸움 판에도 곧잘 끼어드는 동생 탓에 디오도로스는 언제나 이곳저곳 불려 다니며 훈계를 들었다. 친구들이 학파 입문 시험을 보러 다닐 때도 동생이 눈에 밟혀 책만 닳도록 읽을 뿐 입문을 차일피일 미루던 디오도로스였다. 아리스톤도 형을 잡아두기 위해 그토록 말썽을 피웠는지도 몰랐다. 디오도로스는 스무 살이 다 되어서야 학파에 입문했다. 그가 지식에 굶주린 짐승처럼 학문에 몰두하면서 아리스톤 또한 더는 패싸움에 말려드는 일이 없어졌다. 석학들도 넘기 힘든 관문을 이 년이나 빨리 해치운 형은 어지간해서는 힘들다는 학파 문하생이 된 지도 십 년을 넘기고 있었다.

어떠한 경우에도 동생의 편에 섰던 디오도로스가 정말 크게 화를 낸 적이 한 번 있었다. 열일곱 살의 아리스톤이 이웃에 살던 연상의 여인과 사랑에 빠진 것이다. 가녀렸지만 솔직하고 대담한 여자였다. 딱히 예쁜 얼굴은 아니었지만 미묘한 분위기를 자아내곤 했다. 다른 남자의 약혼녀였다는 사실은 나중에 알았다. 일이 발각되어 그녀는 파혼을 당하고 말았다. 그 일로 디오도로스는 특별 휴가까지 얻어 아리스톤의 뒷수습을 하러 뛰어다녔다.

다른 남자의 여인을 탐한다는 게 어떤 의미인지 아느냐, 그 여인을 진정 마음으로부터 연모하느냐?

그날 디오도로스가 엄한 목소리로 물었던 말이다. 그때 아리스톤은 세상 물정이라곤 하나도 모르면서 도의적 잣대만 들이미는 형이 무척이나 역겨웠다. 아리스톤은 남자로서 여자 몸이 궁금했을 뿐이라고, 한번 그 맛을 보니 멈출 수가 없더라고 되는대로 이죽거렸다. 그때 아리스톤은 그전에도, 그 이후로도 본 적 없는 디오도로스의 불같은 모습을 보았다. 어쩌면 아리스톤이 기를 쓰고 귀족회의 의원이 된 것도 형에 대한 오기에서 비롯된 것이었으나, 이제 그는 하나뿐인 피붙이를 잃었고 사랑도 믿지 않았다. 홀로 남은 아리스톤에게는 사랑도 가족도 애달프기만 했다.

바닷말과 그물이 한데 뒤엉킨 시신을 구경하던 사람들이 아리스톤의 얼굴을 힐끔거렸다. 형이 학파에 입문한 후 거의 나오지 않았기 때문인지, 귀족회의 의원인 아리스톤이 죽었다는 말이 저잣거리에 잠시 퍼졌던 모양이었다. 그중에서도 어쩔 줄 모르고 아리스톤의 곁을 맴도는 사내 하나가 눈에 띄었다. 시신을 발견해 배에 싣고 돌아온 어부라 했다. 옷과 장신구로 미루어보아 귀족임이 분명한 시신 때문에 마음고생이 심했는지 사내는 손발을 떨며 눈동자를 연방 굴렸다. 와락 끼쳐오는 물비린내와 갯내. 아마도 어부에게서 나는 것이겠지만, 공기 전체에 떠도는 어떤 기운 때문인 것 같아 아리스톤은 숨을 크게 들이쉬기가 겁났다.

돌바닥에 무릎을 꿇은 히파소스는 눈을 감았다. 학파 입문 이후 십삼 년 동안 하루도 거르지 않은 명상 시간이었다. 히파소스는 세

가지를 읊조렸다. 첫째, 선을 향한 것은 무엇이었는가. 둘째, 선과 반대편에 있는 악을 담은 일은 없는가. 셋째, 오늘 할 일을 끝내지 못함은 없는가. 다른 날 같으면 흡족한 답을 얻었다는 생각으로 침상에 들었을 것이다. 그러나 오늘은 달랐다. 세 번째에 해당하는 것, 즉 '오늘 할 일'에 대한 미진함이 묵직한 추처럼 가슴속에 매달려 있었다.

며칠 전이었다. 디오도로스가 긴히 의논할 일이 있다고 찾아온 적이 있었다. 문서실 앞에서 만나 함께 자료를 보기로 약속한 날이 바로 오늘이다. 그러나 디오도로스의 모습은 종일 보이지 않았다. 디오도로스가 의논하고자 하는 연구라면 히파소스 또한 관심을 가질 만한 일이리라. 오랜만에 연구에 몰입할 기대로 가슴이 부풀었다. 약속한 시간에 문서실 앞에서 한참 서성였지만 디오도로스는 끝내 나타나지 않았다. 평소, 말이 곧 행동이던 친구였기에 이해할 수 없는 일이었다.

히파소스가 마음을 다스리며 침상에 누웠을 때 문을 두드리는 소리가 났다. 이 밤중에 누굴까? 문을 열어 가는 그의 발바닥에 닿는 대리석이 선득해 마음이 움찔했다. 찾아온 이는 현자의 잔심부름을 하는 사환이었다.

"스승님이 찾으십니다."

사환은 그와 눈도 마주치지 않은 채 회랑 끝으로 사라졌다. 히파소스는 의아한 마음이 들었지만 저만치 가버린 사환을 다시 불러 세우지 않았다. 오 년의 침묵 수행을 마치고 곧 제자가 될 사환에게 그 정도의 말도 고통임을 잘 알기 때문이다.

현자를 따르는 무리는 학파 내의 기숙관에서 모든 것을 함께 나누며 생활하는 문하생, 즉 '현자추종자(mathematikoi)' 와 현자의 강의를 듣는 '현자주의자(akousmatikoi)' 로 나뉜다. 좁고 높은 문턱을 지나 입문한 자라고 해도 학파의 정식 일원이 되어 교육 과정을 이수하려면 상당한 수습 기간을 거쳐야 했다. 기숙관에서 공동 생활을 하면서 모든 재산을 공유하는 문하생은 다시 '제자' 와 '청강자' 로 나뉘며, 청강자 기간을 완벽하게 수료했을 때 비로소 현자의 제자가 된다.

청강자들은 강의를 들을 때조차 현자의 모습을 제대로 보지 못한다. 야외 강당에는 가름막이 쳐져 있는데, 청강자들은 가름막 밖이나 멀리 떨어진 곳에서 추종자들과 섞이어 가르침을 듣는다. 오직 제자들만이 가름막 안, 현자의 발치에 꿇어앉아 현자를 대면할 수 있다. 다시 말해, 현자의 심오한 지혜를 통찰하는 특권을 누리는 것이다. 반면, 청강자와 추종자들은 질문과 논의가 배제된, 개론적인 강의만을 들을 수 있다.

학파에 입문하고자 하는 지원자는 매년 거행되는 시험을 거쳐 거주를 허락받는다. 얼마 후 있을 올해 시험 또한 지중해 전역에서 모여든 학생들로 북적일 것이다. 시험을 통과한 후보자들은 백 일 동안의 수습 시간을 지나, 청강자 신분으로 삼 년을 보냈다. 그동안 현자는 청강자를 면밀히 관찰해, 부적절한 언행을 보인 이들에게 떠날 것을 명할 수 있다. 다음 단계는 오 년간의 침묵 수행이다. 이렇게 팔 년의 세월 동안 성공적으로 학업을 성취하는 자만이 현자의 제자가 될 수 있다.

청소와 식사 등 학파의 생활 전반을 맡는 것도 청강자에게 주어진 수행이다. 기혼자의 경우 정기적인 외출과 휴가를 받아 외부의 가족을 만나러 나갈 수 있다. 그 외에는 기숙관에서 생활하면서 강연을 듣고 명상 수행을 한다. 대개는 어린 시절 입문해서 제자 단계까지 수료하는 것이 원칙이다. 여기까지만 마쳐도, 학파 생활을 끝내고 사회로 나가 지배층이 되고, 자신의 위치를 공고히할 수 있었다. 그러니 크로톤에서 귀족이라도 학파 물을 먹어야 출세한다는 말은 과장이 아니었다. 물론 더 깊은 학문을 원하는 사람은 현자의 휘하에 남아 제자로서 연구를 계속한다. 히파소스도 열다섯에 입문해서 팔 년의 청강자 생활을 거쳐 제자 오 년차에 이르는 현자의 수제자였다.

　히파소스는 남자 기숙관을 급히 빠져나오며 겉옷을 꿰입었다. 갖가지 크기의 둥그런 돌이 깔린 길을 지나 대회당 앞에 이르렀다. 붉은 지붕 아래, 기둥과 기둥을 이은 메토프에 조각된 신과 여신들이 히파소스를 내려다보고 있었다. 긴 회랑을 지나자 발소리가 울렸다. 학도들이 모두 잠들어 있는 시간에 대체 무슨 일일까. 대회당 내부는 달이 완전히 사라지는 날 열리는 명상 수행과 같은 큰 행사가 있을 때만 들어오던 곳이었다. 늘어선 기둥들이 착시를 일으켜 멀리 보이는 현자의 거처가 묘하게 휘어 보였다.

　멀리 현자의 방문이 보였다. 은은히 불빛이 새어나오고 아득한 음악 소리가 들렸다. 정밀하게 계산된 음계는 스승만이 연주할 수 있는 조화의 경지였다. 현자는 키타라와 아울로스 등 다루지 못하는 악기가 없을 만큼 음악에도 능통했다. 그는 음악과 수학의 연관성을 집대성한 최초의 현인이었으며 영적으로 음악을 이해하지 못하면 수학자가 될 수 없다고까지 했다.

　처음에 현자는 망치 두드리는 소리로 요란한 대장간을 지나다 음률의 존재를 생각했다고 했다. 무게가 서로 다른 망치가 동시에 부딪힐 때, 어떤 것은 조화로웠고 어떤 것은 그의 귀에 거슬렸다. 이를 통해 불연속적으로 이어진 음들 속에서 서로 완벽히 어울리는 것들을 찾아 현자의 음률이라 이름 붙였고, 그 조화로움을 3:2라는 정수의 비율로 표현했다. 음악과 수의 상관관계를 밝힌 현자의 증명은 차라리 아름다웠다. 히파소스 역시 이렇게 지척에서 그의 연주를 듣기는 처음이었다. 심장을 송두리째 움켜쥔 손이 온몸으로 촉수를 뻗어 종국엔 영혼을 뒤흔드는 것 같은 음률이었다. 수년 전, 현자의 연주가 술에 만취해 이성을 상실한 남자의 광기를 잠재우고 그를 새사람으로 만들었다는 전설 같은 일화도 결코 과장이 아니었다.

　히파소스는 현자의 방문을 조용히 열었다. 청빈한 수도자의 거처 같은 방이었다. 북쪽을 향해 나 있는 작은 창은 캄캄했다. 창 맞은편에 무수히 쌓인 서책에서 특유의 가죽 냄새와 축축한 이끼 냄새가 났다. 대리석 바닥과 나무로 된 반듯한 침상. 그 위에 앉아 리라를 켜는 현자의 그림자가 횃불에 비쳐 벽면 가득 너울거렸다. 옷매무새를 가다듬는 히파소스의 손끝이 가늘게 떨렸다.

　연주에 심취한 현자의 이마에는 땀방울이 맺혀 있었다. 가닥가닥 뜯어내는 리라의 선율에서도 어떤 절박함이 느껴졌지만 히파소스는 기분 탓이라고 생각했다. 음악을 대할 때 여흥이 아닌 조화를 목적으로 해야 한다고 가르치던 현자였다. 조화란 혼돈에 질서를 부여하는 신적인 원리이며, 음악이야말로 수학과 마찬가지로 사람에게 자연의 법칙을 일깨우는 것이라고 했다. 그렇다면 지금 현자의 절박한 연주는 무엇일까. 그것이 자연의 섭리라면 어느 단계에 적용되는 원리일까. 문가에서 주춤거리고 서 있는 히파소스를 발견한 현자의 손이 멈췄다. 그 떨림이 방 안에 물결처럼 번져갔다.
"연주가 어떠하였는가?"
현자의 갑작스러운 물음에 히파소스는 잠시 대답할 말을 잊었다.
"리라 연주가 들을 만했는가?"
재차 물어오는 현자의 목소리는 낮았지만 힘이 있었다.
"스승님의 음악을 감히 제가 어찌 알 수 있겠습니까. 다만 지상에서 천상으로 끌어올려지는 영감의 힘이 느껴진다는 말씀을 드릴 뿐입니다."
현자의 이마에 깊은 그늘이 드리워졌다.
"그게 전부인가?"
소용돌이치는 음률의 물살. 그 밑바닥에 실낱같이 흐르던 뒤척임. 스승은 그것을 묻는 것일까? 그러나 함부로 감상을 말할 수 없게 하는 어떤 두려움이 히파소스를 움켜쥐고 있었다.
"고뇌하시는 스승님 영혼의 울림을 미욱한 제가 짐작이나 할 수 있겠습니까?"
현자의 동공이 아득히 깊어졌다.
"고뇌하는 영혼의 울림이라……. 그대가 내 마음 한 자락을 읽어내고 있군그래. 그렇다면 말이야, 내가 고뇌하는 문제에 동참할 의향이 있는가?"
히파소스는 정신을 곤두세웠다. 서투른 대답으로 수세에 몰려 결국은 혼쭐이 난 적이 한두 번이었던가. 히파소스는 침묵으로 이 순간을 모면하고자 한 발 물러섰다.
"의향이 있는 것인가?"
전에 없는 현자의 성마름에 히파소스는 목을 움츠렸다. 스승은 지중해 곳곳의 참주와 석학들에게 널리 추앙받는 현인이다. 난감했다. 분명 허를 찌르는 무엇이 있을 것이다.
"스승님께서 이끌어주신다면야 감히 마다하겠습니까."
히파소스는 간신히 대답했다. 현자는 아무 반응이 없었다. 그저 초연한 자세로 리라를 조율할 뿐이었다. 몇 가닥의 흰 머리카락을 늘어뜨린 모습이 얼음처럼 단단했다.
"침상에 들 시각이 지났군. 이제 그만 돌아가 쉬게나."
히파소스는 가만가만 뒷걸음쳐서 현자의 방을 나왔다.

니코스와 아리스톤, 그리고 어부는 힘을 합쳐 디오도로스의 시신을 옮겼다. 죽은 자가 무겁다는 말이 거짓은 아닌지, 세 명이 들었는데도 비지땀을 흘려야 했다. 시신을 아리스톤의 집에 내려놓은 어부는 고개를 조아리며 자신은 아무 죄가 없다고 빌더니 급기야는 울먹이기 시작했다. 아리스톤은 그를 외면하고 형의 시신으로 다가갔다.
죽은 디오도로스의 몸에 휘감긴 키톤을 벗겨내기란 쉬운 일이 아니었다. 직사각형 모양의 천을 몸에 감아 핀이나 매듭으로 고정시켜 입는 키톤은 고정된 부분만 풀면 쉽게 벗길 수 있는 옷이다. 그러나 물에 불어 살가죽에 들러붙은 디오도로스의 양모 키톤은 무두질한 가죽처럼 뻣뻣해져 있었다. 결국 아리스톤이 창칼로 여기저기 찢어낸 뒤에야 불그죽죽하고 시퍼런 속살이 드러났다. 어깨를 지나 등짝과 앙가슴까지 터져 보랏빛을 띤 혈관은 엉덩이까지 이어져 있

었다. 매질을 당한 흔적 같았다. 발목에는 정체를 알 수 없는 밧줄이 시신만큼이나 퉁퉁 불어 묶여 있었고, 허리띠에 매달린 가죽 주머니에는 묵직한 금괴 네 개가 들어 있었다.

"이것들이 무엇인가? 바른대로 고하라."

아리스톤이 어부를 향해 처음으로 입을 열었다.

"금괴에는 손도 대지 않았습니다. 금괴가 있는 줄도 몰랐습니다. 어찌 귀족의 몸에 손을 대겠습니까."

"아니, 발목에 매달린 줄이 무엇이냔 말이다. 밧줄은 불어 있으나 잘린 단면은 깨끗하지 않으냐. 무엇을 잘라 감추려 한 것이냐?"

"간밤에 벼락이 내리치고 폭풍우가 오지 않았습니까. 밤새 시달렸을 배가 걱정되어 아침밥도 먹지 못하고 부리나케 달려갔습니다. 파도에 떠밀려 잃을 뻔한 배를 찾고 바닷물에 휩쓸린 그물을 살피다가 이분의 시신을 끌어올렸습니다요. 그런데, 그게…… 묵직한 추라도 달린 것처럼 도저히 올라오지 않는 겁니다. 그물이 다 뜯길까 두려워 제가 칼로 밧줄을 내리쳤습니다."

"그 말이 거짓이면 너와 네 가족은 죽음을 면치 못할 것이다."

어부는 대답도 제대로 하지 못하고 이마를 땅에 찧으며 몇 번이고 절을 했다. 그 눈이 거짓을 말하는 것 같지 않아 아리스톤은 약간의 품값을 주고 어부를 돌려보냈다. 디오도로스의 시신을 깨끗한 천으로 감싸던 니코스 노인이 혀를 차며 눈시울을 붉혔다. 빛나고 단단하던 피부가 죽은 동물의 거죽 같아 그제야 눈물이 솟았다.

"아무래도 이상해. 디오도로스가 저리 많은 재물을 소유하고 있었다니. 원래 학파에서는 사유재산이라는 것 자체가 없다고 들었는데 말이야. 잠시 휴가를 나온 것이라 해도 여비치곤 너무 많은 재물

아닌가?"

아리스톤이 미처 생각하지 못한 일을 니코스가 지적했다. 규율이 엄격한 기숙관 내에서 생활하는 제자들은 자주 집에 오지 못했지만 바깥세상과 발을 끊고 사는 것은 아니었다. 때로 휴가를 얻어 집에 들르기도 했고, 먼 곳으로 지식 여행을 떠나기도 했다. 금욕과 청빈은 제자들이 갖추어야 할 대표적인 덕목이었다. 그러므로 현자의 제자가 많은 재물을 지닌다는 것은 한마디로 불명예였다. 학파의 운영 방식에 대해 디오도로스에게 들었던 사항이었다. 디오도로스가 입문할 때 가져간 두 개의 금괴도 만만치 않은 가치였으니 주머니 속 네 개의 금괴는 큰 재물이었다. 아리스톤은 금괴가 들어 있던 가죽주머니를 앞뒤로 살펴보았다. 그림 같기도 하고 도형 같기도 한 문양이 눈에 띄었다. 열 개의 점으로 쌓아올린 피라미드였다. 맨 밑에는 점 네 개, 그 위에는 세 개, 다음은 두 개와 한 개가 쌓여 삼각형 모양을 이루었다. 아리스톤은 고개를 갸웃거렸다.

휴가에서 복귀한 지 열흘밖에 되지 않았으니 지금은 당연히 기숙관에 있어야 할 디오도로스였다. 다시 휴가를 받았을 리도 없고, 간간이 지식 여행을 떠나곤 했지만 자신에게 아무런 언급도 없이 먼 길을 갈 형이 아니라는 생각이 들었다. 잠시 외출했다가 폭풍우에 휩쓸려 변이라도 당한 걸까. 그렇다면 매질의 상흔과 발목에 남은 밧줄, 그리고 금괴 네 개는 어떻게 설명해야 할까. 만약 강도의 짓이라면 큰 재물인 금괴가 고스란히 있을 리 없었다.

"왜 이런 꼴로 돌아왔어? 대체 무슨 일을 겪은 거야?"

아리스톤은 싸늘하게 식은 형의 얼굴에 손을 댔다. 망자가 죽음과 삶의 경계를 넘어와 스스로를 증명할 수는 없는 법이다. 그것이 못

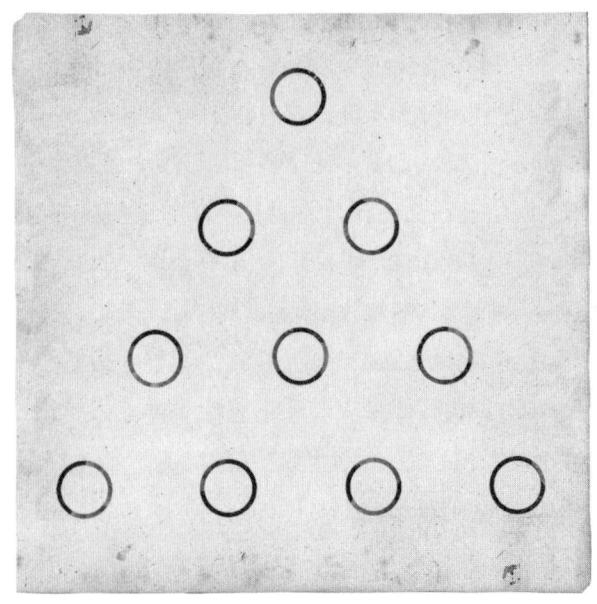

디오도로스의 가죽 주머니에 그려진 열 개의 점

내 안타까웠다. 아리스톤은 디오도로스의 눈꺼풀을 가만히 쓸어내렸다. 눈두덩 아래로 동공이 흐릿했다. 극도로 경직된 안면 근육은 죽음의 순간에 맞닥뜨렸을 공포를 그대로 전하고 있었다.

현자의 방을 나온 히파소스는 발길을 돌리지 못한 채 한참 서성였다. 디오도로스에 대한 이야기를 들을지도 모른다던 기대는 완전히 빗나갔고, 혼돈만이 소용돌이치고 있었다. 우직한 성격에 집요하고 날카로운 통찰력을 가진 디오도로스의 모습이 떠올랐다. 체력까지 두루 갖춘 그인데, 설마 병으로 몸져누운 것일까? 그래서 명상과 강연에조차 나올 수 없었던 것일까? 여러 가지 생각이 꼬리에 꼬리를 물었다.

히파소스를 내보낸 현자는 더는 리라를 연주하지 않았다. 리라 연주가 히파소스를 꾀어내는 달콤한 미끼라도 되었던 것처럼. 갑자기 적막해진 회랑에 풀벌레 소리가 스몄다. 중간이 슬며시 볼록해지는, 여인의 몸을 닮은 기둥들 사이로 움직이는 그림자가 눈에 띄었다. 히파소스는 급히 기둥 뒤에 몸을 숨겼다. 현자의 제자들은 해가 떨어지자마자 잠자리에 들어야 했다. 깊은 밤에 어슬렁거리는 모습을 다른 사람에게 보이고 싶지 않았다. 그러나 상대편의 눈썰미가 더 빨랐던지 히파소스 쪽을 응시하는 낌새가 느껴졌다. 코 아래를 상아빛 베일로 가린 여인의 그림자였다. 히파소스는 여인의 정체를 알아차릴 수 있었다. 테아노, 그녀였다. 이제 더는 소녀도 아니고 함께 침묵 수행을 하는 학우도 아니지만, 그녀를 향한 미열만은 세월 속에 바래지 않고 생생히 남아 있었다. 테아노는 한눈에 보기에도 성숙한 여인의 모습이었다. 얇은 코안 밖으로 고스란히 내비치는 그녀의 나신. 미풍에 나부끼는 코안 자락 사이로 드러나는 속살을 훔쳐보는 것만으로도 히파소스는 아찔했다. 심장이 빠르게 뛰고 피가 몰리는 느낌이었다.

히파소스는 살아오면서 수많은 여인의 눈을 보았다. 어릴 적 히파소스를 바라보던 어머니의 자애로운 눈. 학파를 찾아오는 여학도의 지혜로 빛나는 눈. 그리고 유곽 근처를 지나면서 본 유녀들의 뇌쇄적인 눈까지도. 그러나 지금 그녀의 눈은 어느 사람의 눈과도 닮지 않았다. 세상 모든 여인이 가진 눈의 합일이면서도 그것들을 뛰어넘는 눈이었다. 신비로웠고, 뭔가 속삭이는 듯했다. 이해력이 깊은 것 같으면서도 무심해 보였고, 강렬한 욕망이 비치는 것 같기도 했다. 그녀의 이름을 부르고 싶었지만 소리는 목구멍 저 밑으로 삼켜졌다. 테아노는 발길을 돌렸고 옷깃을 스치는 소리도 희미해졌다.

히파소스는 긴 숨을 뱉었다. 아주 짧은 시간이었지만 반나절은 지난 것처럼 느껴졌다. 조금 전 그를 스쳐간 테아노가 아무래도 사람 같지 않았다. 히파소스는 관자놀이를 누르며 바람결에 스민 향기를 들이마셨다. 상앗빛 옷자락이 현자의 방으로 스며들었다. 정신을 차려야 하리라. 그녀는 이미 오래전부터 스승의 아내가 아니던가.

소년 시절, 디오도로스와 히파소스는 동시에 테아노에게 연정을 품었다. 세 사람 모두 풋내가 나던 시절이었다. 결혼과 함께 학자로서의 길이 꺾인 테아노지만, 그때는 어떤 학도와 맞서도 뒤지지 않는 당차고 우수한 제자였다. 그러나 그녀는 이제 세 아이의 어머니가 되었고, 사람들은 그녀를 헤라에 비견되는 신성한 여인으로 일컬었다. 그 이름을 접할 때마다 히파소스는 애써 인연을 지웠다. 이제 테아노는 학파에서 여자 학도들에게 행실과 품행을 가르칠 뿐, 사람들 앞에 나서는 일이 없었고 남자 학도들과는 눈도 마주치지 않았다. 지척에 있으면서도 볼 수 없는 그녀였다.

기숙관으로 돌아오는 길, 히파소스는 굽고 좁은 길을 벗어나 풀과 어린 나무들을 마구 짓밟으며 걸었다. 그러면서도 자신이 그러는 까닭을 알지 못했다. 길을 따라가는 것보다 이쪽이 빠르다는 이유를 생각했지만, 학자에게 걸맞지 않은 행동임이 분명했다. 그는 침상에 누워서도 한참을 뒤척이다가 겨우 선잠이 들었다.

꿈에서 본 테아노는 여전히 처음 만난 날의 소녀였다. 반듯한 이마와 진리를 향해 빛나던 초록빛 눈망울. 테아노의 입은 꼭 다물어져 있지만 그의 귓전에 그녀의 목소리가 맴돈다. 아네모네의 전설을 아느냐고. 그녀의 눈은 디오도로스를 하염없이 좇고 있다. 꿈에서조차 테아노가 바라보는 사람은 히파소스가 아니다. 히파소스는 입술을 달싹여 테아노에게 대답해주려 하지만 굳어진 혀가 말을 듣지 않는다. 이미 테아노는 저 길 끝으로 아득히 멀어져간다. 갑자기 성장한 여인의 모습으로 먼 곳을 응시하고 있다. 히파소스는 테아노의 눈에서 자유로울 수 없다. 손만 뻗으면 닿을 것 같은데 한 발도 뗄 수가 없다. 뒤돌아보니 디오도로스가 그의 발을 붙들고 있다. 뿌리치고 간신히 한쪽 발을 떼어내면 다른 쪽 발을 붙잡고 늘어지는 디오도로스. 버둥거릴수록 자꾸 허방에 빠져들어가고, 어느새 그는 커다란 늪 속에 있다. 비명을 지른다. 사람들이 몰려든다. 자세히 보니 모두 학우들이다. 손을 뻗어보지만 아무도 구해주지 않는다. 손가락질을 하며 비웃을 뿐이다. 저 멀리, 층을 이룬 오로라가 테아노의 몸을 감싸고 사라져간다. 그녀의 눈빛은 여전히 그가 아닌 다른 사람을 향해 있다. 간곡한 테아노의 목소리도 그의 귀에는 먼 메아리 같다. 테아노의 상앗빛 베일을 확 벗겨 짓뭉개버리고 싶다. 겨우 늪에서 빠져나온 히파소스는 테아노를 향해 달린다. 그를 손가락질하던 사람들은 어느새 사라지고, 갑작스레 나타난 길을 따라 보랏빛 아네모네가 지천으로 피어 있다. 이루어질 수 없는 사랑. 그 모습만큼이나 처연한 전설을 간직한 꽃이다. 순간 리라 소리가 사방에서 울린다. 음률은 이내 히파소스를 질책하는 현자의 목소리가 되어 벼락처럼 내리꽂힌다.

"아네모네를 바라보는 그대의 욕망은 무엇인가?"

　대회당 앞 광장은 오늘도 발 디딜 틈 없이 사람들로 가득 메워졌다. 대회당 중앙에는 펜타그램*이 그려진 휘장이 일렁였다. 종소리가 두 번 연속으로 울렸다. 곧 강연이 시작된다는 신호다.
　현자의 그림자가 얼비치자 청강자들과 현자주의자들이 일제히 가름막으로 몰려들었다. 그중에는 현자의 명성을 듣고 멀리 에게해를 건너온 자들도 섞여 있었다. 종교적 제의를 치르듯 모두가 엄숙하면서도 한껏 고양되어 있었다. 흰 옷을 입은 현자는 펜타그램이 새겨진 황금 관을 쓰고 교단에 섰다. 그는 언제나처럼 팔을 높이 들어 대회당 중앙에 휘날리는 깃발을 가리켰다. 학파의 상징인 펜타그램의 개념을 주지시키고 본 강의를 시작하려는 것이었다.
　정오각형의 대각선들로 이루어진 펜타그램은 자연의 아름다움에서 가져온 황금비율(1:1.618)을 정확히 보여준다. 이는 '만물은 수이다'라는 현자의 이론을 뒷받침하는 데 더할 나위 없이 좋은 상징이었다. 정오각형 속에 만들어진 펜타그램의 내부에 또 하나의 정오각형이 생기고 다시 펜타그램이 자리한다. 물론 펜타그램의 꼭지각도 다섯 개다.

---

* 정오각형의 꼭짓점들을 이은 다섯 개의 대각선으로부터 얻을 수 있는 별 모양. 인간이 가장 아름답다고 생각하는 황금비율이 들어 있으며, 마귀를 쫓는 부적으로도 사용된다.

1에서 5까지의 숫자에는 만물의 진리가 담겨 있다. 1은 모든 수의 생성원이다. 아무리 큰 수라도 단지 1을 더하면 더 큰 수를 만들 수 있다. 2는 최초의 짝수다. 현자는 짝수를 여성, 홀수를 남성이라 했다. 3은 조화를 상징한다. 여성수와 남성수의 합인 5는 결혼을 상징한다. 그리고 그 모든 수 가운데 가장 신성한 수는 10, 즉 테트라크

---

* 피타고라스 학파는 가장 신성한 수를 10이라고 생각하여 '테트라크티스'라고 이름 붙였다. 테트라크티스 문양은 펜타그램과 함께 학파의 대표적 상징물이었다. 1,2,3,4를 더한 값으로 이루어졌는데 1은 점(0차원)을 나타내고, 2는 선(1차원)을 나타낸다. 3은 평면(2차원)을 나타내고, 4는 4면체(3차원)를 나타내고, 테트라크티스를 피라미드 모양으로 쌓으면 삼각수의 일부가 된다. 삼각수로는 3과 6, 10, 15, 21 등이 있다.

티스*라고 했다. 펜타그램에 관한 개론이 끝나자 본 강의가 시작되었다.

"제군은 들으라. 올림픽 경기장에서……."

히파소스는 집중하지 못한 채 주위를 살폈다. 디오도로스가 눈에 띄지 않았다.

"……올림픽을 찾아 모여든 인파에는 세 부류의 사람들이 있다. 첫째, 경기에 참가하고 승리를 하기 위해 온 운동선수들. 둘째, 경기를 구경하러 온 관중들. 마지막으로 사람들이 많이 모이는 장소에 반드시 있기 마련인 장사치들이 있다. 올림픽 경기가 진행되는 동안 가장 큰 역할을 하는 이들은 어느 부류이겠는가?"

현자의 물음에 카리톤이 담담한 모습으로 일어났다. 신입 청강자들의 수업을 전담하는 제자였다.

"첫 번째 부류인 운동선수들이라고 사료됩니다. 그들이야말로 올림픽 경기의 꽃이며 주인이 아니겠습니까. 그들이 가진 정신과 육체의 고결성은……."

카리톤의 말이 채 끝나기도 전에 현자는 손을 들어 그를 저지했다. 대답이 현자를 만족시키지 못했다는 뜻이었다. 카리톤은 입술을 깨물며 좌정했다. 카리톤도 현자가 아끼는 수제자 중 하나였다. 늘 넘침도 모자람도 없이, 정석을 따르는 학우였다. 성품이 온화하고 현자의 가르침을 온전히 받들었지만 학문 연구에 있어서는 디오도로스와 히파소스를 따라가지 못해서 늘 전전긍긍해했다. 히파소스에게 향하는 현자의 시선을 좇는 카리톤의 얼굴에 선망과 부러움이 스쳤다. 현자가 히파소스를 지목했다.

"히파소스는 어떻게 생각하는가?"

"어느 부류가 가장 큰 역할을 하는지는 알기 어려우나 최하의 부류는 장사치가 아닐까요. 그들이 올림픽 경기에 온 목적은 부를 축적하기 위함이 분명합니다. 그렇다면 올림픽 정신과는 동떨어져 있지 않습니까."

히파소스의 대답에도 현자는 만족한 표정이 아니었다.

"그대의 답변도 일리는 있다. 그러나 제군은 잘 들어라. 올림픽 경기에서 가장 큰 역할을 담당하는 부류는 구경꾼이다. 그들은 운동선수뿐 아니라 경기장의 모습과 주변의 자연경관 및 장사치들의 행위까지 모두 관찰하는 자들이다. 그들이야말로 상황을 객관화시키고 분석하는 철학자의 모습과 다르지 않을 것이다. 이렇듯 현재 일어나고 있는 일들을 반성하고 분석하는 자세가 철학도의 본분임을 제군은 명심하기 바란다."

강연이 끝나고 현자가 사라지자 제자와 청강자들은 모두 자리에서 일어났다. 사람들 속에서 디오도로스의 모습을 찾던 히파소스는 앞서 가는 카리톤을 붙잡았다. 디오도로스가 왜 보이지 않는 거지? 혹시 자네는 아는가? 카리톤은 어두운 낯빛으로 답했다. 침묵으로 기다리고 침묵으로 받아들이는 것이 제자의 본분 아니던가. 그러고는 다음 명상이 있다며 가버렸다. 디오도로스의 신변에 무슨 일이 있는 것만은 분명했다.

학도들은 제각기 명상의 숲으로 접어들었다. 초입부터 늘어선 플라타너스와 떡갈나무가 양쪽으로 울창했다. 히파소스는 디오도로스가 거처하던 방에 들러보려고 슬쩍 숲에서 빠져나왔다. 사람들의 목소리가 저만치 멀어져갔다. 인적이 완전히 끊기자 히파소스는 기숙관 쪽으로 발걸음을 옮겼다. 대리석 기둥이 나열된 회랑을 지나 디오도로스의 방문 앞에 섰다. 쇠로 된 둥근 손잡이를 조심스럽게 두어 번 두들겨보았지만 아무런 기척이 들리지 않았다. 이번에는 조금 더 큰 소리가 나도록 손잡이를 세게 두들겨댔다.
"디오도로스! 문 좀 열어봐. 나야, 나, 히파소스."
히파소스는 손잡이를 흔들면서 큰 소리로 디오도로스를 불렀다. 침상에서 앓고 있다면 신음 소리라도 들리지 않을까 싶어 문에 귀를 바짝 대보았다. 아무 기척이 없는 데다 문은 굳게 잠겨 있었다. 불길했다. 공동재산을 소유하고 있는 기숙관에서 문을 잠그는 일은 일종의 금기였다. 그제야 비로소 문의 위아래로 긴 나무 막대가 덧대어진 것이 보였다. 누군가 방을 폐쇄한 것이다. 히파소스는 몸이 부들부들 떨려왔다. 디오도로스는 학파 내에 없는 게 아닐까. 침묵으로 기다리고 침묵으로 받아들이라는 카리톤의 말은 대체 무슨 의미였을까? 현자의 총애를 한 몸에 받던 디오도로스가 명을 받들어 멀리 지식 여행이라도 떠난 걸까? 자신에게 한마디 말조차 없이 급히 떠날 일이 무엇이었을까? 그렇다고 해도 방문을 폐쇄한 것은 아무래도 이상했다.
얼마나 그렇게 우두커니 서 있었던 걸까. 명상을 마치고 돌아오는 학도들의 발소리가 들렸다. 히파소스는 기숙관의 복도를 비척거리며 빠져나갔다.

참주 킬론은 수염을 비비꼬며 불편한 심기를 드러냈다. 하나뿐인 아들 팜필로스 때문이었다. 학파 입문 시험이 임박했는데도 팜필로스는 공부에 전혀 힘을 쏟지 않고 있었다. 작년에도 유곽에 뻔질나게 드나들다가 보기 좋게 떨어지고 말았다. 귀족의 자제들이 속속 입문한다는 소식을 전해 들을 때마다 킬론은 낯이 뜨거웠다. 일찍이 헬라스* 본토에서도 어쩌지 못할 만큼 권세가 기세등등한 킬론이었다. 그러나 요즘은 아들 때문에 체면이 말이 아니었다. 녀석의 꼴을 보아하니 올해도 학파 입문은 물 건너간 듯싶었다. 작년 이맘때가 생각났다. 팜필로스의 형편없는 실력을 알고 있기에 현자에게 손을 써볼까 하던 차에, 도편추방법**이 터졌다.

최고의 정치 권력자 킬론과 지식 권력의 으뜸으로 추앙받는 현자. 겉으로 볼 때 어떤 이해득실도 없는, 각자의 영역에서 서로의 위상을 지키면 되는 두 사람이다. 그러나 이런 평행 관계일수록 미묘한 긴장감이 도사리기 마련이다. 두 사람도 서로에 대해 경계의 끈을 놓지 않았다. 그러던 중에 현자에게 가르침을 받은 현자파 인재들이 귀족회의 의석을 속속 장악하기 시작했다. 참주로서는 달갑지 않은 일이었다. 상당한 국고가 현자의 학파로 흘러가는 것이 아니꼬왔던 킬론은 귀족회의에서 누차 그것을 지적했고, 이윽고 회의에서 현자의 학파에도 세금을 부과하자는 안건을 올렸던 것이다.

"참주의 재산에 대한 세금이 정식으로 거론된다면 학파에 세금을 물리는 일도 고려해볼 만하겠지요."

---

* 고대 그리스 사람들이 자기 나라를 이르던 이름.
** 말 그대로 도자기 파편이나 사금파리에 탄핵하고자 하는 정치인의 이름을 써서 투표하는 제도이다. 독재 정치를 막기 위해 시작되었으며, 추방이 가결되면 그 정치가는 10년간 국외로 내쫓기는 벌을 받았다.

학파 출신 의원이 정면으로 킬론에게 도전했다.

"안건에서 벗어난 의견은 삼가주시오."

킬론 측 의원의 목소리도 날카로웠다. 말싸움이 오가면서 회의는 킬론 측과 현자 측으로 첨예하게 양분화되었다. 결론이 나지 않은 채 회의는 종결되었다.

그리고 삼십 일 후, 도편추방법에 의한 추방자 명단에 킬론의 이름이 거론되었다. 오랜 독재와 재산의 축적에 대한 탄핵이라고 하나, 정치적 보복이 분명했다. 정치인으로서 최대의 위기였다. 킬론의 이름을 거론한 귀족회의 의원들 뒤에 현자가 있었음은 말할 나위도 없었다. 다행히 헬라스 본토에서 킬론의 손을 들어주어 추방은 무마되었다. 간담이 서늘해진 킬론은 몸을 바싹 낮춘 채 현자의 기세를 누를 기회만 호시탐탐 노려왔다.

며칠 전이었다. 현자가 관청 문서실에서 킬론의 도장반지*를 받아간 일이 있었다. 일반적인 문서 승인 절차에 지나지 않는 일이었지만 킬론은 도장을 내주지 않고 시간을 끌면서 자신의 위치를 과시했다. 위기에 몰렸던 작년의 상황을 심리적으로 만회하려는 목적도 없지 않았다. 현자 쪽에서도 그 정도의 일로 참주에게 문제를 제기하지는 못하리라.

현자가 학파를 세우던 시절, 크로톤은 현자를 절대적으로 지지했다. 귀족뿐 아니라 참주들까지 현자의 강론에 참석했다. 귀족의 자

---

* 주로 문서를 승인할 때 일종의 낙관으로 사용되었다. 도장 소유자의 신분이나 지위를 나타내는 신분증의 역할을 하기도 했다.

식들도 현자의 학파에 입문하려고 유학을 포기하고 돌아왔지만, 시험에 통과하지 못하거나 중도에 포기하는 경우가 적지 않았다. 팜필로스도 그중 하나였다.

킬론은 망설임 끝에 결단을 내렸다. 작년에 본토의 위세를 등에 업고 추방될 위기를 모면했으니, 도장반지의 기싸움으로 현자의 세도를 한 번 눌러놓은 지금이 적기였다. 감히 참주의 청을 거절할 수는 없을 테니 이번 기회에 현자와의 상하관계를 정립한다면 더욱 좋을 것이다.

킬론은 서둘러 하인들을 불렀다.

"현자를 모셔라. 정중하게 예의를 다해야 할 것이니 내 개인 쌍두마차를 쓰도록."

마침내 현자가 집 안에 들어섰다. 킬론은 손가락을 튕겨 향연의 시작을 알렸다. 현자가 숨을 돌릴 틈도 없이 음식이 줄지어 나왔다. 노릇노릇하게 익힌 새끼 염소고기와 양고기. 방금 구워낸 빵과 퓌레 등 갖가지 요리가 먹음직스럽게 식탁을 채웠다. 누가 보아도 현자 한 사람을 위한 향연이었으나 현자의 얼굴은 갈수록 굳어져갔다. 손님의 취향을 전혀 고려하지 않은 만찬이었다. 현자가 채식주의자라는 사실은 크로톤 전체가 다 아는 사실이었다. 성대한 육식 만찬으로 현자의 기를 꺾었다고 여긴 킬론은 한층 거만한 태도로 현자를 대했다. 강한 상대일수록 쉽게 제압당하지 않는 법이다. 공격과 회유를 차례로 가해 우위를 확보하는 법칙을 킬론은 알고 있었다.

음식을 물리기 무섭게 킬론은 현자 앞에서 커다란 궤를 열어 보였다. 거기에는 학파 하나를 새로 만들 수도 있을 엄청난 재물이 들어 있었다.
"저번에는 현자에게 미리 귀띔해놓지 않은 내 불찰이 컸소. 이번에 내 아들이 다시 입문 시험을 보게 되었소. 차질이 없도록 해주시오. 자식을 위해서 내가 직접 당부하는 것이오."
태도는 공손했지만 말투는 명령조였다.
"나를 초대한 의도가 결국 그것이었소? 아드님께서 지난 시험에 실패했다면 이번 시험에 만반의 준비를 했겠지요. 당락이야 당사자 하기 나름 아니겠소. 만약 또 실패한다 해도 우리 학파는 매년 시험을 치르니 실력을 쌓아 재도전하라고 하시오. 서너 번씩 떨어지는 학도가 부지기수라는 건 참주께서도 아시지 않소."
현자는 냉정하게 일갈했다. 진리가 무엇인 줄 아시오? 하고 시작된 현자의 말은 그칠 줄 모르고 이어졌다. 인간의 이성이 집대성한 최고의 절정이다. 세월이 흘러 유한한 인간의 생명은 권력과 부 따위와 함께 먼지처럼 사라지더라도 진리는 무한으로 남아 후대에 전수된다. 그래서 진리는 불사의 명예로 남겨지는 것이다. 그것은 재물이나 권력으로는 살 수 없는 가치다. 오늘날 현자의 학파가 지중해 최고의 학파로 존재할 수 있었던 초석이 바로 그것이다. 이렇게 지켜온 진리의 보고를 참주로서 마땅히 지키고 보호해줄 것으로 믿는다……. 한마디 한마디가 킬론을 훈계하는 투였다. 킬론이 불쾌한 표정을 지을 새도 없이 현자는 자리를 박차고 일어섰다.
"거참, 현자의 성미하고는. 불민한 자식이 무지를 벗어나 깨달음의 기쁨을 얻도록 돕고픈 부모의 심정을 그리도 모르겠소. 내가 이렇게 직접 부탁하는데 너무 매정한 거 아니오."
킬론은 한발 물러서는 척했다.

"깨달음을 얻는 수행의 길은 멀고도 협소한 길이오. 그런 까닭에 그 후에 얻은 진리가 귀하고 값진 것이라오. 그걸 쉽게 얻게 해주는 것이 정말 부모의 참 도리라고 생각하시오? 이제 진리를 모독하는 행위는 그만 삼가주시리라 믿겠소."

킬론도 더 이상은 참을 수 없었다. 오만한 작자 같으니라고. 분연히 몸을 돌리는 현자를 향해 킬론은 일침을 놓았다.

"오늘날 당신의 명성이 어느 날 갑자기 하늘에서 뚝 떨어진 거라 착각하고 있는 건 아니오? 크로톤이 늘 뒤에 있었다는 걸 한시도 잊으면 안 되오. 귀하고 값진 진리! 모독 행위! 말 한번 거창하오. 얼마 전 내가 도장반지를 찍어준 관청 문서실 허가증을 생각해보시오. 사소한 행정상의 일이라 여길지 모르나 그런 것 하나도 내 도장이 있어야만 한다는 걸 명심하시오. 그게 크로톤의 법이오!"

"관청 문서실 허가증이라……. 그렇지요. 참주의 허가가 없다면 크로톤의 미미한 행정일지라도 어찌 돌아가겠소. 하나 참주께서 오늘 내게 청탁한 일이 귀족회의에 알려진다면 작년에 도편에 거론됐던 일이 다시 불거질 수 있다는 걸 잊지 마시오. 그것은 결코 미미한 행정상의 문제가 아니라는 건 잘 아시겠지요."

문을 나서는 현자에게서 찬바람이 일었다. 도편추방법. 킬론은 그 말을 듣는 순간 심장이 멎었다. 헬라스 본토에서도 킬론의 편을 매번 들어줄 수는 없을 것이다. 현자의 등에 칼이라도 꽂고 싶다고 생각하며 숨을 고를 때 문밖을 어정거리는 그림자가 보였다.

"거기 누구냐?"

"네, 귀족회의 아리스톤입니다."

아리스톤은 긴장된 마음을 억누르며 킬론의 방에 들어섰다. 방 분위기가 어딘지 어수선했다. 아리스톤이 귀족회의에 사임을 요청한 지 오늘로 이틀째였다. 아리스톤의 의지가 강경함에도 귀족회의에서 몇 번이나 만류하자 아예 참주와의 면담을 신청한 것이다. 아리스톤은 머리를 숙여 예를 취했다.

"무슨 일인가?"

"정식으로 사임을 요청하고자 합니다."

"사임 이유는?"

"현자의 학파에 입문하려고 합니다. 허락해주십시오."

"관직을 버리고 현자의 사람이 되겠단 말인가?"

킬론의 눈이 가늘어졌다.

"참주께서도 제 형, 디오도로스의 죽음을 알고 계시겠지요."

"자네 형이라는 말에 나도 좀 놀랐네. 결국 자살······로 밝혀지지 않았나. 학자 중의 학자라더니, 학파로부터의 퇴출로 살아갈 이유를 잃은 것이 아니겠나. 자네와 친분이 있다는 크레스 의원도 그렇게 말하지 않았나. 그 가죽 주머니는 퇴출의 상징이라고 말이야."

"제가 애초에 요청드렸던 바와 같이, 마땅히 공개적으로 수사해 범인을 색출해야 할 일이었습니다. 그런데 어쩐 일인지 너무도 조용히, 그리고 빨리 모든 것이 종결되어버렸습니다. 귀족회의에서도 몇 번 이 사건을 언급했지만 학파 출신 의원들이 나서서 제 입을 막고 사건을 서둘러 덮으려 하더군요. 참주께서 보시기엔, 뭔가 이상하지 않습니까?"

"그럼 타살이라는 말인가."

"의문사인 것만은 분명합니다."

"이유는?"

"첫째, 형의 몸에 남아 있는 매질의 흔적입니다. 형의 숨통을 끊어놓기 위한 강도의 짓이라 한다면, 형이 지니고 있던 금괴를 내버려두었을 리 없겠지요. 그것이 두 번째 의문입니다. 세 번째는 형의 발목에 남은 밧줄입니다. 시신을 발견한 어부가 묵직한 것이 매달린 줄을 끊었다고 하더군요. 그것이야말로 누군가 형을 살해해 바다에 빠뜨렸다는 명백한 증거가 아니겠습니까."

"자네 형이 죽을 결심을 하고, 스스로 무거운 것을 매달아 몸을 던졌을 수도 있지 않은가."

"그럴 리 없습니다. 제게 확실한 단서가 있지만 보여드릴 수 없음이 안타까울 뿐입니다."

"그래. 뭔가?"

"마지막으로 형을 보았던 이십여 일 전, 형은 제게 크로톤을 떠날 것을 제안했습니다. 경비를 마련하기 위해 재산 일부를 정리하고 저와 함께 자세한 계획까지 세웠습니다. 누가 생각해보아도 죽을 마음으로 할 수 있는 말과 행동은 아닐 것입니다. 학파에 매인 몸이라 어려운 일이 아닐까 생각했지만, 그는 이미 학파로부터 마음이 떠난 사람 같았습니다. 무엇보다도 이상한 것은, 학문의 길에 평생을 바치려던 사람의 마음을 변하게 한 데다, 그것도 모자라 퇴출까지 시킨 학파 그 자체입니다. 그런 사람이 퇴출당했다 하여 죽음을 결심하겠습니까."

"논리와 이성을 가진 자들이라면, 이 사건을 단순한 자살로 보는 게 더 이상하군. 그렇다면 학파를 쥐 잡듯 뒤져서 수사라도 해야겠는걸."

"사실 학파 내부를 조사하겠다고 정식으로 공문을 올렸습니다만, 학파에서는 들은 척도 하지 않았습니다. 귀족회의를 비롯해 이름 높은 가문의 귀족들에게까지 손을 써보았으나 법으로 어찌할 수 있는 곳이 아니라는 대답밖에 건진 게 없습니다."

"라치니아 곶에 있는 헤라 신전만큼이나 성역으로 치는 곳이 바로 현자의 학파 아닌가. 자네도 그쯤은 알고 있을 텐데?"

"그래서 그곳에서부터 출발하려고 합니다. 어쩌면 참주께도 도움을 청할 일이 있을지 모르겠습니다."

"현자의 학파가 어떤 곳인지는 알고 있겠지?"

킬론은 의미심장한 표정을 지었다. 사임 허가서를 받고서 나가려는 아리스톤의 등 뒤에서 킬론은 말을 덧붙였다.

"혹시 자네, 아까 밖에서 한 노인을 보았는가? 그 사람이 바로 학파를 이끄는 현자라네. 그자가 어디 그리 만만하게 보이던가?"

아리스톤은 몸을 돌려 킬론을 바라보며 현자와의 첫 대면을 떠올렸다. 반듯한 이마에 굳게 다문 입술. 어두운 회랑이었지만 웬만한 사람은 제대로 눈도 마주치지 못할 인상이었다. 그 얼굴에서 뿜어 나오는 엄숙한 빛에 아리스톤은 누군지 모르면서도 머리를 숙였다.

"그래도 나한테만은 굽히고 들어와야 할 위치인데······. 제 분수를 모르고 설치는 늙은이라니."

"무슨 말씀이신지요?"

"그자가 얼마 전 관청 문서실 사용을 허락받기 위해서 내 도장반지를 받아간 일이 있었지."

"오늘도 그 일 때문에 온 건가요?"

킬론은 불쾌하다는 듯 입맛을 다셨다.

"아니. 오늘은 좀 다른 일로 왔는데 문서실 건으로 서로 좀 언성을 높였을 뿐이지."

킬론의 말을 들으며 아리스톤은 곁을 스쳐가던 현자에게서 사람의 온기가 느껴지지 않았다는 것을 비로소 깨달았다.

✦

테아노의 비녀(婢女)인 필레는 온갖 사향을 준비해 테아노의 코 앞에 들이대며 수선을 떨었다. 현자가 곧 거처에 든다는 전언 때문이었다. 하지만 테아노는 조금도 반갑지 않았다. 실내에서 입는 얇은 코안을 걸치고 단장을 했지만 정작 테아노의 얼굴에는 생기가 없었다. 투명한 코안 밖으로 테아노의 몸매가 고스란히 드러났다. 필레는 먼 동토에서 건너왔다는 사향을 골라 뿌려주었다. 맡는 이의 애간장을 녹이고 심신을 나른하게 하는 농향이었다. 특히 남자의 양기를 동하게 한다고 했다. 단장을 마친 필레는 탄성을 질렀다.

"세상의 어떤 꽃이 테아노 님의 미모에 견줄 수 있을까요. 세상의 어떤 보석도 테아노 님의 아름다운 자태 앞에서는 색을 잃을 것입니다. 제가 이런 말씀을 드릴 자격은 없겠지만, 헤라 여신과 아테나 여신 그리고 아프로디테 여신이 두고 싸웠다는 황금사과는 그들의 것이 아닐 것입니다요. 테아노 님이야말로 가장 아름다운 여인에게 주는 황금사과의 주인이십니다."

"이제 되었다."

필레의 찬사에도 테아노의 얼굴에 드리운 그늘은 걷히지 않았다.

아무리 섬세하게 치장하여도 마음에서 우러나오는 생기가 없으면 어떤 여자도 진정으로 아름다울 수 없음을 테아노는 잘 알고 있었다. 차라리 자신의 속을 다 털어놓고 싶기도 했지만 마음속 깊이 각인된 그의 존재는 무덤까지 가져갈, 오직 그녀만의 것이어야 했다.

"아무리 아름다운 향기를 가졌다 하여도 날아오는 벌과 나비를 스스로 선택할 수 없는 것이 꽃의 슬픈 운명 아니겠느냐."

테아노는 혼잣말을 하듯 심중에 있는 말을 토해냈지만 필레는 고개를 갸웃거렸다.

"무슨 말씀이세요? 오늘 밤 현자가 오신다고 하지 않으셨습니까?"

"현자가 다른 일로 바쁘시면 아니 오실지도 모르지 않느냐. 그것이 염려되어서 그러는 것이다."

아무것도 모르는 필레는 고개를 끄덕거리며 현자가 분명 오실 거라는 말만 중얼거렸다. 테아노는 화가 치밀어 코안 앞자락을 잡아 뜯었다. 벌어진 실크 자락 사이로 살굿빛 유방이 드러났다.

"오지 않을지도 모르는 남편의 명령 한마디에 반나절씩이나 단장하느라 부산을 떤 내 모습이 참으로 우습지 않느냐. 이런 내 처지가 처녀관*에서 뭇 사내에게 몸을 파는 일개 유녀와 하등 다를 바가 없지 않느냐. 지혜를 갈구하고 학문에 매진했던 그 시절이 뼈에 사무치게 그립다. 어쩌다 내가 사랑에 목을 매는 가련한 여인으로 전락했는지. 천하에 부러울 것 없던 내가 어쩌다……. 정말이지 아버지

---

* 귀족과 부유한 시민들의 전유물이었던 고급 유곽.

가 원망스럽구나."

테아노의 돌연한 태도에 필레는 눈을 동그랗게 떴다.

테아노의 아버지 브론티누스 역시 현자의 수제자였다. 그는 오랫동안 현자의 학파에서 청강자들에게 가르침을 전했고, 테아노에게도 아버지이기보다는 스승의 모습으로 더 깊게 남아 있었다. 테아노가 오 년간의 긴 침묵 수행을 마칠 때쯤의 일이었다. 테아노와 비슷한 나이의 디오도로스는 침묵 수행을 막 시작한 청강자였다. 남녀가 공동생활을 했지만 이성 학도끼리 마주하거나 말을 섞는 일은 엄격히 금지되어 있었다. 그런데 브론티누스가 디오도로스에게 가르침을 전하던 전당에 테아노가 찾아왔던 것이다. 한창 말이 많고 발랄할 나이에 침묵 수행으로 심신이 지쳐 있던 테아노는 진중하고 기품이 느껴지는 디오도로스의 풍모에 마음을 온통 빼앗겼다.

얼마 후 테아노는 명상의 숲길을 거닐던 디오도로스와 히파소스 둘과 마주쳤다. 그들은 고개를 숙이고 길을 터주었지만 테아노가 침묵을 깨고 디오도로스의 이름을 불렀다. 혹시 아네모네의 전설을 알고 있나요? 그날 숲 언저리에 보라색 아네모네가 함초롬히 피어 있었다. 귓불까지 발갛게 달아오른 디오도로스는 테아노를 멀거니 쳐다볼 뿐 아무런 대답도 하지 못했다.

그날 이후 두 사람은 조금씩 가까워졌고 서로의 마음을 확인했지만 그것으로 끝이었다. 일 년 전, 아버지 브론티누스가 세상을 떠났을 때, 디오도로스가 테아노의 사가로 찾아와 위로해주지 않았더라면 그냥 그렇게 아네모네의 추억으로만 남아 있었을지 모른다. 두 사람은 자신들의 처지도 망각한 채 다시 사랑에 빠졌지만, 시간이 흐르면서 갈증을 느끼는 쪽은 테아노였다.

모든 것이 낱낱이 공개된, 심지어 문조차 잠글 수 없는 학파에서 밀회를 갖기란 쉽지 않았다. 테아노는 매번 자신의 모든 것을 버릴 각오로 약속 장소인 창고 근처를 어슬렁거렸으나, 디오도로스는 굳게 약속해놓고도 나타나지 않기가 일쑤였다. 그날만 해도 벌써 세 번째 약속을 어긴 것이었다. 쓸쓸히 숲을 나와 현자의 방으로 향한 마음은 스스로도 이해하기 힘든 것이었다. 두 남자를 두었지만 어느 한 사람 완전히 믿지 못하는 자신의 처지야말로 몸을 파는 유녀보다 비참하게 여겨졌다. 하지만 그날은 아버지 브론티누스가 세상을 떠난 지 일 년째 되는 날이기도 했다. 디오도로스를 향한 원망과, 아버지에 대한 그리움이 겹쳐 도저히 홀로 잠들 수 없었다.

아버지 브론티누스는 학파가 현재의 명성을 누리게 한 일등공신이었고 여학도 중 가장 아름답고 명석했던 무남독녀 테아노를 현자와 결혼시킨 장본인이었다. 아무리 발군의 기량을 가진 학자라 해도 여인은 그저 여인일 뿐이란다. 한 남자의 아내가 되는 순간 그 학식은 무용지물이 되는 게지. 스승들이 찾아와 테아노를 칭찬하는 날이면 아버지 브론티누스는 테아노의 머리를 쓰다듬으며 나지막이 중얼거리곤 했다. 아무리 지혜가 뛰어나도 여인의 길을 걸을 수밖에 없다면 더더욱 범부에게는 보낼 수 없었으리라. 열다섯 살을 넘으면서 테아노는 또래 소년들로부터 주목받기 시작했다. 그때부터 조급증을 보이던 브론티누스는 결국 테아노와 디오도로스가 주고받는 예사롭지 않은 눈짓을 알아채고 말았다. 디오도로스가 청강생에 지나지 않던 시절이었다. 브론티누스는 물밑에서 추진해오던 딸의 결혼을 서둘렀고, 결국 테아노는 싹트기 시작한 사랑의 감정과 학문의 꿈을 동시에 접어야 했다.

디오도로스를 만나지 못한 테아노의 마음에는 말로 설명할 수 없는 불꽃이 일었다. 그 불꽃을 어떻게든 다 태워버려야 할 것 같았다. 횃불 아래 선 테아노는 옷을 벗었지만 현자는 그런 테아노를 아랑곳하지 않고 리라 연주에 몰두했다.

"사람이 와 있는데 아는 척이나 좀 해주세요."

테아노가 쏘아붙였다.

"이 야심한 밤에 무슨 일이오?"

현자는 테아노를 돌아보지도 않고 물었다.

"오늘이 무슨 날인 줄 아세요? 아버지가 세상을 떠난 지 일 년째 되는 날이 바로 오늘입니다!"

테아노는 눈물을 흘렸다.

"어머니를 일찍 여읜 저를 아버지가 얼마나 아끼셨는지 아시잖아요. 오늘 같은 날 아버지를 생각하는 제 가슴이 어떻겠어요. 마음 둘 곳이 없어 위로를 받으려고 찾아온 사람에게 너무하시는 거 아닌가요?"

리라 선율이 끊어졌다. 현자는 눈을 감았다.

"내가 죽음을 무엇이라고 일렀소?"

"……."

이번엔 테아노가 침묵으로 대답을 대신했다. 선문답으로 상대의 논제를 결박해서 결론을 도출해내는 현자. 지식을 얻는 일이 세상 최고의 기쁨인 줄 알았던 소녀 시절에는 현자의 그런 점을 존경했지만 이젠 그의 화법에 신물이 난 지 오래였다.

"죽음이란 영혼 회귀의 과정일 뿐이라고 말한 바 있소. 한낱 껍질에 불과한 육체를 벗어버린 상태가 바로 죽음이오. 죽음 뒤에 오는 영혼이란 단지 보이지 않을 뿐, 불멸을 입고 새롭게 탄생하는 또 다른 주체라고 했소. 결국 껍질에 지나지 않는 육신의 부패함을 놓고 슬퍼하거나 애통할 이유가 무엇이오. 나의 제자이며 장인이기도 한 브론티누스의 영혼은 불멸의 옷을 갈아입고 새롭게 태어났을 터인데, 새삼 가슴이 찢어질 이유가 뭐요? 더더군다나 위로를 받고자 하다니. 이건 엄연한 경고감이오. 내 제자 중 한 명이 이런 망언을 했다면 당장에 퇴출을 명했을 거요."

현자의 말소리는 낮았고 말투는 단호했다. 잠시 시간을 두던 현자가 다시 말을 이었다.

"당신의 현명함은 누구도 따를 자가 없다고 믿어왔소. 그것을 고작 망각에 처넣을 만큼 어리석은 사람이었소? 영혼의 회귀에 도달하는 순간 벗어버릴 허물에 지나지 않는 육체인 것을. 그 더럽고 추악한 육체의 제단에 청동보다 견고하고 얼음보다 명징한 이성을 송두리째 바치는 어리석음이라니."

훤히 드러난 테아노의 몸이 확 붉어졌다. 서둘러 옷을 걸치는 손끝이 바들바들 떨렸다.

바로 다음 날, 테아노는 디오도로스가 기숙관에 없음을 알았다. 말도 없이 지식 여행이라도 떠난 걸까. 그가 무심결에 내뱉은 말들을 곱씹는 것이 테아노의 일과가 되었다. 캐물어보면 아무것도 아니라는 듯이 입을 닫아버려서 더욱 의구심이 들게 했던 수수께끼 같은 단어들…….

그날 밤 디오도로스가 그랬던 것처럼, 현자 또한 밤이 깊도록 오지 않았다. 비녀도 처소로 돌아가버린 테아노의 방에 적막이 찾아들었다.

테아노는 모로 누운 채 정염과 질투로 타오르는 어떤 눈을 생각했
다. 그날 현자의 방문 앞에서 스친 히파소스였다. 그를 알게 된 지
오랜 시간이 지났지만 그 눈빛은 쉽게 지나칠 수 없을 만큼 뜨거웠
다. 한마디 말도 제대로 나눈 적 없지만 테아노는 그의 마음을 알고
있었다. 바로 지금의 자신과 같은 마음이리라. 테아노는 침상의 나
뭇결을 하나하나 손끝으로 세며 다시 밤을 새웠다.

　　　　　　　　　　※

아리스톤이 귀족회의를 사임했다는 소식에 니코스는 펄쩍 뛰었다.
"자네 제정신인가? 다들 못 들어가서 안달인데. 내가 명부에 가서
자네 부친을 어찌 대면할 수 있단 말인가. 디오도로스도 저 지경이
된 마당에. 자네마저 이러면 내가 어찌하는가!"
니코스는 대대로 귀족 가문을 이어온 아리스톤 집안과 달리 하층
시민 출신이었다. 그러나 남다른 학식과 인품으로 아리스톤의 아버
지와는 깊은 우정을 나누었다. 부친이 눈을 감으며 두 형제를 부탁
한 사람이었기에 아리스톤 형제도 니코스를 친부처럼 따르고 의지
해왔다.
"어른께 부탁이 있습니다. 제 재산을 하루속히 처분하여주십시
오. 될 수 있으면 큰 소문 내지 않고요."
"무슨 일인가? 상심이 너무 커서 여기를 떠나려는 겐가?"
"아닙니다."
"그럼?"
"학파에 입문하려고 합니다."

니코스는 한동안 말을 잊은 채 아리스톤을 물끄러미 쳐다보았다.
"지금 상태에서는 아무것도 알 수 없습니다. 그러나 분명한 것은, 형은 자살한 게 아니라는 겁니다."
"살해라도 당했단 말인가?"
"어른도 아시지 않습니까. 제가 형의 죽음을 파헤치려고 어떤 노력을 했는지요. 타살의 흔적이 뚜렷한데도 형은 자살한 것으로 되어버렸고 사건은 종결되었지요. 이러다 이삼 년 후에는 잊힐 거고요. 그렇게는 할 수 없습니다. 최소한 그곳에 가서 형이 알던 사람들을 만나고 형이 머물던 방이라도 제 두 눈으로 확인해야겠습니다."
"디오도로스의 죽음과 어떤 식으로든 연관이 있는 그곳을 제발로 찾아가겠다는 건가. 그건 더욱 안 될 일일세. 제발 마음을 돌리게. 죽은 사람을 위해 산 사람이 다칠 수는 없는 일이야."
아리스톤의 손을 붙잡는 니코스의 눈빛이 간절했다.
"형이 억울하게 죽었습니다. 형의 죽음은 의문투성이인데 모두들 그냥 덮으려고만 하잖아요. 저조차 모른 척한다면 형이 세상에 살았던 의미와 죽음의 의미도 바다 깊이 잠기고 말 겁니다. 제가 이 자리에 올 때까지 형이 얼마나 맘을 졸이고 많은 시간을 낭비하면서 기다려줬는지 누구보다도 어른께서 잘 아시지 않습니까. 형이 제게 바친 그 시간의 반에 반이라도 형을 위해 살고 싶습니다. 전 형을 위해 한 번도 그렇게 살아보지 못했으니까요. 저도 제가 거기 들어가서 뭔가 밝힐 수 있으리라고는 장담할 수 없습니다. 다만 지금 상황에서 제가 할 수 있는 최소한의 일을 하려는 것뿐입니다."
아리스톤의 목에서 쇳소리가 나는 듯했다. 니코스의 얼굴에 체념의 빛이 떠올랐다.

"어른께 부탁할 것이 또 있습니다. 저잣거리와 해안 주변의 동정을 살펴주십시오. 아시다시피, 형은 세상과 무관하게 살아온 사람입니다. 그런 형에게 원한을 가질 사람이라면 귀족이나 학자일 것이고, 그런 사람들이 직접 손에 피를 묻혔을 리 없습니다. 해안 주변이나 저잣거리 시정잡배들 중 최근 귀족을 상대한다고 으스대고 다니거나 귀족의 재물을 취한 자가 있는지 수소문해주십시오."

"그 점은 염려하지 말게나. 하지만 자네가 학파에 입문해버리면 나와 연락하기가 그리 쉽지 않을 텐데."

수심이 깃든 니코스의 말에 학파의 사정을 모르는 아리스톤도 속 시원한 말을 해줄 수 없었다. 우선 며칠 앞으로 다가온 입문 시험이 더 걱정이었다.

"알았네. 자네 뜻이 정 그렇다니 나야 힘닿는 데까지 돕겠네. 가급적 빠른 시일 내에 집과 땅을 처분하겠네. 그런데 이거 하나만은 명심하게나. 첫째도 둘째도 몸조심해야하네. 만약에 말이야……자네가 디오도로스처럼 내게 돌아온다고 해도 난 자네의 억울한 원혼을 갚아줄 기력도 시간도 없는 늙은이라고. 그 점 하나만 기억해주게나."

아리스톤의 어깨를 두드리는 니코스의 눈시울이 붉어졌다.

며칠 후, 학파 정문은 각지에서 몰려든 사람들로 웅성거렸다. 학파 시험을 치르기 위해 어린 자식의 손을 잡고 온 부모도 있고 흰머리가 희끗한 늦깎이 학도도 있었다. 그 틈에 아리스톤도 끼여 있었다. 학파의 입문은 이제 귀족들이 반드시 갖추어야 하는 조건이자 출세를 위한 관문으로 완전히 자리 잡았다. 그래도 그들이 지덕체를 고루 갖춘 자들이라는 사실에는 변함이 없었다. 순수한 학문 도야라는 원래 목적이 변질되긴 했지만 지금 이 순간, 지혜와 학문을 갈구하는 그들의 열망만은 무엇보다 뜨거웠다.

"난 이번에 떨어지면 아예 공부는 때려치울 생각이야."

"넌 이번이 몇 번째지?"

아리스톤 옆에서 대화를 나누던 두 사람 중 질문을 받은 젊은이가 한숨을 쉬었다.

"벌써 세 번째야. 정말 이제는 부모님 볼 낯이 없어. 너는 이번이 처음이지? 준비는 많이 했어? 하긴 넌 열심히 공부했으니까 한 번에 될 거야."

"그걸 어떻게 장담해? 이렇게 지원자가 많은데. 나도 걱정이야."

두 사람의 얼굴은 초조함으로 굳어 있었다. 이들의 말을 듣던 아리스톤도 내심 걱정이 되었다. 자신이야말로 그들처럼 순수하게 학문에 뜻을 둔 것이 아니기에 더욱 그랬다. 형 무덤에 이끼가 끼기 전에 진실을 밝혀내리라. 아리스톤은 공부한 내용을 다시 한 번 머릿속에 떠올려보았다.

아리스톤은 재산 헌납 맹세 서류에 도장반지를 찍었다. 현자의 추종자가 되기 위한 첫 번째 절차였다. 아리스톤은 금괴 세 개라고 썼다. 형이 가지고 있던 금괴다. 그중 한 개는 밖의 동정을 살피는 데 쓰라고 니코스에게 주었으니, 남은 것을 모두 헌납한 셈이다. 학파로부터 나와 다시 학파로 돌아가는구나. 아리스톤은 금괴를 내놓으며 쓴웃음을 지었다.

종이 울렸다. 1차 시험이 곧 시작된다는 신호였다. 광장 중앙에 커다란 장막이 쳐지자 아리스톤의 눈이 커졌다. 장막 위에 그려진 문양 때문이었다. 형이 가지고 있던 가죽 주머니의 그림과 같았다. 열 개의 점으로 이루어진 피라미드. 그 그림 밑에는 테트라크티스라고 씌어 있었다. 아리스톤은 정신이 아찔해졌다. 학파 출신 의원들이 그것을 보고 말하기를 꺼렸던 것이 기억났다.

수험생들이 질서정연하게 광장에 좌정했다. 그 수가 수백 명에 이르렀다. 그러나 3차 시험까지 통과해 학파에 입문하는 자는 열 손가락 안에 꼽을 정도라고 했다. 과연 지중해와 일대에서 최고로 치는 교육 기관다웠다.

아리스톤은 집 안을 샅샅이 뒤져 찾아낸 밀랍판과 짐승의 가죽으로 만들어진 서책들을 떠올렸다. 빈 곳을 찾아볼 수 없을 정도로 귀퉁이마다 복잡한 수식을 휘갈겨 쓴 형의 글씨를 만날 때마다 가슴속에 뜨거운 무엇이 치밀었다. 형의 학문적 깊이를 한눈에 볼 수 있는 서책들은 어떤 참고 서적보다도 훌륭했다. 마구 구겨진 서책들도 눈에 띄었다. 디오도로스에게 가르침을 받다가 제 성질을 이기지 못한 아리스톤이 만든 흔적이었다. 형의 말투는 부드러웠지만 가르침만은 늘 엄격했다. 형에게 몹쓸 말을 하고 길길이 날뛰던 어린 시절이 어른거려 아리스톤은 한참을 웃었고 오랫동안 눈물을 삼켜야 했다. 형은 천성적으로 학자나 종교 지도자가 될 재목이었다. 권력과 재리에 밝은 아리스톤과는 많이 달랐다.

이제 디오도로스의 길을 되짚어가기로 한 아리스톤은 자신에게 속삭이듯 조용히 말했다.

"나는 강해졌어, 형. 난 절대로 죽지 않을 거야."

다시 종이 울리고 시험 문제가 발표되었다. 휘장에 걸린 1차 시험 문제는 모두 세 문항이었다.

> 1. 다음 예문을 통해 문제를 해결하라.
>
> 반드시 진실만을 말하는 사람 한 명과 반드시 거짓만을 말하는 사람 두 명이 다음과 같이 말하고 있다.
> A: 난 거짓말을 안 해.
> B: A는 거짓말쟁이야. 나는 정직해.
> Γ: B는 거짓말쟁이야. 이건 참말이야.
> 이 중에서 진실을 말하고 있는 사람은 누구인지 구하라.

정답은 B였다. 일단 모든 사람이 진실을 말하고 있다고 가정하고 하나씩 따져보기로 했다. 세 명 중 진실을 말하는 사람이 한 명을 넘게 되면 그 경우는 정답이 아님을 알 수 있을 테니까. 거짓말하는 사람을 '거짓말쟁이'라고 하는 것은 진실을 말하는 것이다. A가 진실을 말하고 있다면 B는 거짓말쟁이여야만 한다. 그러면 'B는 거짓말쟁이'라는 Γ의 말도 진실이 되어버린다. 즉, 이 경우에는 진실을 말하는 사람이 두 명이 되는 것이다. B의 말이 옳다고 가정했을 때만 진실을 말하는 사람이 한 명, 거짓말쟁이가 두 명이 된다. 아리스톤은 어렵지 않게 첫 문제를 풀고 다음 문제를 살폈다.

2. 다음 예문을 통해 현자의 제자 수를 구하라.

제자의 1/2은 수의 아름다움을 탐구하는 자들이고, 1/4는 자연의 이치를 연구하는 자들이다. 1/7은 음계와 수의 관계를 통찰하고 있다. 나머지 여섯 명은 굳게 입을 다물고 사색에 잠겨 있으나, 그중 한 명은 깊고 어두운 골짜기에서 환생의 도래를 믿고 있는 자이다. 이상이 현자의 모든 제자이다.

미지수를 무엇으로 잡느냐에 따라 답이 나오는 문제다. 아리스톤은 전체 제자의 수를 미지수로 정하고 식을 세우기 시작했다. 미지수 하나에 식이 하나라면 정답을 구할 수 있는 것이 바로 수학의 기본이다.

제자의 수 = 1/2 × 제자의 수 + 1/4 × 제자의 수 + 1/7 × 제자의 수 + 6

답은 56이었다. 그러나 아리스톤은 55를 답으로 적었다. '깊고 어두운 골짜기에서 환생의 도래를 믿는 자'라는 구절 때문이었다. 단순히 수학적 지식만 묻는 게 아니라 어떤 의미가 내포된 문제라는 생각이 들었다.
아리스톤은 두 문제를 풀면서 귀족이 시민 위에 군림할 수밖에 없는 권력 구조를 뼈저리게 인식했다. 첫 번째 문항이 사고와 논리를 물었다면 두 번째 문항은 일상생활에서 수리적 사고를 유추할 수 있는 문제였다. 그러나 이런 지식이 저잣거리에서 통용되는 것을 아리스톤은 본 적이 없었다. 저잣거리의 거래란 늘 주먹구구식이었다. 논리와 수학적 지식은 계산을 할 줄 모르는 하층시민을 핍박하는 귀족들의 또 다른 채찍이 되어왔다. 그러나 무식한 자들일수록 눈치가 빠른 법이다. 자신들의 무지가 착취의 수단이 되고 있음을 깨달은 시민들의 원성이 나날이 높아지고 있었다.

세 번째는 도형을 통해 직각삼각형 정리를 증명하는 식을 세우는 문제였다. 난항이었다. 세 개의 사각형이 직각삼각형을 둘러싸고 있었다. 얼핏 보아 건축물을 짓기 위한 측량과 관계 있는 것은 알겠는데 풀리지 않았다. 아리스톤은 진땀을 빼다가 아무것도 적지 못한 답안을 제출하고 말았다.

다행히 두 번째 관문인 체력 검사를 치를 후보 명단에 아리스톤의 이름이 있었다. 체력 검사까지 무사히 통과한 아리스톤은 마지막 관문인 면접을 앞두고 염려가 앞섰다. 면접은 현자가 직접 한다는 말을 들었기 때문이다. 현자가 자신의 얼굴에서 형을 알아보지 않을까 하는 두려움과 그날의 자신을 기억할지 모른다는 생각이 뒤엉켰다.

면접 방에는 장막이 쳐져 있었다. 다행이었다. 장막에는 사람의 그림자만 얼비쳤다. 현자였다. 장막 너머로 현자가 목소리를 가다듬는 기침 소리가 났다.

"두 번째 문제의 답은 56명이나 그대는 답을 55명이라고 적었다. 어떤 이유로 그리하였는가?"

날카로운 질문이 장막을 넘어왔다. 수학적 지식은 물론, 학도로서의 마음가짐까지 확인하는 문제가 아닐까 예상은 했지만, 등에서는 식은땀이 흐르고 대답은 목구멍 속에서 맴돌았다. 아리스톤은 문제를 다시 떠올렸다. 어둠의 골짜기? 환생의 도래? 암호 같은 말들 속에는 법칙도 식도 없었지만 그에게는 어떤 확신이 있었다.

"마땅히 사색에 잠겨 있어야 할 여섯 명의 제자 중에 한 명이 어두운 골짜기에서 환생의 도래를 믿고 있다고 했습니다. 자신의 본분을 망각한 자는 더는 현자의 제자일 수 없기에 그를 제외한 것입니다."

말을 마치기 무섭게 현자의 팔 그림자가 보였다.

"그렇군. 더는 제자 아닌 자의 수를 제외하는 묘를 발휘하였구나. 그럼 한 가지 더 묻겠다. 학파에 입문하여 생활하면서 학도로서의 본분을 망각하고 경거망동한 언행으로 나와 학파의 이름에 누를 끼친다면 그대 또한 언제든 제자 아닌 자가 될 수 있음을 알고 있겠지? 각오는 되어 있는가?"

"……"

아리스톤은 어리둥절했다.

"각오는 되어 있는가?"

현자의 물음이 재차 날아왔다.

"되어 있습니다!"

아리스톤은 엉겁결에 큰 소리로 대답했다. 다행히 써내지 못한 답에 대한 언급은 없었다.

마음의 안정을 되찾은 아리스톤은 현자와의 일문일답을 곱씹어 보았다. 다른 제자는 다 연구에 골몰하는데 깊은 사색에 빠져 침묵해야 할 여섯 명의 제자는 누구일까? 그런 본분을 망각하고 어둠의 골짜기로 굴러떨어진 자는 과연 누구일까? 제자에서 제외된 그는 바로 디오도로스와 같은 자를 말하는 것은 아닐까? 사색과 침묵을 생명처럼 지켜야 하는 학파에서 퇴출당한 디오도로스. 디오도로스가 묵언 수행을 견디지 못할 정도로 경거망동했던가. 말을 아끼고 행동 하나하나에 신중한 사람. 적어도 아리스톤이 아는 형은 그런 사람이었다.

 생각에 잠겨 있던 아리스톤은 급히 움직이는 인파에 밀려 정신을 차렸다. 합격자 명단이 정문에 붙었대요! 누군가 소리쳤다. 그를 좇아 아리스톤은 단숨에 광장을 가로질러 정문까지 달렸다. 그리고 최종 합격자 명단에 당당히 실린 자신의 이름을 확인했다.

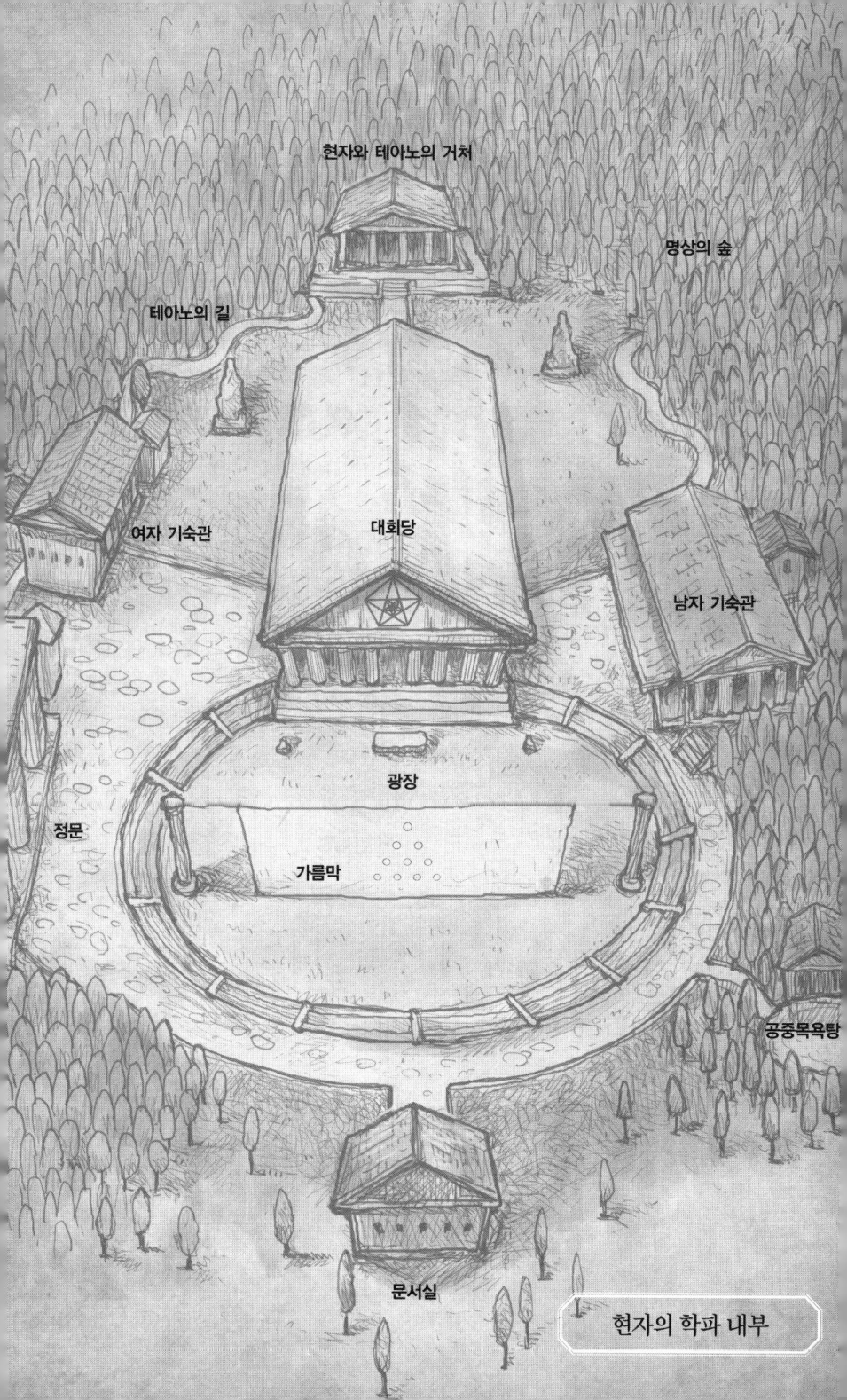

제2부

수의 제국

설 곳만 마련해주면, 내가 지구를 움직여 보이겠다.

아르키메데스Archimedes (고대 그리스의 수학자이자 물리학자)

 무화과 향이 짙은 밤이었다. 기숙관 대리석 외벽에 꼿꼿이 몸을 곤두세운 살쾡이들의 괴성이 어둠의 적막을 찢었다. 숲 어디선가 일제히 퍼드덕거리는 새 떼 소리가 들려서 히파소스는 발소리를 잔뜩 죽였다. 하늘로 퍼지는 검은 파문. 살쾡이가 꼬리를 휘감고 건물 뒤 숲 속으로 사라졌다.
 이윽고 히파소스는 디오도로스가 머물던 방문 앞에 당도했다. 바깥으로 난 창 앞에 미리 가져다놓은 큼지막한 돌덩어리들을 한데 모았다. 키 높이를 가늠하기 위해 여러 번 올라가본 뒤에야 창을 가로막은 빗장을 열 수 있었다. 한참이나 사용하지 않은 것처럼 창틀이 유난히 삐거덕거렸다. 방 안에는 바깥보다 더 농밀한 어둠과 적막이 고여 있었다. 이름을 부르면 새까만 어둠이 디오도로스의 형상으로 몸을 일으킬 것 같다고 생각한 순간 등줄기로 찬바람이 불었다. 오늘 대회당에서 스승의 전언을 선포하는 카리톤의 말을 들었을 때도 히파소스는 온몸이 떨렸다. 디오도로스, 퇴출. 처음에는 자신의 귀를 의심했다. 카리톤은 알고 있었구나. 청강자 시절의 동

기였던 카리톤의 냉담함이 새삼 소름끼쳤다. 현자의 명령에 따라 디오도로스의 방을 봉쇄한 것도 그였을 것이다. 퇴출, 그것은 죽음과 다름없는 선고였다. 아니, 죽음 그 이상의 불명예였다. 각진 턱에 깊은 눈을 가진 디오도로스는 가장 촉망받는 제자였으며 신뢰할 만한 학우였다. 그의 어떤 면이 현자의 노여움을 산 것일까. 그 노여움은 과연 정당한 것이었을까. 철없던 시절, 테아노가 디오도로스를 좋아한 사실을 현자가 알기라도 한 걸까. 그 정도로 편협하고 충동적인 현자일 리가 없는데…….

테아노를 다시 만난 그날 밤부터 히파소스의 가슴에는 독이 자라났다. 처음에는 정체를 잘 알지 못했지만, 그것은 학자로서 가져서는 안 되는 애욕이었고, 현자를 향한 독이었다. 지혜의 아비이자 학문의 이정표로 의심 없이 믿고 따르던 현자에게 미움의 촉수가 벼리어지는 느낌에 히파소스는 스스로 깜짝 놀라 몸을 웅크렸다. 잊었다고 생각했다. 아니, 잊어버리려고 했다. 디오도로스를 향해 겨누었던 질투의 화살을. 청강자 시절 히파소스와 디오도로스는 테아노를 동시에 흠모했지만 테아노가 바라보는 이는 디오도로스였다. 히파소스는 단 한 번도 자신의 마음을 드러내지 않았지만, 보아서는 안 될 테아노의 반나신은 그의 가슴속에 수만 개 반딧불이 한꺼번에 몸을 사르는 듯한 불꽃을 만들었다. 히파소스는 기분 나쁜 벌레들을 떼어내듯 문득 팔과 어깨를 털며 몸을 떨었다.

방 안에는 냉기가 끼쳤다. 오래 묵은 가죽의 냄새 같은 것이 희미하게 섞여 있었다. 부싯돌을 두들겨 횃불을 밝혔다. 동그란 영역으로 방 안을 밝힌 불빛. 그런대로 식별이 가능했다. 청빈한 방이었다. 그러나 아무리 둘러보아도 디오도로스의 흔적은 남아 있지 않았다.

히파소스는 딱딱한 나무 침상에 가부좌를 틀고 앉아보았다. 눈을 감고 숨을 크게 들이마셨다. 행여 남아 있을 법한 디오도로스의 체취는 없었다. 횃불에서 피어오르는 연기 냄새만이 느껴졌다. 이제 그의 흔적조차 찾을 수 없는 걸까. 지식을 증명하고 설파하던 결연한 목소리가 금방이라도 침상에서 우렁차게 튀어나올 것 같았다. 히파소스는 디오도로스와 나눈 마지막 대화를 떠올렸다.

"히파소스, 자네는 스승님의 정리를 어떻게 생각하나?"

"뭘 어떻게 생각해? 생각만 해도 머리가 깨져나갈 것 같지. 이제 제자들끼리 증명 경쟁을 하는 것도 지쳤네. 더 이상 만들어낼 증명도 없는데, 스승님의 성화가 좀 불같으셔야지."

"아니, 내 말은 그게 아니야. 그 많은 정리와 증명 이전 상태인, 그 원형에 대해서 말하는 거라네."

"원형이라면, 직각삼각형에서 직각을 낀 두 변 길이의 제곱의 합은 빗변 길이의 제곱과 같다는?"

"바로 그것 말일세."

그 정의를 완성한 현자가 신전에 소 백 마리를 바쳤다는 이야기를 들은 적이 있었다. 소 백 마리. 그만한 가치가 있는 발견이었다. 디오도로스는 희미하게 웃었다. 하지만 빛이 잘 들지 않는 회랑이었기 때문일까, 그 미소는 차라리 고통의 일그러짐 같았다. 히파소스는 눈을 가늘게 떴다.

"자네 뭔가 새로운 증명이라도 찾아낸 건가?"

이번에도 디오도로스는 스승에게 한발 먼저 다가가 있구나. 히파소스는 질투를 느꼈으나 눈앞의 그는 천천히 고개를 저었다.

"그것이 정말 완전무결하게 스승님이 집대성한 정리라고 할 수 있을까? 어떤 비밀이나 한 점 오류조차 없는 걸까? 우리는 회의나 의심을 품으면 안 되는 걸까?"

히파소스는 물끄러미 디오도로스를 쳐다보았을 뿐이었다. 현자의 정리야말로 시대를 초월한 지혜의 원천이었다. 기하학에서 혁명과도 같은 학설로 평가받음은 물론이거니와 건축물 도량과 토지 측량, 도로 확장에도 반드시 필요한 공식이었다. 문명이 발달할수록 그 가치는 점점 확대될 터였다.

"도대체 무슨 말을 하는 건가?"

"언제 나와 이야기 좀 할 수 있겠나."

며칠 후 만나자는 약속을 정하고 유유히 걸어가는 디오도로스의 뒷모습이 어쩐지 쓸쓸했다. 히파소스는 새로운 자료를 가지고 연구할 기대에 들떴지만 그것이 디오도로스의 마지막 모습이었다. 약속한 날 디오도로스는 오지 않았다. 그리고 오늘에야 그가 퇴출당했음이 공표되었다. 훗날 밖에서 그를 만난다면, 정말 못 본 척해야 하는 걸까? 그날 디오도로스가 하려던 말은 무엇이었을까?

횃불에서 검은 연기가 피어올랐다. 히파소스는 감았던 눈을 떴다. 오른손에 들고 있던 횃불을 추스르려 고개를 돌렸을 때 열린 창문 틈으로 그를 지켜보는 시선이 있었다. 힐끗 보기에도 살쾡이의 눈은 아니었다. 히파소스의 심장이 내려앉았다. 그는 재빨리 횃불을 돌바닥에 비벼 끄고 문을 열었다. 명상의 숲 너머로 후다닥 몸을 움직이는 어둠 덩어리. 사람의 그림자가 분명했다. 히파소스는 그림자가 사라진 검은 숲을 한동안 바라보았다 검은 숲과 같은 불가해하고 침울한 어떤 그림자가 자신을 덮쳐오는 불안감이 들었다. 누굴까.

……청강생, 그 시절로 다시 돌아가고 싶다던 당신의 글, 참으로 달고 귀하게 읽었습니다. 그때 아네모네의 전설을 아느냐고 디오도로스에게 물으신 적이 있었지요. 그 옆에 있던, 눈부신 당신의 모습을 감히 쳐다볼 수조차 없었던 제가 오래 묵은 대답을 해도 될지요. 가슴 아픈 사랑의 전설을 가진 꽃. 허무하고 고독한 사랑의 이야기가 깃든 꽃이지요. 그 시절 저는 그 꽃에서 당신을 보았습니다. 연모의 마음조차 전하지 못했는데 당신은 떠나버리셨지요……. 불경하기 짝이 없는 제 행동을 용서하십시오. 이 사람의 가슴속에 아네모네로 남은 연모의 마음이 이제 하늘에 닿고 있습니다. 제우스의 노여움이 제 정수리에 번개를 내리꽂는다 해도 이 마음을 접을 수가 없음을 고백합니다. 가까운 시일 내에 테아노 님을 다시 만날 수 있기를 감히 청합니다. 간절한 마음으로 기다리겠습니다.

테아노의 육감은 정확했다. 서신을 받아 든 손이 저려왔다.
"테아노 님, 무슨 전언인가요?"
"이 서신을 너에게 전한 자가 누구더냐?"
"그걸 전한 사람요? 그러니까 저야 문서실지기한테 받았습죠. 문서실지기는 누구한테 받았다고 하더라. 음, 맞아요! 남자 기숙관 청지기가 주더라고 했던 것 같습니다요. 그리고 그 청지기는 또……."
천장을 향해 눈동자를 돌리던 필레가 갑자기 경박하게 웃어댔다.
"테아노 님, 마치 말 잇기 놀이를 하고 있는 것 같지 않습니까요. 공중을 날아다니는 종달새의 지저귐을 지나가는 바람이 들었을 뿐이라고 하는 것과 무엇이 다르겠습니까요. 참 재밌네요."
"수선 좀 그만 떨어라. 그 여러 사람의 손과 눈을 거치고 내 수중에 들어왔다면 큰일이 아니냐? 너는 서신을 그 사람에게 직접 전달했다고 하지 않았더냐? 그 사람이 큰 실수를 했구나."
테아노의 말에 필레는 호기심을 가득 담은 얼굴로 물었다.
"암요. 저는 히파소스 님 방문에 서신을 끼워 넣었죠. 그런데 히파소스 님의 답장이 남의 눈과 손을 탈까 염려되는 전언인가요? 그렇다면 그런 염려는 붙들어 매셔도 될 듯싶네요. 모두 묵언 수행을 제 목숨처럼 지키는 청강자의 손을 거쳐온 듯싶습니다만."
"정말 그랬다면 천만다행이로구나."
"그렇지만 딱 한 사람만은 아니지요. 아니, 두 사람이로군요."
"그게 누구더냐?"
"누구긴 누구겠습니까? 테아노 님에게 그 서신을 쓰신 히파소스 님하고······."
"그 사람과?"
테아노는 상체를 내밀며 필레의 말을 잘랐다.
"테아노 님 앞에 있는 입 무겁고 귀 밝은 이 사람입지요."
필레는 뜸을 들이며 테아노를 놀렸다. 테아노는 필레에게 눈을 흘겼다.
"하나, 이 사람을 완전히 믿지는 마세요. 이 사람의 입에 빗장을 단단히 채우고 싶으시다면 밝은 저의 귓속에 테아노 님의 솔직한 마음과 그 서신의 내용을 소상히 일러주셔야 합지요. 테아노 님도 이 사람이 궁금한 건 못 참는 성격인 것을 익히 알고 계시지요."
"그래, 알았다, 알았어. 내가 네게 뭘 숨기겠느냐. 그렇게 조급하게 굴지 않아도 네게 다 말할 작정이었다. 히파소스, 그 사람은 내가 청강생이던 시절의 학우이지. 지난번에 우연히 이곳 회랑에서 본 적이 있는데, 옛정이 생각나더구나."
"어머, 그때는 현자의 심부름이라고 하시더니……. 테아노 님의 사사로운 감정이 있으셨군요. 근데 뭐라고 답장이 온 거예요?"
"그러니까, 이 서신은 한마디로 말해서 연서다."
테아노 곁으로 바짝 다가온 필레는 서신을 넘겨보았다.
"혹시나 했더니 역시나였군요. 진즉에 짐작한 일이었습니다요. 무식한 제가 서신의 내용이야 어떻게 알겠어요. 하지만 눈치 하나만은 저를 따라올 사람이 없을 겁니다요. 그걸 제게 주는 히파소스 님의 순진한 표정이라니."
필레는 눈동자를 잠깐 위로 뜨더니 킥킥 웃었다.
"여러 사람의 손을 거쳤다고 하더니, 네가 나를 놀린 거로구나."
필레는 손으로 입을 가리고 헤헤 웃었다.
필레의 말이 아니더라도 서신에는 히파소스의 마음이 고스란히 들어 있었다. 히파소스의 서신에서 디오도로스라는 이름을 읽는 순간 테아노는 가슴이 떨렸다. 테아노도 알고 있었다. 그가 학파에서 퇴출당한 사실을. 그 소식을 들었을 때 하늘이 무너지는 것 같았다. 디오도로스와 함께했던 날들은 테아노의 가슴에 박혀 있었다. 어느 날인가는 디오도로스가 현자에 대한 회의를 품은 말을 하기도 했다. 현자와 자신을 선택해야 할 상황이 온다면 누구를 버리겠느냐고 했다. 누구를 선택하겠느냐가 아니고 누구를 버리겠느냐는 그의 질문은 의미심장했다. 그때 그걸 캐물었어야 했다. 디오도로스는 테아노의 사랑을 끊임없이 의심하고 또 비교했다. 그런 디오도로스에게 테아노는 화를 내곤 했다. 혹여 디오도로스가 그 때문에 스스로 현자의 심기를 건드려 학파를 떠난 것은 아닐까? 근래 들어 문득문득 멍한 표정을 짓던 디오도로스가 그토록 번민한 이유는 무엇이었을까? 지금 그는 어디서 무엇을 하는 것일까? 그의 소식이 궁금해질 때마다 그날 만났던 히파소스가 생각났다. 소년 시절의 모습이 남아 있기도 했지만 정말 멋진 청년이 되어 있었다. 우직한 디오도로스와는 또 다른 면모가 엿보였다.

"내가 그 옛날 물었던 아네모네까지 기억하고 있다니……. 멋진 청년이 되었더구나. 아, 곧 아름다운 여인과 결혼도 하겠지."

"어쩌나. 우리 테아노 님, 엄연히 현자가 계신데. 안 되겠어요. 현자의 아내인 테아노 님에게 그런 서신을 보내다니. 생각할수록 무례한 사람입니다. 당장 서신을 불태워버릴까요?"

테아노는 서신을 감추며 머리를 가로저었다.

"알겠습니다. 테아노 님의 외로운 마음을 제가 이해해드려야겠지요. 테아노 님, 그러시다면 오늘은 아이들에게 좀 들러보시는 건 어떨까요?"

"그래, 그러자꾸나. 요즘 내 신경이 날카로운 탓에 아이들한테 너무 무심했지. 난 어미 자격도 없어."

요즘 부쩍 우울했던 테아노는 아이들을 보모에게만 맡겨놓은 채 등한시해왔던 게 사실이었다. 현자와 사이가 틀어질 때마다 자식들에게 소홀한 적이 많았다.

테아노의 서신은 길지 않았다. 청강자 시절이 그립다는 이야기였다. 간단한 안부 서신에 불과했지만 그녀의 마음이 그대로 전해져 히파소스는 서신을 몇 번이고 어루만지며 답장을 썼다. 젊은 시절을 떠올리는 여자의 마음은 어떤 걸까. 외로움은 아닐까. 테아노도 디오도로스의 퇴출을 알고 있을 것이다. 그로 인해 마음이 아픈데도 차마 그 이름을 쓰지 못한 것일 수도 있었다.

히파소스는 배 속에 가시가 돋아나는 듯한 고통으로 잠을 설쳤다. 투명한 코안 속에서 빛나던 나신이 밤새 어른거렸다. 옛 기억에 지나지 않은 풋사랑이라고 생각했다. 시간이 지날수록 마땅히 희미해지리라 여겼다. 하지만 이상한 일이었다. 디오도로스에 대한 의문이 일수록 테아노는 히파소스 안에 더 깊이 들어왔다. 디오도로스의 부재와 함께 테아노의 서신이 히파소스에게 용기를 주었는지도 몰랐다. 현자의 얼굴을 제대로 쳐다볼 수 없어야 마땅한 일이겠지만, 죄책감에도 관성이 붙는 모양이었다. 테아노를 대할 현자의 모습 하나하나가 눈앞에 생생히 그려졌다. 현자의 입술에 묻어 있을 테아노의 숨결. 현자의 손에 스치고 지나갔을 테아노의 옷자락과 머릿결. 그는 아내인 그녀에 관해 속속들이 알고 있으리라. 그에 비해 히파소스는 그녀의 무엇도 알지 못했다. 그럴수록 테아노의 몸속 아주 깊은 곳까지 스며들고 싶다는 욕망이 극에 달했다. 몇 번이나 고쳐 쓴 답장을 너무 쉽게 받아들고 돌아서던 비녀의 뒷모습도 예사롭게 느껴지지 않았다. 히파소스는 별안간 침상에서 내려와 무릎을 꺾었다.

"모든 신의 우두머리이시며 올림포스의 주인이신 제우스여 부디 이 사람을 벌하소서. 아폴론과 뮤즈의 정기로 태어난 현자의 아내에게 음욕을 품고 있습니다. 하지만 그 여인을 사랑해온 이 사람의 마음만은 그 누구보다 지극할 것입니다. 그래도 이 사람의 죄가 크다면 제 몸에 번개를 내리치시길. 그것도 부족하겠는지요. 그리하면 바다의 신 포세이돈에게 명하셔서 삼지창으로 이 사람의 몸을 갈기갈기 찢으십시오. 테아노를 향해서 터럭까지도 발기되는 제 몸뚱어리는 마땅히 찢어지고 고통당하겠습니다. 테아노의 마음에 제 순정한 사랑을 전해주십시오……."

히파소스는 기도 중에도 솟구치는 열기를 감당키 어려웠다.

"아프로디테의 아들이시며 사랑의 신인 에로스여. 당신이 쏜 화살에 맞았던 이 사람을 기억하시는지요. 사랑의 상처로 피 흘리는 동안 그녀는 범접하지 못할 스승의 아내가 되어버렸습니다. 아아, 당신의 활시위를 다시 한 번 힘껏 당겨 테아노의 가슴에도 겨눌 수는 없습니까. 제가 테아노를 향하는 마음의 십 분의 일, 아니 백 분의 일이라도 테아노가 저를 원한다면 저는 한 가닥 연기로 사라져도 행복할 것입니다……."

세상의 온갖 신들을 부르짖는 히파소스의 기도 소리가 방 안에 울렸다. 만일 테아노가 히파소스를 무례하다고 여겼다면 지금쯤 그 서신은 화덕에 던져져 재가 되었을 것이다. 테아노는 여학도들에게 여인의 덕행과 현숙함을 가르치는 스승이 아니던가. 그런 그녀가 히파소스에게 먼저 서신을 보냈다면 자신의 연서 또한 그녀의 부드러운 체취 속에 고스란히 남아 있지 않을까. 그는 방 안을 맴돌며 두 손을 맞비볐다.

"그다음은…… 그다음은, 어떻게 해야 하지?"

테론은 몸을 일으켰다. 진탕 마셔댄 술 탓인지 오줌보가 터질 듯했다. 머리털 나고 그렇게 큰 금괴를 만져본 적이 없는 테론이었다. 그야말로 눈이 휘둥그레질 정도의 사례를 받았지만 다른 어느 때보다 마음 한구석이 께름칙했다. 일을 치르던 날 새벽의 뇌성벽력 때문일까. 예사로 해오던 일이 왜 그렇게 섬쩍지근했던지. 이미 숨통이 끊어진 그자의 눈이 테론을 노려보는 듯했다. 테론은 어느 때보다도 광포하게 취했다. 디오니소스 신의 취기와 광기에 몸과 돈을 마구 던져버렸다.

아랫배에 힘을 주었다. 오줌보를 다 비우듯 시원하게 오줌이 쏟아졌다. 튜닉을 내리면서 허릿단에 찔러두었던 가죽 조각이 손에 잡혔다. 칼로 잘라낸 자국이 선명하게 남아 있는 가죽에는 조잡한 도형과 알 수 없는 기호 따위가 그려져 있었다. 테론으로서는 가죽 쪼가리에 지나지 않았지만 죽은 자에게는 꽤 귀한 무엇이었는지 모진 매를 견디면서도 손아귀에 움켜쥐고 있었다. 죽은 자의 유품이라 생각하니 소름이 끼쳤다. 그런데도 그것이 어떤 증거가 될지 모른다는 생각에 엉겁결에 튜닉 허릿단에 찔러넣었다. 너무도 선명히 남은 망자의 마지막 모습을 떨치듯 고개를 흔들자 머리를 쪼개는 듯한 두통이 엄습했다.

남의 청을 받아 살인하는 것이 테론의 일이었다. 그 손에 죽은 목숨이 어디 한둘이던가. 법의 응징이 미치지 못하는 저잣거리 뒷골목은 온갖 악으로 득실거렸다. 불쌍한 고아들을 모아 앵벌이를 시키는 자, 과부에게 돈을 빌려주고 이자로 몸을 요구하는 자, 제 핏줄인 딸을 매일 밤 겁탈하는 아비, 힘없고 가난한 사람의 노동으로 호의호식하는 악덕관리……. 그들은 서로 가해자이고 피해자였다. 테론은 그런 치들에게 익숙하다 못해 이골이 났다.

죽여야 할 그자를 보았을 때 테론은 조금 당황했다. 살인을 청부한 사람의 저의가 궁금했을 정도였다. 그런 얼굴은 처음 보았다. 여태까지 해치운, 지옥의 신 하데스도 눈살을 찌푸릴 정도로 험상궂고 추한 놈들의 얼굴과는 전혀 다른 인상이었다. 그들은 법과 신의 영역에서 벗어난 악마들이고 서로에게 한을 품고 칼을 가는 자들이었다. 하지만 그자의 모습 어디에도 악은 없었다.

약속 장소에 나타난 그에게 테론은 다짜고짜 채찍을 들었다. 그는 생각만큼 쉽게 쓰러지지 않았다. 버틸 수 있을 때까지 버티면서 무자비한 폭력의 이유를 집요하게 물었다. 테론은 간결하게 답했다. 너에게 개인적인 원한은 없다. 단지 너의 숨통을 끊어놓는 것이 지금 내게 주어진 일이다. 테론의 말을 듣는 순간 그자의 얼굴이 일그러지며 웃음 섞인 괴성이 뿜어져나왔다. 심장을 움켜쥐는 소리였다. 일을 처리할 때마다 온갖 저주에 서린 폭언을 뒤집어쓰고 살아왔지만 그자의 괴성에는 뭐라 말할 수 없는 원한이 서려 있었다. 마음속 두려움의 불씨를 비벼 끄듯, 테론은 사정없이 매질을 했다. 힘없던 어린 시절, 그의 가장 연약한 곳만을 골라 때리던 계부의 기억이 아주 오랜만에 새파랗게 되살아났다.

테론의 어미는 처녀관에서 쫓겨난 유녀였다. 배운 도둑질이 유녀 짓이었던 어미는 저잣거리에서 뭇 사내에게 몸을 팔아 생계를 연명했다. 어미는 누구의 씨인지도 모르는 임신을 했고 그렇게 태어난 아이가 테론이었다. 네 살 터울의 여동생도 비슷한 상황 속에 생겨

났다. 그즈음 어미는 계부를 만났다. 현자의 학파에서 수학했다는, 먹물깨나 들었지만 진즉에 퇴출당한 계부는 몰락한 지식인의 전형이었다. 술에 취했을 때는 미치광이였고 온전한 정신일 때도 몸을 움츠리며 눈동자를 두리번거렸다. 나를 뒤쫓는 발소리에 귀를 곤두세우며 평생을 살아야 해. 길을 걸을 때도 그늘만 골라 디딘다고. 그는 곧잘 그렇게 중얼거리곤 했다. 불쌍한 어미는 어려운 철학 용어들을 줄줄이 늘어놓으며 고뇌하는 계부를 사랑했고, 계부는 그런 어미를 착취했다. 그리고 불량한 언행으로 반항하던 테론에게도 견딜 수 없는 매질을 퍼부었다. 어린 테론은 학파에 가본 적도 없고 그곳이 정확히 어떤 곳인지도 몰랐지만, 인간 말종인 계부가 학자의 길을 걸었다는 사실은 믿을 수 없었다.

어느 날이었다. 집에 돌아온 그는 보지 말았으면 좋았을 광경을 보았다. 계부의 붉은 몸뚱어리가 여동생의 알몸을 깔아뭉개고 있었다. 애티가 채 가시지 않은 아랫도리에서 흘러나온 핏줄기가 못 먹어 바싹 마른 다리에 유난히 도드라져 보였다. 자세히 보니 동생의 눈동자는 뒤집혀 있었고 입에는 흰 거품이 가득했다. 테론은 역류한 피가 통째 머리로 몰려드는 느낌이었다. 괴성이 테론의 목구멍에서 터지는 순간 작살은 계부의 등짝을 뚫고 들어가 심장을 관통했다. 날카로운 작살은 거기서 끝나지 않았다. 그 밑에 깔려 있던 여동생의 목까지 찍어버린 것이다. 테론은 피맺힌 절규를 토하며 싸늘한 여동생의 시신을 붙잡고 울다가 자신의 몸을 사정없이 긁고 쩔렀다. 결박당한 채 아고라 광장*에 끌려가는 테론은 광인이나 다름없었다. 머리를 풀어헤치고 미친 듯이 달려온 어미의 읍소로 간신히 사형만은 면할 수 있었다.

몇 년 옥살이를 하고 나온 테론 앞의 세상은 더욱 참담했다. 어미는 자궁이 썩는 병을 앓다가 죽었다고 했다. 야산에 버려져 짐승의 먹이밖에 되지 않았을 어미의 시신을 어느 노인이 간신히 수습해주었다는 이야기도 들었다. 고마운 마음에 노인을 찾아가 먼발치에서 보았지만 끝내 발길을 돌리고 말았다. 새삼 누군가에게 인사를 한다는 것이 도무지 자신과 어울리지 않는다는 생각에서였다. 그때부터 테론의 인생은 점점 내리막으로 치달았다. 언제부터인가 돈을 받고 살인을 하는 일도 서슴지 않았다. 그때부터 테론은 저잣거리에서 칼잡이라는 이름으로 통했다. 어미의 시신을 거두어준 노인이 시민 단체 대표가 되었다는 소문을 들었지만, 그럴수록 노인을 찾아가는 길은 멀어지기만 했다. 테론은 차츰 자신의 과거를 잊었다.
 그런 테론에게 의식을 잃어가던 그의 애원이 작살보다 더 아프게 들어와 박혔다. 이것을 동생에게 전해달라는 말. 동생이라는 말에 테론은 기억 저 안쪽이 어찔했다. 순간 테론의 마음이 흔들렸지만 그자 또한 목숨을 구걸하고 싶은 것 같지는 않았다. 목숨을 다해 지켜온 가치를 상실했으므로 더 살고 싶은 마음이 없다던가 하는 알아듣지 못할 말을 늘어놓았으니 말이다.
 "너를 죽이라고 한 사람에게 네놈이 극악무도한 죄를 저지른 것이겠지. 난 그렇게 알고 너를 죽일 뿐이다."
 "극악무도한 죄라……. 그럴 수도 있겠군."

---

* 폴리스의 시민들이 모여 정치를 토론하거나 행사를 진행하는 사교의 공간이다. 죄인을 직접 벌하거나 축제의 장으로도 이용되었다.

그와 몇 마디 말을 주고받으면서 테론은 처음으로 혼란스러운 감정을 느꼈다. 지금까지 그를 찾은 의뢰인들은 하나같이 악인이었고, 죽여야 할 대상도 철저히 악인이었다. 그의 계부와도 같은 자들. 법도 교묘하게 피해가는 악마들. 테론은 그들의 목에 칼을 꽂으며 일종의 쾌감까지 느끼곤 했는데, 그자는 그런 치들과는 분명 다른 부류였다. 이미 죽어 바닷속에 가라앉은 사람과 그의 손에 남은 유품. 테론은 알 수 없는 두려움으로 몸이 떨렸다.

오줌보를 비운 테론은 그를 찾아온 검은 두건의 사내를 떠올렸다.

"무슨 일로 그자를 죽이려는 거요?"

테론은 처음으로 의뢰인에게 이유를 물었다. 쥐새끼 같은 눈빛만 두드러진 두건이 마뜩찮아 그랬는지도 모른다.

"당신은 돈만 받으면 그뿐 아닌가?"

"물론 그렇습죠. 하지만 사람백정에 지나지 않는 나도 때로 궁금할 때가 있소이다. 당신 손에 피를 묻히기 싫어 내 손을 빌리는 것이니 그 정도는 말해줄 수도 있지 않나 해서 그랬소이다."

"생각보다 말이 많군. 알량한 죄의식이라도 느끼는 건가?"

"죄의식이라. 그까짓 것, 일찌감치 내 심장에서 도려내 팔아넘겼지. 난 단순히 살인청부업자일 뿐이오. 그자의 원한과 제우스의 노여움은 당신 몫이오."

테론의 말을 듣던 검은 두건은 검은 히마티온 속에서 무언가를 재빨리 꺼내 탁자 위에 놓았다. 광채가 뿜어져나오는 금괴. 테론의 눈이 휘둥그레졌다.

"자네가 죽일 자는 말이야…… 바로 생명보다 더 소중히 여겨야 하는 의리를 저버리고 배반의 칼을 들이댄 자야."

"그것이 죽음으로 처단받아야 할 만큼의 악행이었소?"
"아무려면 어때. 당신이 더 알 필요는 없을 텐데."

황금은 테론에게 살인을 부추기는 노란 독과도 같았다. 검은 두건의 말이 옳다. 아무려면 어떠랴. 그자를 죽인 대가로 수십 일은 손에 피를 묻히지 않아도 될 재물을 얻었으니 그걸로 족했다. 가죽 조각을 오래 들여다보던 테론은 혀를 차며 허리춤으로 손을 가져갔다. 다시 그의 허릿단에 꽂힌 가죽 조각이 커다란 추처럼 묵직하게 내려앉는 것을 느끼며 그는 숙취로 무거운 머리를 마구 때렸다.

아리스톤이 학파에서 생활한 지도 열흘이 지나고 있었다. 그동안 알아낸 것이라고는 형이 퇴출당했다는 사실과 형이 머무르던 방의 위치, 그리고 가죽주머니에 그려진 문양의 의미 정도였다. 한밤중에 형의 방을 찾아가기도 했지만, 아리스톤보다 한 발 빠른 누군가 이미 와 있었다. 횃불을 밝히고 침상에 가부좌를 틀고 앉아 있던 사람. 그와 눈이 마주쳐 황급히 달아나면서도 아리스톤은 그 얼굴을 기억해두었다. 깊은 밤중에 거기까지 왔다면 형과 특별한 관계에 있었던 사람이리라. '사형'이라는 이름으로 불리는 제자들의 얼굴을 샅샅이 뜯어보고 싶었지만 청강자 신분으로는 쉽지 않았다.

청강자로 지내는 백 일은 학파 생활의 제반 사항과 불문율을 숙지하는 수습 기간이자, 본격적인 커리큘럼으로 들어가기 전에 마지막 선택을 할 수 있는 기간이었다. 비교적 자유로운 기간이지만, 동선이 지극히 제한되어 있어 제자들의 방까지 드나들 수는 없었다. 백

일 내에 반드시 형의 죽음에 얽힌 의문을 파헤치리라 결심했던 아리스톤은 하루하루가 초조했다. 정식 청강자가 되면 꽉 찬 커리큘럼을 이수해야 하므로 개인적인 시간이 없었다.

아침과 저녁에는 학파의 불문율을 배웠다. 토씨 하나 틀리지 않고 외워야 함은 물론이거니와 그 타당성도 나름의 논리로 설명해야 했다. 회의나 비판이 끼어들 여지가 없었다. 학파에서 일어나는 모든 사항을 외부와 연결시키지 말 것. 이것이 첫 번째 불문율이었다. 두 번째 불문율은 현자에게서 배우는 강의 내용과 진리를 외부에 발설하지 말아야 한다는 것이다. 현자의 철학, 수학, 음악을 공부하기 위해 상당한 재산과 십여 년 시간을 헌납한 학도들이니만큼. 학문에 목적을 두지 않은 아리스톤도 그 불문율에는 이의가 없었다. 현자의 학파에서 공부한 사람과 그렇지 않은 사람들이 지닌 지식의 차이는 무시할 수 없었고, 이곳에서 형성한 학문적 기반과 인맥이 특권 의식으로 작용하고 있음은 말할 것도 없었다. 그것이야말로 학도들이 이곳에서 얻고자 하는 게 아닐까, 아리스톤은 생각했다.

세 번째는 조금 다른 차원의 것이었다. 팔 년의 청강자 시절을 거쳐 현자의 제자가 되면 문서실의 방대한 자료를 마음껏 열람하며 연구에 몰입할 수 있다. 그때 발견하는 연구 성과나 학설을 현자에게 위임함은 물론, 개인적인 발표를 절대 금한다는 것이다. '현자에게 위임한다'라는 애매한 표현이 어쩐지 거슬렸다. 이곳에서 공부하는 제자들이라면 지중해 연안에서도 내로라하는 석학들일 텐데, 그들이 발견한 학설과 연구 성과가 현자에게 위임되었을 때의 결과에 대한 언급은 없었다. 개인적인 발표를 금한다는 것도 찜찜했다.

여기에는 엄격한 단서까지 붙어 있었다. 불문율을 어겼을 시 퇴출이라는 징계가 따른다는 것이다. 또한, 수습 기간을 끝낸 후라도 배움이 더디거나 혹은 삶에서 어느 한 부분이라도 현자를 만족시키지 못하면 퇴출당할 수 있다고 했다. 이때 학파에서는 입문할 때 헌납한 재산의 두 배를 돌려준다는 대목에서 아리스톤은 무릎을 쳤다. 형이 소유했던 가죽 주머니와 금괴 네 개를 보고 학파 출신 의원들이 퇴출에 따른 자살이라 단정한 이유가 바로 그것이었다.

퇴출당한 자에게는 죽은 이에게 하듯 비문을 세워준다고 했다. 상징적인 망자가 되는 것이다. 훗날 외부에서 그를 다시 만나더라도 철저히 모르는 사람으로 대해야 한다고 했다. 학파에서 죽은 자가 된 형은 어떤 불문율을 어긴 것일까.

언젠가 아리스톤은 동기 청강생에게 학파의 불문율에 대한 불만을 토로했다가 오히려 빈축을 샀다.

"자네도 참 쓸데없는 생각을 하는군. 현자를 능가할 진리를 발견하는 자가 있기나 하겠어? 현자가 집대성한 지식의 십 분의 일만 공부해도 다행이지. 여기서 수학한 것만으로도 행세할 수 있는 세상이잖아. 현자의 학파가 왜 유명세를 타는지 알아? 이 불문율 덕분이야. 학파에서 배운 지혜의 비밀을 목숨보다 소중히 여기는 현자의 학도들. 그럴듯하지 않아? 여기 몸담고 있다고 생각하면 난 자다가도 기분이 좋아지는데."

얼빠진 놈. 아리스톤은 그렇게 생각했지만 입 밖으로는 말하지 못했다. 그러다간 오히려 자신이 미친놈으로 몰릴 판이었다. 현자의 학파가 계층 간의 위화감을 조성한다는 비판의 목소리가 높아지는 추세를 알고는 있는 것일까. 겉으로 보기에는 헌납한 재산의 두 배를 돌려받는 퇴출 절차 또한 납득할 만한 것으로 보였다. 그러나 형은 재물과 함께 죽어서 돌아왔다.

그 밖의 교육은 주로 현자에 대한 경외심 강화 훈련이었다. 눈을 뜨자마자 현자에 대한 기도로 하루를 시작했고, 현자의 업적과 행적을 공부했다. 수차례 반복해서 듣고 외우다 보니 학문에 뜻이 없는 아리스톤까지 어느새 동화되고 있는 자신을 발견할 정도였다. 이건 분명 집단적 교화였다. 학파 행동 강령의 여덟 가지 조항도 그 교화를 공고히하고 있었다.

1. 콩을 먹지 말 것.
2. 빵을 손으로 뜯지 말 것.
3. 쇠붙이로 불을 휘젓지 말 것.
4. 흰 수탉을 만지지 말 것.
5. 동물의 염통을 먹지 말 것.
6. 불빛 곁에서 거울을 보지 말 것.
7. 아침에 일어날 때 침상에 자국을 남기지 말 것.
8. 냄비를 불에서 꺼내고 난 뒤 재를 고르게 해 흔적을 없앨 것.

두 번째 조항은 우정의 끈을 놓지 말라는 의미이고, 세 번째는 남을 용서할 준비를 하라는 말의 은유라고 했다. 납득할 수 없지만 이의를 제기하지는 않았다. 그러나 콩을 먹지 말라는 조항만은 도저히 수긍할 수 없었다. 앞에서 지도하는 카리톤의 말은 더 이해하기 힘들었다. '점'은 도형의 시작이라고 했다. 그 '점'을 신성시한다는 의미에서 모양이 비슷한 콩을 절대적으로 금한다는 것이다. 예로부터 콩은 그 모양이 남자의 고환을 닮았다 하여 정력을 키우는 음식으로 알려져왔다. 콩을 먹지 않고 남자가 무슨 힘을 쓴단 말인가! 학도들에게 콩을 금지시켜 학문에만 몰두하게 한다? 그런 의도에서 나온 계율 같다는 생각이 들었다. 아리스톤은 문득 장난기가 발동했다.

"사형! 의문 나는 점이 있습니다. 대답해주시겠는지요?"

"무엇인가? 질문을 받겠다."

"신성한 도량에서 꺼낼 이야기는 아니지만 남자들만 있는 자리이므로 상관없다고 생각합니다. 저는 콩을 남자들 최고의 정력제로 알고 있습니다. 그런 콩을 금지한다는 것이 저는 어쩐지……."

여기저기에서 킥킥거리는 웃음소리가 났다.

"자네가 남자의 정력에 대해 그렇게 관심이 많다? 그럼 내가 내는 문제를 한번 풀어보겠나."

카리톤은 입가에 조롱을 매단 채 말했다.

"토끼의 번식력이 무서울 정도로 왕성하다는 것은 알고 있겠지?"

아리스톤은 잔뜩 긴장한 채 카리톤의 입만 바라보았다.

"토끼의 임신 기간은 약 삼십 일이며 한 번에 여덟 마리의 새끼를 낳는다고 하네. 또 태어난 새끼는 생후 이백 일부터 새끼를 낳을 수 있다고 할 때 지금 막 태어난 토끼 한 마리가 이 년 뒤 몇 마리가 되어 있을까? 그림자의 길이가 한 뼘 늘어나는 시간만 주겠네."

"문제를 풀면 제 말을 인정해주시는 겁니까?"

"그래, 인정해주지."

여덟 마리로 태어난 토끼가 이백 일이면 다시 번식할 수 있을 거고 그게 칠백이십 일이면……. 아리스톤은 머릿속으로 계산하다가 급기야 흙 위에 수식을 써보려 했으나 식은 점점 꼬이기만 했다.

"시간이 다 되었다. 답은?"
"사형, 죄송합니다. 잘 모르겠습니다."
아리스톤은 뒤통수를 긁적거렸다.
"자네는 지금 수습생의 본분을 망각하고 학파의 위상에 먹칠하는 망언을 했다. 그로 인해 좌중의 교란을 꾀했음을 명심하라. 지금 당장 방으로 돌아가 근신하고 있으라."
웃음이 새어나오던 도량이 카리톤의 말에 물을 끼얹은 듯 조용해졌다. 아리스톤은 팔을 축 늘어뜨리고 방으로 향했다. 근신하는 동안 두 끼의 식사까지 금지된다고 했다. 목적을 달성할 때까지 몸을 사려야 했다는 아쉬움이 일었다.
해가 기울자 아리스톤의 배에서 꼬르륵 소리가 났다. 기숙관 내 식당에서 납작한 빵이 노릇노릇 구워지고 있을 시간이었다. 그때 방문을 열고 들어온 사람을 본 아리스톤은 눈이 번쩍 뜨이고 배고픔도 잊었다. 분명 본 적이 있는 얼굴이었다. 형의 방에서 비통한 얼굴로 가부좌를 틀고 앉아 있던 그 사람이었다. 디오도로스보다는 나이가 적어 보였지만 기품과 지성이 서린 얼굴은 얼른 보기에도 예사 사람 같지 않았다. 아리스톤을 바라보는 그도 동공이 잠깐 커지는가 싶었으나 곧 평온한 얼굴로 돌아왔다. 아리스톤은 머리를 숙이고 예를 갖추었다.
"자네 이름이 아리스톤인가?"
그가 아리스톤의 얼굴을 뚫어지게 바라보았다.
"네, 그렇습니다."
"그대가 미혹된 망언으로 수습생들을 교란했다고 하던데?"
"수습생을 교란한 적은 없습니다. 학파의 행동 강령 조항에 대해서 의문이 있어서 물었던 것이지요."

"조항에 대한 의문이라고?"

"네. 콩을 먹지 말라는 금기가 있지 않습니까? 민간에서 콩은 남성들 정력에 좋다고 널리 애용되는 음식입니다. 그런데 그걸 먹지 말라고 하기에 질문한 것뿐입니다."

그는 카리톤과는 달리 아리스톤의 말허리를 끊지 않았고 표정도 여일했다.

"스승님이 왜 콩을 금지했다고 배웠는가?"

"도형의 기본인 '점'과 동일시하여 신성시하는 취지라고 배웠습니다."

"잘 알고 있군. 그렇게 잘 아는 사람이 의문이 생겼다니, 그건 다른 생각을 갖고 있다는 뜻 아닌가. 자네 생각을 말해보게나."

"사형, 저는 지금 두 끼나 굶어서 배가 무척 고픕니다. 내일까지 근신할 생각은 추호도 없습니다. 그러니 그런 가혹한 질문은 하지도 마십시오."

그의 얼굴에 웃음이 번졌다. 그 웃음이 아리스톤을 안심시켰다. 그는 자신을 히파소스라고 소개했다.

"재치 있는 친구로군. 근신을 해지할 테니 맘 놓고 의견을 말해보도록."

"그렇게 해주신다면야 말씀드리지요. 제 생각에는, 콩을 섭취해서 정력에 힘을 쏟다 보면 아무래도 학문에 정성을 덜 들이지 않겠습니까. 그러한 이유로 수칙을 정한 것이 아닐지요. 학파에 들어온 이상 딴생각하지 말고 공부나 열심히 해라, 그런 것이겠지요."

아리스톤은 히파소스의 얼굴이 굳어지는 것을 파악하고 재빨리 말을 바꿨다.
 "뭐, 달리 생각해보면 스승님의 깊은 뜻이 담긴 행동 강령이기도 하지요. 인간의 육체적 금욕과 수양을 통해 건전한 지혜를 얻게 하려는 것일 테니까요. 그런데 사형, 궁금한 게 있습니다."
 아리스톤은 카리톤이 냈던 문제에 대해 이야기했다. 히파소스는 실소를 터뜨렸다.
 "사람, 참 어리석긴. 한 마리잖아."
 "왜요?"
 "지금 막 태어난 토끼 한 마리가 어떻게 새끼를 치겠나?"
 "카리톤 사형이 고지식한 줄만 알았는데, 제가 제대로 한 방 먹은 셈이네요."
 그러나 언제부터인지 히파소스는 아리스톤의 말 같은 건 귀에 들어오지도 않는다는 표정으로 아리스톤의 얼굴 이곳저곳을 뜯어보고 있었다.
 "자네 모습이 꽤 낯이 익어. 내가 알던 사람과 정말 많이 닮았어."
 이 사람은 형을 잘 아는 사람이다. 아리스톤은 그런 확신을 갖고 입을 열었다.
 "저도 사형의 얼굴을 본 적이 있습니다. 디오도로스의 방에서 말입니다."
 "디오도로스의 방이라니. 그럼, 그때 그 사람이……."
 히파소스는 형의 죽음을 알고 있는 걸까. 아리스톤은 아랫입술을 깨물었다. 섣불리 뭔가 말한다는 것이 내키지 않았다. 어쨌든 이 사람도 학파 사람 아닌가. 얼른 대답하지 못하자 그가 다시 물었다.
 "무슨 일로 청강생이 야심한 밤을 헤매고 다녔는가? 바른대로 말하게."
"외람되지만 저도 한 가지 묻겠습니다. 사형께서는 야심한 밤에 왜 거기 계셨습니까? 대답해주신다면 저도 말씀드리겠습니다."
"내가 먼저 물었네. 자네 이유가 타당하다면 나도 대답해줄 용의가 있네."
히파소스도 팽팽히 맞섰다.
"디오도로스가 바로 제 형입니다. 동생으로서 형의 방을 얼씬거리는 게 큰 죄는 아니겠지요. 이제 사형께서 그날 그곳에 계셨던 이유를 말씀하실 차례입니다."
아리스톤에게 일격을 맞은 히파소스는 그저 멍한 표정이었다.

히파소스에게 아리스톤을 찾아가서 훈계하라고 이르는 카리톤의 표정은 마뜩찮았다.
"초장에 잡지 않으면 물의를 일으킬 소지가 다분한 녀석이야."
"그렇게 골통인가?"
"차라리 골통이면 뭐가 걱정이겠는가? 끼가 다분한 녀석인데도 밉지 않다고 해야 할까. 그 녀석은 심각한 것도 없고 힘든 것도 없어. 벌써 여자 학도들도 꽤 술렁거린다더군. 다모 아가씨도……."
"다모 아가씨가? 이성에 호기심이 생길 나이라고는 하지만 고작 청강생 따위에게 관심을 보인단 말인가?"
"입조심하게. 스승님과 테아노 님은 모르시는 일이라네."
금욕이야말로 학파가 내세우는 원칙이었지만, 남녀 사이의 자연스러운 감정까지 어찌할 수는 없는 노릇이었다. 종종 연애 사건이 터졌고, 히파소스도 여학도의 노골적인 추파를 받은 적이 몇 번 있었다. 그러나 현자의 자식 중에서도 가장 총명한 다모의 마음까지 흔들었다면 보통 녀석이 아닐 것이다. 테아노를 쏙 빼닮은 다모의 옆얼굴을 떠올리며 히파소스는 아리스톤의 방문을 열었다.

스물서넛 정도로 보이는 건장한 청년이 벌떡 일어나 예를 갖췄다. 그가 고개를 드는 순간 히파소스는 자신도 모르게 숨을 죽였다. 디오도로스의 모습이 거기 있었다. 처음에는 자신이 너무 디오도로스 생각에 빠져 잠시 착각하는 것이 아닐까도 생각했다. 그러나 디오도로스의 방에 왜 갔느냐는 그의 단도직입적 물음이 모든 것을 분명히 했다. 그날의 검은 그림자가 바로 이 사람이었구나.

"디오도로스가 바로 제 형입니다."

아리스톤의 일격이 그의 마음 깊숙이 박혔다. 어쨌든 가장 궁금한 건 디오도로스의 안부였다. 히파소스는 망자의 이름을 올리듯 무겁게 입을 열어 금지된 이름을 말했다.

"디오도로스는…… 내 절친한 친구였다네. 이제 학문적으로야 절연한 상태지만 우정까지 끊기는 어려웠어. 물론 그런 사적인 감정도 이곳에서는 금지지만. 그래서, 그러니까…… 디오도로스는 잘 지내고 있지?"

"형이 잘 있다면 제가 이곳에 입문까지 하여 형의 방을 기웃거렸겠습니까?"

"그게 무슨 말인가?"

"죽었습니다!"

히파소스의 다리가 휘청거렸다.

"그 친구가 결국 제 목숨을 놓고 말았지. 강직한 평소 성격으로 볼 때 견딜 수 없는 치욕이었을 게야."

히파소스의 말이 끝나자마자 아리스톤의 질문이 날아왔다.

"사형은 형의 죽음을 자살이라고 보시는군요. 그렇다면 하나 여쭙겠습니다. 지금 사형은 형을 강직한 사람이라고 하셨습니다. 그런 형이 학파에서 퇴출될 정도로 부도덕한 일을 저질렀다는 것부터가 저로서는 납득이 가지 않습니다. 형이 학파에서 저지른 죄에 대해 알고 있다면 말씀해주십시오."

"그렇다면 학파의 선배로서 나도 자네에게 하나 묻겠네. 학파의 여러 가르침에 비추어볼 때 지금 자네와 나의 대화가 과연 진리에 도달하기 위한 수련이라고 생각하나? 대답해보게."

"물론 아니지요. 진리와 상관없는 대화는 삼가는 걸로 알고 있습니다. 또한 진리를 구하는 대화 외에 사적인 대화가 혹여 오갔더라도 함구하는 것이 옳다고 배웠습니다."

"수습 과정을 잘 이행하고 있는 전도유망한 청강자로군. 외모만 비슷한 게 아니라 명석함까지 꼭 닮은 형제야. 자, 이 정도면 자네 질문에 답이 됐겠지. 디오도로스의 어떤 행위가 퇴출 이유가 되었느냐는 질문 말일세. 그것이 진리로 가는 길에 아무런 역할을 하지 못한다면 비밀에 붙이는 것이 이곳 불문율이 아닌가?"

"모르신다는 말씀이로군요. 그렇다면 사형, 형의 죽음을 진정 자살이라고 보십니까?"

고개를 떨어뜨린 아리스톤의 목소리가 떨리고 있었다. 히파소스는 입을 열지 않은 채 아리스톤이 스스로 답을 이야기할 때까지 기다렸다.

"누구의 짓인지는 아직 알 수 없습니다. 그러나 적어도 자살은 아니라는 증거를 제가 갖고 있습니다."

"솔직히 말하자면, 퇴출 자체에 대해서도 납득이 가지 않아. 일반적인 절차와 과정을 깡그리 무시한, 실로 갑작스러운 일이었다네."

두 사람은 길고 지루한 탐색전의 연막을 걷어내고 자신들이 아는 모든 사실을 공유하기로 했다. 그렇게 의기투합한 두 사람은 날이 어두워지기를 기다려 디오도로스의 방에 잠입했다. 새벽이 가까워 오도록 방을 샅샅이 뒤졌지만 밀랍판 한 조각 발견할 수 없었다.

"그만 나가세. 곧 동이 트겠네."

히파소스는 바깥을 살피며 아리스톤을 재촉했다. 돌바닥 틈새까지도 점검하는 아리스톤은 수습생 답지 않게 침착했다. 마치 몇 개의 가면을 가진 사람처럼, 싱글거리던 게 언제였나 싶을 정도로 냉철해졌고, 때로는 더없이 신중했다. 여학도들이 술렁일 만도 했다. 과연 관록을 먹은 사람답다고 히파소스는 감탄했다. 여분으로 가지고 온 횃불도 거지반 사라지고 창으로 새벽빛이 스며들었다. 결국 아무것도 찾아내지 못한 아리스톤은 돌바닥에 벌렁 누워버렸다.

"다음에 한 번 더 와보세. 우리 두 사람이 여기 있는 게 알려져서 좋을 건 없어. 사람들이 일어나기 전에 각자의 방으로 돌아가세."

침상에 걸터앉은 히파소스가 아리스톤을 내려다보며 위로했다. 그때였다. 머리를 돌린 아리스톤의 눈이 커지면서 아, 하는 탄성을 내지르더니, 머리를 침상 밑으로 처박고 손을 길게 뻗었다. 이윽고 몸을 빼낸 그의 손에는 조그맣고 날카로운 대리석이 들려 있었다.

"사형, 이게 뭐죠?"

"대리석이잖아."

"네. 대리석은 맞는데, 근데 이게 왜 이 밑에 있죠? 잠깐만요, 사형. 뭐가 묻어 있는데요."

아리스톤 말대로 대리석 조각에는 거무튀튀한 얼룩과 나무 거스러미가 묻어 있었다. 아리스톤은 대리석 조각을 코 가까이 가져가더니 급기야 혀로 핥기까지 했다.

"아무래도 이건…… 혈흔 같아요."

"피라고?"

히파소스는 침상 밑으로 횃불을 들이댔다. 불빛이 닿은 침상 아래에 흐릿하게 새겨진 어떤 그림이 보였다.

"디오도로스!"

두 사람은 거의 동시에 외쳤다.

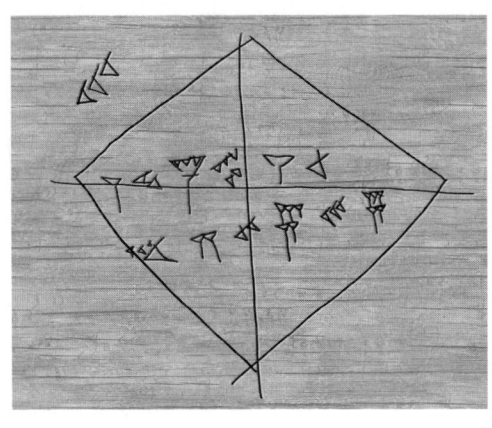

제3부
추적

종이에 수식을 창조하는 일은 오선지에 음악을 창조하는 것과 같다.

로빈 윌슨Robin Wilson (영국의 수학사학자)

　강연이 시작되었다. 현자의 목소리가 광장을 엄숙히 채웠지만 히파소스는 도무지 집중할 수가 없었다. 디오도로스의 침상 아래에 있던 그림이 머릿속에서 떠나지 않았다. 서로 엇갈린 비뚜름한 선분 네 개가 이지러진 사각형을 이루고 있었다. 자도 없이 대리석으로 새겨 넣은 네 변의 길이가 같을 수는 없겠지만, 그건 분명 마름모였다. 다이아몬드 같은 모양에서 알 수 있었다. 거기에 대각선 두 개가 교차하고 쓰다 만 글씨가 남겨져 있었다. 나무를 찍듯 거칠게 파헤쳐진 미완의 단어가 찬찬히 떠올랐다. '바빌……' 대체 무슨 단어를 쓰려고 했던 것일까. 수많은 도형들을 분석하고 연구한 히파소스도 대각선이 교차하는 마름모는 연구해본 적 없었다. 그러나 난제에 봉착했을 때 수학자로서의 집요한 근성 또한 살아나는 법. 디오도로스가 피를 흘려가며 새긴 그림이라면 더욱 그냥 넘어갈 수 없었다.

　히파소스는 대회당을 응시했다. 시원한 바람 한 줄기가 느껴지면서 펜타그램이 그려진 휘장이 평화롭게 일렁였다. 연속되는 별 속에 겹쳐지는 마름모······. 현자가 명명한 1:1.618의 황금비율을 완벽하게 구현하는 정오각형과 펜타그램 가운데의 심연으로 히파소스는 빠져들었다.

"······정사면체, 정육면체, 정팔면체, 정십이면체, 정이십면체의 다섯 가지 입체도형이 정다면체의 총체라는 것을 제군은 이미 공부한 바 있다. 그 외의 어떤 입체도형도 정다면체가 될 수 없다. 그것은 위의 입체도형의 각 면을 펼쳤을 때 360도를 이룬다는 가정을 세워 증명해야 한다······."

현자의 한마디가 히파소스의 뇌리에 섬광 한줄기로 내리꽂혔다. 삼각형의 세 내각의 합이 180도를 이룬다는 것을 두 내각 크기의 합은 다른 한 외각의 크기와 같다는 증명을 통해 입증한 현자였다.

'대각선이 그려진 마름모? 그 안에 두 개 혹은 네 개의 삼각형이 들어갈 수 있겠군. 삼각형이 네 개면 360도로 쫙 펼쳐질 수도 있겠군!'

대각선이 그려진 마름모 안에 360도로 펼쳐진 삼각형 네 개가 히파소스의 머릿속에 그려졌다.

"히파소스! 그대는 내 질문이 들리지 않는가?"

정신이 번쩍 들었다. 현자가 히파소스의 얼굴을 응시하고 있었다.

"내 질문에 대한 그대의 답을 논증하라."

히파소스는 마른침을 삼켰다.

"스승님, 무엇을 질문하셨습니까? 몸이 불편해서 잠시 정신이 아득하였습니다."

현자는 차가운 시선으로 히파소스를 일별하더니 곧바로 카리톤을 호명했다.

"내가 지금 다섯 가지 정다면체에 대해 논하였다. 그렇다면 이 정다면체가 도형의 완전한 아름다움에 도달했다고 할 수 있겠는가? 또 다른 도형은 없는지 그대의 답을 논증하라."

카리톤은 잠시 생각하더니 천천히 입을 열었다. 몸에 밴 철학도의 면모가 엿보이는 신중한 태도였다.

"스승님의 큰 가르침에 준하여 말씀드리겠습니다. 완전함이란 세상의 이치와 기하학의 진리가 만나는 정점일 것입니다. 모난 돌이 정을 맞는 세상살이로 볼 때 둥글고 원만함은 세상의 진리라고 여겨집니다. 기하학의 측면에서도 그 진리는 불변한 것이지요. 그런 전제로 놓고 보면 각과 모서리가 없는 원이 그 으뜸이니, 그것들의 합일인 구(球)가 모든 입체도형 중 가장 아름답고 완전한 형태라고 할 수 있습니다."

과연 정칙을 고수하는 카리톤다웠다. 어떤 규범이나 진리를 받아들이는 데 있어 절대 의심하지 않는 학우다. 머릿속에 한번 저장된 지식은 카리톤에게 법이 된다. 목에 칼이 들어와도 절대 가치를 따를 카리톤이다. 편협한 지식의 맹목적 답습이라고밖에 생각되지 않는 대답이었지만 현자의 얼굴에는 미소가 번졌다. 히파소스의 입에 차고 쓴 맛이 돌았다. 끊임없는 회의와 의심과 비판을 품지 않는 자는 철학자가 아니다. 비록 그 비판이 구멍투성이의 오류로 판명된다 해도! 불과 이삼 년 전만 해도 그렇게 꾸짖었을 현자였다. 언제부터 현자가 앵무새 같은 무비판적 대답만을 원하게 된 걸까? 히파소스는 불경한 생각을 아무렇지 않게 이어가는 스스로에게 놀라 마음이 뜨끔했다.

강연이 끝나자 현자는 히파소스를 불러 들였다. 밀랍을 긁는 소리만이 울리는 방, 북쪽 창에서 드는 빛이 연구에 골몰한 현자의 옆얼굴에 그림자를 드리웠다. 현자는 방 안에 들어온 히파소스를 눈치채지 못한 듯했다. 미간을 좁힌 현자의 이마에 핏줄이 곤두서 있었다. 히파소스가 존경하는 스승의 모습이었다. 히파소스는 무릎을 꿇었지만 그의 인기척에도 현자는 아랑곳하지 않았다. 무릎이 저려올 무렵 히파소스는 조심스럽게 입을 열었다.
"스승님의 부르심을 받고 왔습니다."
석필로 탁자를 두들기던 현자가 그제야 히파소스를 돌아다보았다. 압도하는 눈빛에 히파소스는 기가 눌렸다. 히파소스는 부복한 채 현자의 발끝만 내려다보았다. 그때 사환이 들어와 키케온 차를 담은 테라코타 찻잔 두 개를 조용히 내려놓았다. 현자가 히파소스에게 탁자 앞에 앉으라고 손짓했다. 탁자 위에는 밀랍판과 석판들이 어지럽게 널려 있었다. 거기에 씌어 있는 도형과 숫자들. 현자는 기하학 연구를 하고 있었던 것 같았다. 몸을 일으킨 히파소스는 문서들을 곁눈질하며 현자의 눈치를 살폈다.
"깊어가는 고뇌라고 했던가?"
현자의 말에 히파소스는 어리둥절해했다.
"내가 고뇌하는 문제에 기꺼이 따르겠노라고 했지?"
현자가 재우쳤다. 수업에 방만한 벌로 근신조차 감수하려했던 히파소스는 당황해서 얼른 대답을 못 했다. 히파소스는 비로소 현자의 부름을 받았던 그날 밤의 일이 기억났다. 테아노와 조우한 날이기도 했다. 그 충격으로 현자와의 일은 까맣게 잊고 있었다.
"그대의 게으른 몸이 혀까지 얼어붙게 한 것인가? 어찌 아무런 대답이 없는가?"

"아닙니다. 일전에 말씀드린 그대로입니다. 명만 내리십시오. 뜻을 따르겠습니다."

"기꺼이 따르겠다는 말이지. 그것이 제자의 본분임을 명심해야 할 것이야. 만약 본분을 저버렸다면 그에 대한 응징 또한 기꺼이 감수해야 함을 알고 있겠지."

히파소스는 제자의 본분을 힘주어 말하는 현자의 얼굴을 물끄러미 바라보았다. 제자의 어떤 본분을 저버렸기에 디오도로스는 퇴출 당한 것일까. 그로 인해 충격을 받은 스승이 히파소스의 마음을 재차 확인하려는 것이 아닐까. 그러나 어떤 의문도 진리로 가는 길이 아니라면 무의미할 뿐이다.

스승님, 디오도로스는 이미 이 세상 사람이 아닙니다. 그 말을 목구멍 저 깊이 집어넣는 히파소스의 가슴이 쓰렸다. 퇴출은 시켰지만 디오도로스가 죽은 것을 알면 현자 또한 상심이 클 것이다. 그러나 감히 그 이름을 입에 담을 수는 없었다.

히파소스는 키케온을 한 모금 마시며 시선을 들었다. 거친 테라코타 잔 너머로 보이는 현자의 얼굴에 그림자가 드리워져 있었다. 알싸한 박하향과 함께 맵고도 달콤한 맛이 감돌았다. 찻물을 삼킬 때 너무 큰 소리가 나는 것 같아 히파소스는 저도 모르게 목소리를 가다듬었지만, 상쾌한 잔향이 이내 마음을 차분히 가라앉혔다.

"스승님을 좇아가야 할 학문의 길이라면 기꺼이 따르겠습니다."

히파소스는 결연하게 대답했다. 현자는 탁자 위에 어지럽게 널린 연구 서책에 잠시 눈길을 주었다.

"직각삼각형의 정리는 영원불멸, 영원불사의 진리야. 한 치의 오류도 허용될 수 없는 학설이지. 그렇지 않은가?"

"직각을 낀 두 변 길이의 제곱의 합이 빗변 길이의 제곱과 일치한다는 이론을 발견하신 스승님께서 신전에 소를 바쳐 기쁨을 표현하셨다 들었습니다. 그 학설 앞에 존엄하신 스승님의 이름을 붙여 후대의 수학에까지 길이 영향을 미칠 것입니다."

숨이 막힐 듯한 적막이 흐른 후에야 현자는 보일 듯 말 듯 조용히 고개를 끄덕였다.

정론이라고 믿는 확고부동한 학설도 시간이 지나면 반론이 제기된다. 정론과 반론은 각각의 가정과 증명을 통해 합일점을 찾아 새로운 정론에 도달한다. 그러나 그 정론 또한 영원한 진리가 되지 못한다. 그것이 바로 철학적, 학문적 사유를 발전시켜온 정반합의 원리다. 수학도 예외일 수 없다. 강하고 확고한 긍정은 어느 면에서 회의를 품고 있다는 뜻일지 모른다. 퇴출당하기 전 디오도로스가 남긴 한 단어가 잊히지가 않았다. '의심.' 디오도로스가 자신보다 현자에게 학문적으로 한발 다가서 있다는 생각에 묘한 질투가 일었다. 그러나 지금 현자는 히파소스에게 회의하고 있는 명제조차 던져주지 않고 있다. 그야말로 거대한 벽이다.

"근래 그대의 마음을 미혹하는 것이 무엇이기에 수업에 그리도 소홀한가?"

딱히 질책하는 말투는 아니었다. 히파소스는 건강이 좋지 못해 집중력이 떨어졌노라고 구구한 변명을 했다. 현자는 히파소스에게 얼마간의 휴식을 명했다.

현자의 방을 나오면서, 히파소스는 자신이 모르는 어떤 세계가 궁금해졌다. 디오도로스가 연구한 문제라면 히파소스라고 못할 리 없었다. 의심할 수 없는 것조차 의심하는 것이 학자의 태도라면, 마땅히 명제의 역(逆)에서부터 거슬러 올라가야 할 것이다. 마침 현자로부터 휴가까지 받았으니 연구할 시간을 번 셈이었다.
"혹시 히파소스 님 아니십니까?"
생각에 잠겨 있는데 귀에 익은 목소리가 들렸다. 테아노의 비녀 필레였다.
"저를 몰라보시겠어요?"
필레는 속삭이듯 말했다.
"서신은 어찌되었나?"
"전했습니다."
"따로 전하시는 말씀은 없었고?"
히파소스도 주위를 살피며 낮은 목소리로 물었다. 문이 삐걱대는 소리, 건물 밖에서 들려오는 발소리, 심지어 돌바닥을 디딜 때의 미세한 진동조차 히파소스의 신경을 긁고 있었다.
"히파소스 님은 언제 테아노 님을 찾아오실 생각이신데요?"
"테아노 님이 그걸 궁금해 하시던가?"
"그분이 어떤 분이신데 그런 말을 입에 올리시겠습니까?"
"혹시 읽지도 않고 불에 태우신 것은 아니냐?"
필레는 검지를 입술에 갖다 댔다.
"히파소스 님, 여기는 현자의 거처입니다. 누가 들을까 두렵습니다. 목소리를 낮추세요."
히파소스는 헛기침을 했다. 필레의 목소리가 은밀해졌다.
"서신을 몇 번이나 읽어보시고 옛날 일을 추억하셨습니다."
"혹시 나를 욕하시지는 않더냐?"
"그랬다면 지금 히파소스 님이 무사하실 수 있겠습니까?"

히파소스는 가슴을 쓸어내렸다.

"테아노 님이 따로 전언을 보내실지는 알 수 없습니다. 그러나 테아노 님이 그 서신을 가슴 깊이 간직하고 있다는 말씀만은 드릴 수 있습니다. 남의 눈도 있고 하니 저는 이만 물러가겠습니다."

오후의 햇살이 만들어놓은 그늘 속으로 총총히 사라져가는 필레를 바라보던 히파소스는 그림자가 사라지자마자 그 자리에서 풀쩍 뛰어올랐다. 자기가 보낸 연서를 버리지 않았다는 것만으로도 충분히 흥분에 휩싸일 일이었다. 테아노의 마음이 자신에게 한 뼘만큼 기울었다는 증거였다.

킬론은 하녀 코레의 뒤뚱거리는 뒷모습을 유심히 바라보았다. 코레의 몸이 심상치 않았다. 아이를 가진 것이 틀림없었다. 킬론은 못마땅하다는 듯이 손가락으로 수염을 배배 꼬았다. 팜필로스 짓이다. 녀석이 대놓고 망나니짓을 하고 다니더니 이번 학파 시험에서도 여지없이 미끄러졌다. 울화가 치밀어 현자의 관청 문서실 사용을 엄격히 규제한 공문을 보내버린 것이 화근이었을까. 그러나 딱히 팜필로스를 배려해줄 현자가 아님을 이제 킬론은 명확히 알게 되었다. 학파 쪽의 반응도 신경이 쓰이긴 했다. 현자가 제자들을 움직여 작년에 결론된 추방 건을 다시 거론할 수도 있었다. 그러나 아직까지는 아무런 조짐이 보이지 않았고 이 정도면 현자도 한 풀 꺾였는지 몰랐다.

킬론은 이래저래 속이 끓었다. 아내에게 의논해보았자 집 안만 시끄러울 게 뻔했다. 킬론은 팜필로스를 불러 앉혔다. 간밤에도 유곽에서 날을 샜는지 몰골이 말이 아니었다.

"네놈 짓이지?"

"그게 무슨 말씀이세요."

"저 코레 년 배 속에 있는 씨 말이다. 하라는 공부는 하지 않고. 잘하는 짓이다."

게슴츠레한 팜필로스의 눈이 겁에 질린 듯 갑자기 커졌다. 그러나 곧 반항하는 낯빛으로 대들기 시작했다.

"그래서요? 네, 제가 그랬어요. 나 같은 놈이 뭐 할 게 있겠어요. 학파 문턱이 어찌나 높은지 수학은 고사하고 입문도 못한 주제니 하녀 궁둥이나 쫓아다닐 수밖에요. 아버지가 참주면 뭐합니까. 하나밖에 없는 아들을 입문도 시켜주지 못하는데."

킬론은 눈에 불을 켜고 팜필로스를 노려보았다. 자식이라고 하나 있는 게 어떻게 저 모양인지. 말년에 어렵게 얻은 아들이라고 귀하게 키운다는 게 천하의 망나니를 만든 격이었다. 앞에서는 호통을 쳐도 뒤에 가서는 결국 아들의 뒷수습을 해주던 킬론의 여린 속을 어떻게 알았는지 팜필로스는 종종 사고를 쳐놓고 딴청을 피우곤 했다. 그러나 킬론이 현자를 불러 미리 손을 써보려 했던 사실까지는 모르고 있었다. 보기 좋게 거절당했다는 말을 아들에게 할 수 없으니 속이 탈 노릇이었다. 못난 놈 같으니라고. 몇 년째 시험에 떨어져 놓고 이제 아비 원망을 해. 저 때문에 현자한테 어떤 수모를 당했는데. 킬론은 입술을 푸르르 떨며 침을 튀겼다.

팜필로스는 죽었다 깨어나도 학자의 재목은 아니었다. 팜필로스 자신도 잘 알고 있었다. 그러나 귀족이라도 학파 물을 먹어야 비로소 떳떳이 행세하는 곳이 크로톤이었다. 단지 학파에 입문해 몇 년만 버티면 귀족회의 의원 자리를 내줄 요량이었다. 속속 현자의 사람들로 채워지는 정치판에 아들이라도 심어놔야 안심이 될 터였다.

"내년에는 학파에 들어갈 수 있게 아버지가 현자를 한번 만나주세요. 설마 참주인 아버지 청을 거절하기야 하겠어요."

아무것도 모르는 팜필로스는 뱃속 편한 소리를 늘어놓았다. 못마땅하긴 했지만 킬론도 아들을 달래는 수밖에는 없었다.

"만약 그렇게 입문했다고 하더라도 어려운 학문을 어찌 따라가겠느냐. 진리란 힘들게 얻었을 때 값진 것이다. 지금이라도 마음을 다잡고 공부에 열중해보아라. 제발 이 아비 위신 좀 세워주려무나."

팜필로스는 두 눈을 부라리며 탁자를 내리쳤다.

"다 관두십시오. 아버지 뜻을 알았으니 앞으로 제 인생에 대해서 왈가왈부하지 마세요. 개 같은 인생, 개같이 살 거니까."

팜필로스가 휘두른 주먹에 석상 하나가 박살났다. 킬론이 아끼는 장식품이었다. 저놈의 자식이! 킬론은 소리를 질렀지만 팜필로스는 눈 하나 깜짝하지 않았다. 방문을 활짝 열어젖히고 뛰쳐나가는 팜필로스의 뒷모습은 혈기 방만했다. 킬론은 뒷목이 뻣뻣해지는 것을 느꼈다.

킬론은 남부 이탈리아의 몇몇 식민지를 귀속시키는 데 혁혁한 공을 세웠을 뿐 아니라 아테네의 권위를 높인 일등공신이었다. 그런데 감히 학자 나부랭이가 그 위상을 흔들고 위신을 떨어뜨리다니. 생각할수록 치가 떨렸다. 그때 열린 방문 근처를 서성이는 그림자가 보였다. 누군가 부자의 대화를 엿듣고 있었던 걸까?

"주인님, 잠깐 들어가겠습니다."

그림자가 먼저 말을 걸어왔다. 모습을 드러낸 사람은 뜻밖에도 하녀 코레였다. 뒤뚱거리며 들어온 코레는 눈물을 글썽였다. 비록 몸은 작달막하지만 살집이 풍만해서 요염함이 흐르는 계집이었다. 동그란 얼굴에 오목조목 달라붙은 이목구비는 남자의 양기를 혹하기에 충분했다. 차라리 하룻밤 유녀를 데리고 놀 것이지. 킬론은 혀를 끌끌 찼다.

"무슨 일이냐?"

코레는 눈물만 뚝뚝 떨어뜨렸다.

"누구 앞에서 감히 눈물이냐. 네가 매질을 당해야 정신을 차릴 테냐?"

킬론의 말에 코레는 얼굴을 온통 찡그리며 눈물을 삼켰다.

"주인님, 이년이 죽을죄를 지었습니다. 외람되게도 참주님과 팜필로스 님의 말을 밖에서 다 듣고 말았습니다."

킬론은 끄응 하는 신음 소리를 내뱉었다. 맹랑한 것. 네년이 들었으면 어쩔 건데, 하는 생각이 들었지만 일부러 입을 다물었다. 코레의 작태를 조금 더 두고볼 양이었다.

"참주님, 이년을 살려주십시오."

코레는 아예 바닥에 엎드리고 눈물을 쏟았다.

"미천한 이년의 배 속에 있는 아기는 팜필로스 님 씨가 맞습니다요. 안주인님이 아시는 날이면 전 그 자리에서 뼈도 못 추리고 말 것입니다. 제발 저와 제 아기의 목숨을 구해주십시오. 그렇게만 해주신다면 팜필로스 님 곁을 떠나는 것은 물론이거니와 주인님 일이라면 무엇이든지 돕겠습니다요."

킬론은 머리도 들지 못하는 코레를 내려다보며 턱수염을 쓸어내렸다.

"네년이 내 일을 도울 게 무엇이 있다고 함부로 입을 놀리느냐."

코레는 발딱 얼굴을 들었다. 얼굴에는 눈물 자국조차 남아 있지 않았다. 번뜩이는 눈빛이었다.

"지난번 팜필로스 님이 출타했을 때 참주께서 현자를 초대하셨지요. 그날 제가 현자를 방까지 안내해드렸고요."

'오호, 요년 봐라. 살쾡이 같은 계집이로고.'

킬론은 의자에 깊숙이 몸을 묻으며 팔짱을 꼈다. 코레는 거침없이 다음 말을 이어나갔다.

"오늘 두 분의 말씀을 본의 아니게 엿듣다보니 미천한 이년이 저간의 사정을 알게 되었습니다. 참주님이 팜필로스 님을 학파에 입문시키고자 현자에게 청하셨으나 거절당하신 사실을 말입니다. 게다가 참주님은 그것을 팜필로스 님에게 숨기고 계시다는 것도요."

킬론은 코레를 내려다보았다. 허투루 상대할 계집이 아니었다. 미천한 신분에 맞지 않게 욕망이 큰 계집이 분명했다. 저 간특함에 팜필로스가 걸려들었을 것이다.

"참주님, 현자가 미우시죠?"

별안간 코레가 당돌하게 물어왔다. 속마음을 들킨 킬론은 등골이 오싹했다. 그러나 코레에게 현자를 두고 거래할 무엇이 있는 게 분명했다. 애초에 그것을 염두에 두고 킬론에게 접근했을 것이라 생각하며 킬론은 목소리를 높였다.

"그래, 밉다! 내 자식을 홀대하고 나를 능멸한 그자를 찢어 죽이고 싶다. 무슨 방법이라도 있는 게냐? 만약 아무 생각 없이 하늘 같은 참주에게 섣불리 말을 꺼낸 거라면 목숨을 내놓을 각오는 되어 있겠지."

"비록 이년이 미천한 하녀라고는 하지만 그 정도를 분별하지 못할 만큼 미욱하지는 않습니다."

"말해라. 현자의 약점이라도 잡았다는 것이냐?"

"그렇습니다."

코레의 간단명료한 답이 마음에 들었다. 킬론은 의자에 몸을 더욱 깊숙이 묻었다. 다급하고 불리한 상황일수록 느긋한 태도를 보여 상대를 압도했던 킬론이다. 그러면 칼자루를 쥔 상대라 해도 몸이 달아 먼저 머리를 조아리곤 했다. 킬론이 몸을 젖힐수록 코레의 몸은 그에게 쏠렸다.

"참주님, 요즘 돌아가는 상황을 혹시 알고 계신지요? 현자의 무리에게 곱지 않은 시선을 보내는 아고라 광장의 여론을 말입니다."

킬론은 하마터면 몸을 와락 세울 뻔했지만 가까스로 마음을 비끄러맸다. 코레는 숨도 쉬지 않고 저잣거리 상황을 늘어놓았다. 배운 자들입네 하고 유세하는 학파의 무리가 시민들의 눈에는 꼴사납게 보인다는 것. 지식을 자기네끼리 공유하며 특권 의식만 키우는 이들이 위화감을 조성한다는 것. 학도들에게 감면해준 군역과 노역, 세금이 시민들에게 버거운 짐으로 돌아가고 있는 상황도 불만을 고조시키는 주된 이유였다. 아닌 게 아니라, 그로 인해 크로톤의 시민은 다른 폴리스의 시민에 비해 몇 배의 생활고를 겪고 있었다. 그래서 시민단체의 생각 있는 젊은이들이 봉기라도 해야 한다며 학파와 현자를 싸잡아 욕한다는 얘기였다.

"시민단체만 선동하신다면 참주님이 당한 모욕을 몇 배로 복수할 수 있지 않을까요?"

킬론은 시선을 돌린 채 짐짓 관심 없다는 목소리로 내뱉었다.

"시민단체의 젊은이들이라. 그들과 나를 연결해줄 수 있겠느냐?"

코레의 얼굴에 희색이 돌았다.

"여부가 있겠습니까. 제 오빠가 시민단체 사람입니다요. 언변과 수완이 제법 있어서 어울리는 패가 꽤 되는 걸로 알고 있습니다. 저와 제 배 속에 있는 아기만 지켜주신다면, 참주님을 위하여 저희 남매, 모든 것을 걸겠습니다. 참주님께서도 보시다시피 제가 자꾸 배가 불러오는 형편입니다. 안주인님이 아시는 날에는 참주님의 일도 성사시키기 전에 사단이 날 것입니다. 그러니 몸을 풀 때까지 오빠 집에 기거하겠습니다. 오빠 집에 얹혀 있는 동안 참주님께서 형편을 돌봐주셨으면 합니다."

코레는 킬론에게 은근히 으름장까지 놓으며 다시 한 번 거래를 성사시켰다. 킬론은 맛있는 음식이라도 사 먹으라며 헤라 여신의 얼굴이 새겨진 동전 몇 잎을 바닥에 던졌다. 코레가 무릎걸음으로 기어와 동전을 주웠다.

코레가 나가자 킬론은 참았던 웃음을 터뜨렸다. 명치에 맺혀 있던 체증이 씻겨 내려가는 기분이었다. 킬론은 곧 만찬을 준비했다. 자신을 따르는 귀족회의 의원들을 초대해 코레에게 들은 풍문을 전하며 그들의 생각을 들어볼 작정이었다. 하루가 다르게 새로운 식민시가 세워지는 이탈리아 반도에서 크로톤이 유독 세력을 떨치는 바탕에는 시민의 희생이 있었다. 그러나 그들의 희생으로 얻은 열매는 늘 그렇듯 권력자들의 몫이었다. 그 화살을 현자와 그의 학파에 돌리는 것은 어떨까. 세력을 키워가던 현자는 귀족들에게 주워 먹기도 버리기도 힘든 거물로 성장해 있었다. 시민들의 봉기에 의해 현자가 무너진다면 두 가지 문제가 한꺼번에 해결된다. 자칫 귀족들에게 향할지 모르는 시민들의 불만을 해소하고, 눈엣가시 같은 현자를 제거하는 것. 시민단체를 어떻게 구워삶느냐가 관건이겠지만 그쯤 못 할 자신이 아니었다. 오늘은 오랫만에 편안한 마음으로 대취해보리라. 킬론은 아랫배를 두드렸다.

 디오도로스의 돌무덤 앞에 선 니코스는 명을 다 못 채우고 간 젊은 영혼을 떠올렸다. 죽은 자를 위로하는 일은 산 자의 몫이리라. 그는 무덤을 덮은 커다란 바위에 정을 세웠다. 연장을 다루는 손이 어줍어 사방으로 돌조각이 튀었다. 젊어서는 꽤 쓸 만한 기술이었는데, 이제 연장 솜씨도 늙어버린 것 같았다. 목덜미로 땀이 흘러내리고 힘이 부쳤다. 니코스는 한참 숨을 돌리다가 다시 정을 들었다. 저물기 전에 일을 마치려면 서둘러야 했다. 한창 돌 쪼는 소리가 울릴 때 멀리서 니코스를 부르는 소리가 들려왔다. 숨을 헐떡거리며 올라온 사람은 시민단체 소속인 니논이었다. 강파른 얼굴과 남루한 입성에서 궁색기가 흐르는 니논은 어부 일을 해 근근히 생계를 꾸렸다.
 "노인장, 여기 계셨군요. 한참을 찾았습니다."
 니논의 부모는 땅 없는 농사꾼이었다. 크로톤의 농지와 목축지는 대부분 귀족들과 학파의 소유였다. 하층시민은 니논의 부모처럼 대부분이 소작인이다. 늙은 부모는 힘이 없었고 니논은 입 하나 덜자는 심사로 누이동생 코레를 참주 집에 하녀로 팔았다. 시민 계층에서 흔히 있는 일이었다. 그래도 니논의 집은 여전히 가난에 허덕였다. 사정을 잘 아는 니코스는 니논의 형편에 도움이 되었으면 하는 마음으로 금괴를 주고 일을 맡겼다. 많이 배우지는 못했지만 머리 회전이 빠르고 사람을 동원하는 능력이 남다른 자이기도 했다.

니논은 시민단체 청년 몇 명을 풀었다고 했다. 저잣거리에서 패거리를 몰고 다니는 치들의 뒷조사를 했지만 잦은 싸움에만 휘말렸을 뿐, 소득은 없었다. 니논은 생각을 바꿔서 패거리에게 술과 여자를 사주며 접근했다. 때로 웃통을 벗어던지고 한 판 겨루기도 했다. 마침내 그들의 입에서 나온 이름의 주인은 불량배나 조무래기가 아니었다. 돈을 받고 사람을 쥐도 새도 모르게 죽인다는 자였다. 저잣거리에서 오랜 세월을 보낸 니코스도 그 이름이 생경했다. 무엇보다도 디오도로스의 죽음과 조금도 어울리지 않았다.

"칼잡이라고 했나?"

"사람을 죽이는 솜씨가 보통이 아니라고 해서 그렇게 통하나 봐요. 귀족들의 뒷일을 감쪽같이 처리한다고 합디다. 그런데, 요즘 그자가 금괴를 내놓고 술을 마신다는 말이 돈다고 합니다."

"금괴?"

"크로톤 귀족들의 집에서도 본 적 없는, 그러니까 헬라스 본토에서나 볼 법한 엄청난 크기의 금괴라는 말이 은밀히 퍼졌다고요. 거리의 유녀나 상대하던 자가 요즘은 신전 유곽인 처녀관에서 살다시피 한다니, 헛소문은 아닌 것 같습니다."

니코스는 고개를 끄덕였다.

"그런데 도대체 무슨 일입니까?"
니논이 물었다. 사건의 전말에 대해서는 일체 듣지 못했기에 그럴 만도 했다.
"그냥 그럴 일이 있다네. 칼잡이, 그자를 만날 수는 있겠는가?"
"거처가 일정하진 않지만 수소문해보면 알 수 있겠지요."
말을 마친 니코스는 다시 몸을 일으켰다.
"누구 무덤이기에 기력도 없으신 노인네가 생고생을 하시는 거예요?"
"저 무덤의 임자도 사연이 있지. 젊은이가 평생 염원하던 일을 이뤄보지도 못하고 억울하게 저 세상에 갔으니. 그 원혼이라도 달래줄까 싶어서 해보는 짓이지. 낸들 알겠나. 저 사람의 속이 어떠했는지. 그저 늙은이 마음인 거지."
"거참. 요즘 부쩍 노인장이 비밀이 많아지셨다니까. 노인장보다야 젊은 제가 힘을 쓰는 게 낫겠네요. 제가 할 테니까 좀 쉬시지요."
"자네가 도와준다면 나야 횡재한 셈이네그려."
니코스는 못 이기는 척 망치와 정을 건넸다.
니논은 넓적한 바위에 그려진 점 열 개를 향해 정을 들었다. 날카로운 정이 꽂힐 때마다 구릿빛 어깨와 팔뚝에 굵은 힘줄이 곤두섰다. 니논은 팔뚝으로 얼굴의 땀을 훔치며 니코스를 돌아보았다.
"이 요상한 그림이 저 무덤의 주인과 무슨 관계가 있는 겁니까?"
"낸들 알겠는가. 학파와 관계 있는 상징인가 싶네. 이 무덤의 주인이 학파 사람이었거든."
별안간 니논의 안색이 변하더니 무거운 망치를 휙 내던지며 침을 뱉었다. 배운 자들이라면 이를 가는 니논은 현자의 학파가 지식 하나 믿고 자신들의 의무를 시민에게 떠맡기면서 힘없고 무지한 사람이 못살게 되었다고 시민을 선동해왔다. 학파 사람 일인 줄 알았더라면 금괴를 서너 개 쥐어줘도 머리를 가로저었을 니논이거늘…….
니코스는 아차 싶었지만 이미 쏟은 말이었다. 니코스는 간신히 니논을 달랬다. 비록 무덤의 주인이 학파 사람이긴 해도 그의 부친과는 절친한 친구 사이였으며, 무덤의 주인도 자신에게는 친자식과 다름없었노라고. 성정이 불같은 사람들이 대부분 그렇듯 니논도 금방 화를 누그러뜨리더니 '칼잡이'의 거처나 수소문해보겠다며 언덕 아래로 내려갔다.
"칼잡이가 누군 줄 아세요?"
저녁 무렵 다시 찾아온 니논은 목소리를 잔뜩 낮추고 물었다.
"누군데?"
니논의 말을 들은 니코스는 깜짝 놀랐다. 몇 년 전 니코스가 시신을 거두어준 퇴물 유녀의 아들이라는 것이다. 그 유녀에게 감옥에 간 아들이 하나 있다는 말은 들었지만 설마 그자일 줄이야. 제아무리 비열하고 잔인한 자라도 어미의 시신을 거두어준 사람이라면 태도를 달리할 것이라는 생각으로 니코스는 길을 나섰다.

술집 뒷방에서 부스스 나온 남자는 언뜻 보기에도 인생의 가장 낮은 곳만을 흘러다니며 살아온 얼굴이었다. 이름이 테론이라는 그는 니코스를 앞에 두고도 마른 얼굴을 손으로 부비며 냉소만 흘렸다.
비록 심하게 찡그린 표정이지만 몇 년 전 보았던 유녀의 얼굴이

남아 있었다. 길바닥에 버려진 여자의 아랫도리는 피범벅이었고 심한 악취가 진동했다. 저러다 까마귀밥이 되는 게 자연의 섭리라는 주위 사람들의 만류를 뿌리치고 니코스는 그녀의 눈꺼풀을 열었다. 눈곱이 말라붙어 잘 떨어지지 않았고 검은 동자는 뒤로 넘어가 있었다. 앙상한 그녀의 손이 흙을 움켜쥐더니 입으로 가져갔다. 검푸른 입술에 달라붙은 흙이 그녀의 마지막 끼니였다. 니코스는 시신을 업고 와서 간소하게나마 장례를 치러주었다. 어미의 임종조차 지키지 못하는 아들과 홀로 죽어간 여인의 마지막이 안쓰러워 한동안 돌무덤 곁을 떠나지 못했던 기억이 났다.

"그래서, 이제 와서 날 찾아온 이유가 뭐요? 내 어미 일을 가지고 돈이라도 뜯으러 온 거요?"

"난 그저, 자네가 그 여인의 아들이라는 말을 듣고 반가운 마음에……."

칼잡이는 굵은 팔을 흔들었다.

"됐소이다. 내가 어떤 놈인 줄 아시오? 누이동생을 내 손으로 찔러 죽인 놈이오. 그 순간부터 이 몸은 사람이길 포기했소이다. 지난 일 따위는 생각하기도 싫으니 썩 돌아가시오."

칼잡이는 니코스를 밀치고 나가버렸다. 옛 인연을 빌미로 이야기를 나누려던 니코스의 희망은 여지없이 무너졌다. 괜히 나서서 일을 망친 것은 아닐까. 아리스톤이 옆에 있다면 의논이라도 해보련만. 어떻게든 연락을 취하겠노라 장담하던 아리스톤은 입문 후 소식이 없었다. 발길을 돌리는 니코스의 마음은 답답하기만 했다.

"잘 처리했는가?"

홀연히 나타난 검은색 히마티온이 테론에게 물었다. 두건 속 새까만 눈동자가 유난히 번들거렸다. 테론은 하마터면 손에 쥐고 있던 술잔을 놓칠 뻔했다.

테론은 그 검은 두건이 싫었다. 치렁치렁한 히마티온을 망토처럼 만들어 몸을 감추는 음침함이 마음에 들지 않았다. 그뿐인가. 테론이 머무는 술집을 어떻게 알고 밤안개처럼 스며드는 민첩함도 소름 끼쳤다. 살인을 사주한 것도 모자라 확인까지 하다니. 얼큰하게 취한 술이 다 깨는 것 같았다.

테론에게 살해를 청한 사람들은 그를 다시 보고 싶어 하지 않았다. 금전 관계부터 치정에 이르기까지 사연이야 저마다 달랐지만 살기로 번들거리는 의뢰인의 얼굴들은 하나같이 악에 차 있었다. 죽여야 할 대상의 모습도 마찬가지였다. 죽음의 목전에서 한없이 비굴해지거나 저주에 찬 독설을 퍼부을 뿐, 의뢰인과 별반 다르지 않았다. 어쨌든 살인은 의뢰인에게 영원히 기억하고 싶지 않은 죄의 증거이며 고통의 흔적이므로 테론을 다시 대면한다는 것 자체가 피의 망령을 보는 것과 다르지 않으리라. 그 사실을 누구보다도 잘 알았기에 어쩌다 과거의 의뢰인과 마주쳐도 먼저 외면하는 쪽은 언제나 테론이었다. 최소한의 예의를 지키는 모습이 의뢰인을 안심시킬 수 있다고 믿었다.

"금괴까지 받았는데 어련히 잘 처리했겠소이까. 채찍질로 기절시켜 바다에 수장했소이다. 지금쯤이면 물고기 밥이 되었을 거요. 그런데 그걸 확인하려고 이놈의 얼굴을 다시 보러 온 것입니까? 담력 한번 대단하시군. 그 정도의 담력이라면 굳이 내 손을 빌리지 않아도 되었겠는데."
두건을 깊숙이 눌러쓴 이의 낯빛이 도무지 읽히지 않았다. 사람의 온기가 느껴지지 않아 마치 그림자 같은 자였다. 피부가 대리석처럼 반질하면서도 차가워 보였다. 생명보다 더 귀중한 의리를 저버린 자이기에 죽여야 한다고 했던가. 쓸데없는 의문이다. 궁금해 할 필요도 이유도 없는 일이다. 의문투성이 죽음이 어디 한둘이던가. 테론은 거칠게 콧김을 뿜었다.
"저항은 안 하던가?"
검은 두건의 질문은 간결했다.
"자기 죽을 무덤을 아는 이 같더이다. 내가 깨끗이 처리했다고 하지 않았소. 그럼 된 거 아니오. 그러니 이제 이곳에서 당장 나가주시오. 당신이나 나나 다시 보고 싶지 않은 사람들 아니오."
테론은 술집에 있는 사람들 모두 들으라는 듯이 버럭 화를 냈다. 검은 두건의 망토 끝이 반짝하는가 싶더니 탁자 위에 작은 금괴 하나가 올라앉았다. 테론은 급히 나가는 그의 뒤를 쫓았다.
"이거 왜 이러시오. 대가는 지난번에 충분히 지불하지 않았소. 사람 죽이는 인간이라도 구걸은 하지 않는 법이오. 내가 일한 것에 대한 품삯만 주면 된다, 이 말이외다."
"받아두지. 대가는 많을수록 좋을 텐데."
"한 번으로 족하오. 그러니까, 나라는 인간이 이 짓거리를 해서 받은 대가로는 그저 연명할 정도만 되면 족하다는 말이오. 남의 핏값으로 목숨 부지해온 인생이지만, 언젠가 이 몸이 거꾸러졌을 때 하데스 신의 발밑에서 변명할 거리는 있어야 할 게 아니오?"
테론은 악착같이 검은 두건을 붙잡고 늘어졌다. 억센 손아귀에 잡힌 히마티온 속 팔이 무척 가늘고 연약하다는 느낌이 들었다. 다시 어둠 속으로 몸을 숨기려는 검은 두건에게 금괴를 돌려주려고 테론은 그의 손을 더듬어 찾았다. 얼마나 실랑이를 했을까. 소맷부리를 덮어 한사코 가린 손이 마침내 드러났다. 순간 테론은 금괴고 뭐고 잊고 그 손을 놓아버렸다. 푸른 정맥이 고스란히 내비치는 희고 작은 손은 남자의 것이 아니었다. 그의 손에서 간신히 놓여난 검은 두건이 재빨리 걸음을 옮기며 말했다.
"차후에도 혹시 부탁할 일이 있을지 모르니 너무 홀대하지 말게. 그때도 사례는 충분히 할 것이니 거절하지 말고."
테론은 무엇에 홀린 듯 얼이 빠져 떨어뜨린 금괴조차 줍지 못하고 서 있었다. 검은 두건의 피부는 여인의 속살과 비슷했다. 쥐새끼 같은 놈! 다시 한 번 내 앞에 얼굴을 디밀어봐라. 그때는 대갈통을 깨부수고 말 것이다! 테론은 검은 두건이 향한 쪽을 향해 누런 가래침을 뱉으며 으르렁거렸다.

"히파소스 사형!"
아리스톤의 목소리였다. 종려나무 가지에 앉아 있던 종달새가 푸드덕 날아갔다.
"그림자의 길이가 두 자를 간신히 넘었네. 어둠이 그림자를 완전히 덮을 때 만나자던 약속을 잊었는가?"
히파소스는 아리스톤의 팔을 재빨리 기숙관 안으로 끌어당기며 질책했다.

"제가 어떻게 그걸 잊었겠어요. 마침 주위에 사람이 없는 걸 보고 사형을 부른 것입니다."

"그렇다면 다행이지만 늘 조심해야 하네. 나나 자네나 아직 할 일이 있지 않는가. 우리가 친한 게 알려져서 좋을 건 없어."

"저도 알고 있다니까요. 저야말로 모든 것을 버리고 이곳에 온 사람입니다. 그림에 대해서는 뭐 좀 알아내셨습니까? 그게 그나마 유일한 단서인데, 궁금해서 온몸에 좀이 다 쑤십니다. 날짜는 흘러가지, 사형은 무소식이지."

"별로 없네. 다만 삼각형에 관한 그림 같다는 생각은 들어. 현자의 정리와도 상관이 있는 것 같고……."

히파소스는 말끝을 흐렸다. 아리스톤의 눈이 반짝 빛났다.

"현자의 정리라고요?"

"아니, 뭐 꼭 그렇다는 건 아니야. 현자의 정리 중 삼각형에 대한 게 있긴 한데, 그건 직각삼각형일 때거든. 침상에 그려진 그림은 그저 이지러진 마름모일 뿐이고. 이것도 추측에 지나지 않아. 보다 확실한 근거가 드러나면 말해주겠네."

히파소스의 말을 듣고 있던 아리스톤은 고개를 갸웃했다.

"이번 시험의 마지막 문항도 세 개의 사각형에 둘러싸인 직각삼각형에 관한 것이었는데……. 도저히 풀 수가 없어서 궁금했거든요."

아리스톤은 더듬더듬 문제를 설명했다.

"아, 그 문제가 이번 시험에 나왔군."

히파소스는 반가운 마음이 들었다. 바로 자신이 만든, 직각삼각형 정리에 대한 증명이었다. 현자가 흡족해 하며 치하를 아끼지 않았던 몇 년 전 기억이 새로웠다. 현자의 눈에 들었다는 사실만으로도 충분히 행복할 수 있었던 시절이었다. 완벽하고도 명료한 증명은 히파소스를 수제자의 반열에 올린 주요 성과 중 하나이기도 했다.

히파소스는 밖으로 나와 흙이 고운 곳을 찾아서는 무릎을 꿇고 아리스톤이 말한 그림을 정확히 그려냈다.

"그래요, 맞아요. 이 그림이었어요."

히파소스는 그에게 빙긋 웃어 보였다.

"이 문제는 현자의 정리를 증명하는 대표적인 방법이니까 잘 들어둬. 편의상 여기 직각삼각형을 $\alpha\beta\gamma$라고 부르세."

"네, 가운데 있는 삼각형 말이지요."

"응, 맞아. 이때 선분 $\alpha\beta$, $\beta\gamma$, $\gamma\alpha$를 각각 한 변으로 하는 정사각형 세 개가 만들어질 수 있겠지."

"정말 그러네요. 정사각형 $\alpha\delta\epsilon\beta$, $\beta\zeta\eta\gamma$, $\alpha\eta\theta\iota$이 만들어지네요."

"그래. 제법인데. 여기서 삼각형 $\alpha\beta\zeta$와 삼각형 $\epsilon\beta\gamma$는 합동인 삼각형이 되겠지."

"그건 잘 모르겠는데요."

아리스톤은 머리를 긁적였다. 히파소스는 좀 더 가는 나뭇가지를 찾아 각각의 선분을 그려나갔다.

"선분 $\alpha\beta$와 $\epsilon\beta$의 길이가 같고, 선분 $\beta\zeta$와 선분 $\beta\gamma$의 길이도 같기 때문이야."

"잠깐만요, 사형. 너무 빨라요. 아, 사각형 $\alpha\delta\epsilon\beta$가 정사각형이니까 당연히 두 변의 길이는 같겠네요. 또 정사각형 $\beta\zeta\eta\gamma$의 두 변의 길이도 같을 거고요."

"그렇지. 두 변의 길이가 같고 그 끼인각이 같으면 두 삼각형이

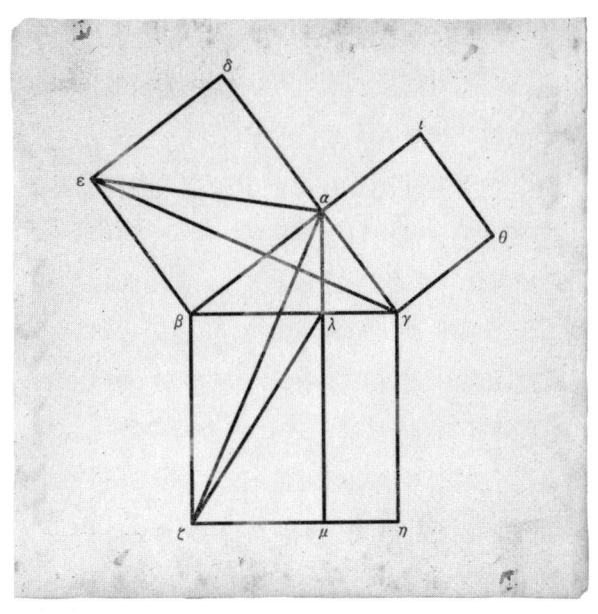

합동이 된다는 이론은 알고 있지?"

"그 정도는 알죠."

"그럼 다시 잘 보게. 각 αζδ와 각 εβγ는 그 크기가 서로 같다네. 둘 다 정사각형의 한 각인 90도에 각 αβλ를 합한 크기니까 말이야."

"두 변의 길이가 같고 끼인각이 같을 때의 합동 조건을 만족하는 셈이네요."

"자, 다음으로 넘어가서 삼각형 αβζ와 삼각형 λβζ의 경우 넓이가 같겠지. 모양이야 어쨌든 밑변과 높이가 같으면 그 넓이는 같으니 말이야. 여기까지는 알겠지."

"결국 넓이가 같은 삼각형 세 개가 존재하는 셈이네요."

"아니, 총 여섯 개야. 여태까지 세운 증명을 바탕으로 △αδε=△εβ α=△εβγ=△αβζ=△λβζ=△λζμ. 그러니까 모양은 달라도 삼각형 여섯 개의 넓이가 같다는 결론이 나오거든. 거기서 조금 더 나아가면 사각형 βζμλ과 사각형 αδεβ의 넓이가 같다는 사실까지 증명할 수 있겠지. 다음은 자네가 한번 증명해보지."

아리스톤은 미간을 좁히며 흙에 그려진 삼각형을 손가락으로 훑었다.

"아, 알겠어요. 사형이 증명한 방식대로 하자면 사각형 λμηγ와 사각형 αγθι도 크기가 같겠군요."

"총명한 청강생이로군. 두 개의 증명을 통해 직각삼각형을 둘러싼 세 개의 정사각형에서, 삼각형의 두 변을 한 변으로 하는 정사각형의 넓이를 더한 값은 빗변을 한 변으로 삼은 정사각형의 넓이와 같아지는 게야. 즉 현자의 직각삼각형 정리인 $\beta\gamma^2=\alpha\beta^2+\alpha\gamma^2$에 이르게 되는 것이네. 자, 알겠나?"

히파소스는 이런 식의 도형을 가지고 증명하는 방법이 수십 가지도 넘는다는 말을 덧붙였지만 그것이 거의 제자들이 만들어낸 증명이라는 말은 하지 못했다. 세 개의 반달을 활용한 방법은 디오도로스가 해낸 증명이었다. 청강생 시절을 지낸 지 얼마 되지 않았기에 현자도 놀라움을 금치 못했다.

"이런 정교한 풀이가 형이 침상에 그려놓은 무늬와 무슨 관계가 있을까요?"

"있을 수도 있고 없을 수도 있지."

히파소스는 애매한 대답을 했지만 히파소스를 바라보는 아리스톤의 표정은 전에 없이 진지했다.

"사형이라면 형이 남긴 도형의 비밀을 꼭 풀어내실 겁니다. 그렇게 믿겠습니다. 이만 가볼게요. 벌써 강의가 시작됐겠어요."

~~~~~

히파소스는 다시 문서실에 파묻혔다. 휴가 내내 연구에만 전념했고 꽤 진척도 있었지만, 아직 아리스톤에게 말하기는 이르다는 생각에 말을 아꼈다.

히파소스는 명제의 역부터 거슬러 올라가보기로 했다. '직각삼각형이면 직각을 낀 두 변 길이의 제곱의 합은 빗변 길이의 제곱과 같다' 는 참인 명제이다. 그 역인 '직각을 낀 두 변 길이의 제곱의 합이 빗변 길이의 제곱과 같다면 그것은 직각삼각형이다' 도 증명할 수 있는, 참인 명제이다. 물론 명제가 참이라고 그 역도 참이라고는 할 수 없으나 이 경우는 명제와 그 역이 모두 참이다. 즉, 세상의 어떤 직각삼각형도 직각을 낀 두 변만 있다면 빗변의 값은 반드시 구할 수 있다는 결론에 이른다. 히파소스는 갖가지 길이를 가진 무수한 직각삼각형을 만들어보다가 이상한 점을 발견했다. 직각을 낀 두 변의 길이가 각각 1인 직각이등변삼각형 빗변의 값이 구해지지 않았던 것이다.

직각삼각형에서 두 밑변을 각각 α와 β, 나머지 빗변을 γ라고 할 때 α의 제곱 값과 β의 제곱 값을 더하면 γ의 제곱 값이 된다. 이것이 현자의 직각삼각형 정리다. 여기서 α와 β의 값을 각각 1이라고 하면 $1^2+1^2=\gamma^2$ 이라는 등식이 성립해야 한다. 그런데 여기서 γ의 값이 도저히 구해지지 않았다. 물론 제곱한 수는 2이다. 그러나 2가 빗변의 값은 아니므로 제곱되기 전의 수를 찾아야 했다. 1.1을 제곱한 1.21은 턱도 없이 모자란 값이다. 1.3을 제곱한 1.69도 0.31이나 부족하다. 1.5의 제곱값인 2.25는 0.25나 넘친다.

얼마나 시간이 흘렀을까. 그림자가 짧아졌다가 다시 길어지도록 석판에 돌 긁는 소리만이 정적 가득한 문서실에 울렸다.

1.4×1.4=1.96

히파소스는 계산을 멈추었다. 답은 1.4와 1.5 사이의 수가 분명했다. 정수 분의 정수로 나타내는 분수 속에 답이 있어야 하는데 그 값은 점점 오리무중이었다. 미궁 속에 빠진 빗변의 길이를 찾아 계산을 하고 또 했지만 1.414라는 근사값밖에 구할 수 없었다. 1.414를

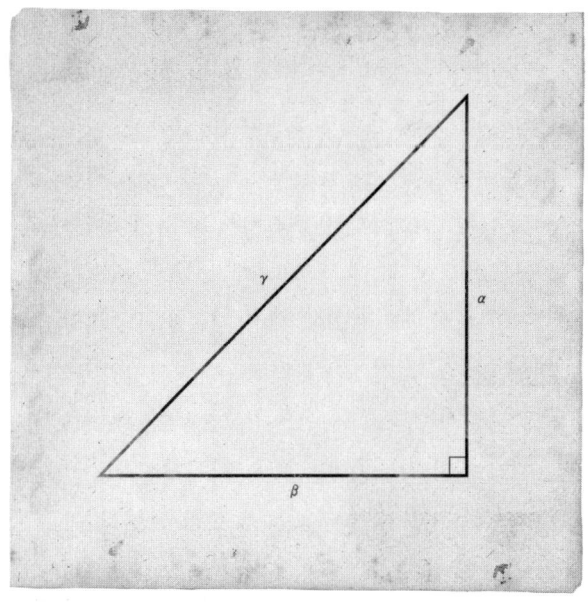

제곱한 값이 1.999396이었기 때문이다. 그래도 빗변의 제곱값인 2에서 0.000604가 모자라는 값이었다. 정수는 아니었다. 그렇다면 정수 분의 정수로 나타낼 수 있는 분수일까? 물론 1.999396은 1999396/1000000이라는 분수로 나타낼 수 있지만 제곱하여 정확히 2라는 값을 얻을 수 있는 수는 아니었다. 정수 분의 정수로 나타낼 수 있는 것이 '수'라면 지금 그가 찾는 것은 수가 아니었다. 히파소스는 머리가 깨져나가는 것 같았다. 단순하게 생각했던 삼각형과 마름모에 감추어진 비밀의 숫자는 수 체계의 영역을 넘어서고 있었다. 침상에 새겨진 무늬 또한 히파소스의 머리를 짓눌렀다. 혹시 참고가 될 만한 자료가 있을까 해서 문서실을 뒤지고 다녔지만 켜켜이 쌓인 먼지 속에서 여지없이 무너지곤 했다.

대각선이 그려진 마름모에 나타난 네 개 혹은 두 개의 삼각형. 히파소스는 그 그림을 바닥에 수십 번도 더 그리며 삼각형을 합쳤다 쪼개기를 반복했다. 그러다가 문득 대각선들이 서로 직교한다는 사실을 깨달았다. 아, 어째서 그걸 그냥 지나쳤던가. 히파소스는 이마를 손바닥으로 쳤다. 대각선이 수직으로 만나는 도형은 정사각형과 마름모뿐이다. 네 개의 직각삼각형 속에 현자의 정리가 어떤 식으로든 숨어 있으리라는 직감이 날카롭게 꽂혔다. 디오도로스가 더는 새로울 것이 없는 현자의 정리에 새삼 집착했던 이유는 혹시, 직각을 낀 두 변의 길이가 각각 1인 직각이등변삼각형 빗변의 길이가 숨어 있기 때문이었을까? 터무니없는 짐작일 수도 있지만 그런 직관이 때때로 발견의 원천이 된다는 것을 학자라면 알고 있으리라. 세상의 발전을 이뤄낸 저 수많은 이론과 학설들 또한 대개 터무니없는 느낌에서 출발했다.

히파소스는 자신의 모든 것을 걸고 디오도로스가 남긴 마지막 암호를 풀기로 마음먹었다. 나무로 된 침상, 대리석 조각, 마름모, 대각선, 직교, 네 개의 직각삼각형, 마름모…… 그리고 다시 원점이었다. 히파소스는 파피루스 문서실을 지나 나무와 밀랍판이 즐비한 다음 방에 당도했다. 낮은 창으로 햇빛이 밀려들어 밀랍판을 온통 황금빛으로 물들였다. 태양이 남중해 있던 정오보다 오히려 따뜻하게 느껴졌다. 맨 아래쪽에는 푸르스름하면서도 군데군데 하얗게 변색된 청동판이 눈에 띄었다. 대충 훑어보아도 자료가 될 만한 것은 띄지 않았다. 이제는 눈을 감고도 욀 수 있는 잡다한 지식들이 빼곡하게 새겨져 있을 뿐이었다. 그날 이곳에서 만나기로 했던 디오도로스가 보여주고자 한 것은 대체 무엇이었을까. 약속을 지키지 못했던 친구가 목숨을 걸고 남기려 한 어떤 진실이 여기 문서실을 맴돌고 있는데 나는 한 치 앞도 보지 못하고 있구나. 히파소스는 한숨을 내쉬었다. 햇빛 속에 부유하던 먼지들이 그의 몸속을 점령한 것 같았다. 다음 방에는 케케묵은 흙 서판 문서만 가득했다. 밀랍판이나 파피루스에도 없는 도형이 그곳에 있을 리 없었다. 크레타의 미궁이 이와 같았을까. 히파소스는 땀과 먼지로 뒤범벅되어 힘없이 문서실을 나왔다.

히파소스는 풀밭에 벌렁 드러누웠다. 풀들이 뺨을 간질이고 땀이 조금씩 식어갔지만 대지가 빙글빙글 도는 듯한 어지럼증은 사라지지 않았다. 그는 문득, 지워지지 않는 이름을 아주 조그맣게 불렀다.

테아노.

"문서실을 다 뒤져봤지만 그런 도형은 없어. 한 줄 실도 없이 미궁 속을 헤매는 기분이라네."

"어디 다른 문서실을 찾아볼 수는 없을까요?"

"자네, 도통 모르는구먼. 이오니아 해와 에게 해를 통틀어도 여기만큼 자료가 풍부한 학파는 없다네. 헬라스 전역에서 끊임없이 학파들이 세워지지만 금세 사라지고 마는 까닭을 아는가?"

"학파가 보유한 자료가 그 이유라는 건가요?"

"찾자면 이유야 많겠지. 그러나 학파가 보유한 방대한 자료가 현자의 학파를 융성케 한 원천이 된다고 해도 과언은 아니야. 학파는 작은 나라와도 같아. 단, 곳간을 채운 곡식 대신 문서실과 학도들의 머릿속에 들어찬 지식이 나라의 운명을 좌우한다네. 기반이 얕으면 건물이 흔들리는 게 당연한 이치 아니겠는가."

"청강생인 제가 문서실을 드나들 수는 없잖아요."

"나와 함께라면 가능할 거야. 눈에 너무 익은 탓에 내가 지금껏 발견하지 못한 것을 자네가 찾아낼지도 모르니."

히파소스는 어깨를 움츠리며 앞장을 섰다. 강의가 끝난 텅 빈 광장에 테트라크티스가 그려진 가름막이 바람에 날렸다. 광장을 질러 가면 빠르겠지만 강의가 끝난 광장에 남는 법이 아니라며 히파소스가 만류했다. 두 사람은 광장을 휘돌아 정문으로 이어진 돌길을 지났다. 이윽고 문서실 입구에 닿자 파피루스 냄새와 오래된 가죽 특유의 노린내가 코를 찔렀다. 문서실의 구조를 설명하는 히파소스의 손짓에 자긍심이 넘쳤다. 그래, 어디서부터 시작해야 좋을까, 하고 중얼거리는 히파소스에게 아리스톤이 물었다.

"그림은 그렇다 치고, 그 글자에 대한 단서는 찾으셨나요?"

"무슨 글자?"

한 가지 연구에 몰입하면 다른 쪽은 생각 못하는 것이 학자일까. 아리스톤은 히파소스를 보며 문득 그런 생각을 했다.

"그림 옆에 새겨져 있던 '바빌'이라는 글 말이에요."

"아. 그건…… 나도 계속 궁금해 하던 참이었어. 디오도로스가 아무 생각 없이 그런 단서를 남겼을 리가 없어. 그 글자가 중요한 열쇠가 될 것 같긴 한데."

"'바빌'이 도형 이름이나 문헌은 아닐까요?"

"도형? 바빌, 바빌……. 아니야. 그런 도형은 없는 것 같아."

히파소스는 관자놀이를 누르며 생각에 빠졌다.

"그럼 옛 문헌은요? 앞 글자에 '바빌'이라는 말이 들어가는 건 없나요? 형이 채 새기지 못한 글자일 수 있잖아요."

"그럴 수도 있겠네."

"사형, 바빌이라면, 혹시 고대 바빌로니아가 아닐까요?"

"고대 바빌로니아?"

"천 년도 전에 법전을 만든 나라잖아요. 검은 현무암에 새겼다는 함무라비 법전으로 잘 알려져 있지 않습니까. 글쎄요, 천 년 전의 왕국과 이상한 도형 사이에 무슨 관계가 있을까요?"

"아, 그거, 그거였어!"

히파소스는 별안간 정신이 드는 듯 허리를 곧추세웠다.

"뭔가요?"

"아시필레와 바빌로니아 시대 것으로 추정되는 흙 서판이 이곳 문서실에 보관되어 있긴 해. 스승께서 젊은 시절 직접 찾아다니며 모으셨다더군. 그곳을 뒤져보지 않았어."

"문서실을 다 헤집었다고 하셨잖아요?"

"간단한 도형과 알아볼 수 없는 문자들이 잔뜩 새겨져 있는데, 너무 옛날 것들뿐이거든. 인적도 뜸하고 별 쓸모가 없다고 여겼는데, 내 생각이 짧았던 것 같아. 얼른 가보지 않겠나."

두 사람은 두 개의 방을 지나 흙 서판 보관실로 행했다. 빽빽하게 쌓인 흙 서판과 점토판은 대부분 금이 가고 귀퉁이가 깨져 있었다. 천 년 전에는 지혜의 보고였지만 지금은 대부분 기본에 해당하는 도형에 수식뿐이었다. 양털 같은 먼지 더께가 켜켜이 쌓여 옷깃이라도 닿았다가는 숨도 쉬지 못할 만큼 하얗게 피어올랐다. 거미줄에 붙은 곤충의 잔해들이 어쩐지 음산한 기운마저 감돌게 했다. 두 사람은 약속이라도 한 듯 번갈아 기침을 터뜨렸다. 조금 앞서 걷던 아리스톤이 거미줄을 헤치는 히파소스를 돌아보았다.

"만약 형이 이곳에서 자료를 뒤졌다면 분명 흔적이 남아 있을 겁니다. 무작정 서판을 뒤적이기보다는 사람의 흔적을 찾는 것이 빠르지 않을까요?"

히파소스는 고개를 끄덕였다. 네 번째 칸이 눈에 띄었다. 거미줄이 걷혀 있고 먼지도 없이 깨끗했다. 히파소스의 심장이 세차게 뛰었다.

"아리스톤, 찾았네, 찾았어! 여기야, 여기!"

두 사람은 서판들을 차례로 끌어내렸다. 태양 아래 구워졌다는 흙 서판에는 기하학적인 도형과 쐐기꼴의 문자가 드문드문 박혀 있었다. 서판들을 죄다 살펴보았지만 정작 두 사람이 찾고자 하는 도형은 어디에도 없었다.

"좀 이상해요."

아리스톤이 머리를 갸웃거렸다. 히파소스는 기침을 쿨럭거리다가 아리스톤을 쳐다보았다.

"뭐가?"

"이것 봐요. 다른 칸보다 좀 비어 있는 것 같잖아요."

"가만. 배열된 순서도 어긋나 있어."

노을이 지는가 싶더니 순식간에 어둠이 깔렸다. 지척도 분간하기 힘든 어둠 속에서 두 사람은 힘없이 주저앉았다. 아리스톤이 천장을 바라보며 입을 열었다.

"사형, 결국 누군가 흙 서판 몇 개를 빼돌린 게 맞지요?"

"하지만 누가? 왜?"

"누군지는 알 수 없죠. 단지 그 흙 서판의 내용을 두려워하는 자가 아닐까 하는 생각이 드는데요. 다른 사람이 그것을 보는 것을 꺼렸던 사람이겠지요."

"그 사람이 디오도로스일 수도 있다는 말인가?"

"형은 아닐 겁니다. 생각해봐요. 형은 피를 흘려가며 침상에 그림을 남긴 사람입니다. 외려 그것을 알리고 싶었던 사람이 아니었을까요. 여기에 있는 자료를 없앤 자는 형이 세상에 그것을 알리고자 하는 의도조차 마음에 들지 않았던 사람일 거예요. 하루속히 마름모 문양의 비의부터 풀어야 할 것 같습니다. 그럼 그자의 모습도 차츰 드러나겠지요."

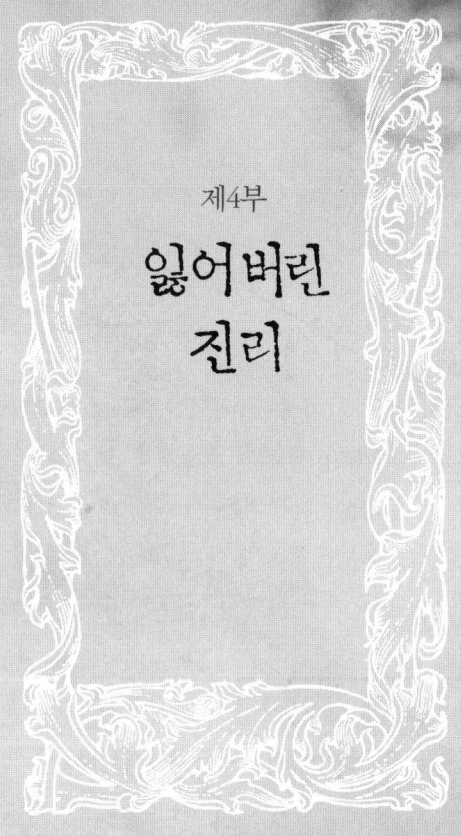

제4부
잃어버린 진리

다른 학문도 마찬가지이겠지만 수학에서도, 어떤 현상에 대한 의심 속에 실종된 자신을 찾다가 종종 새로운 발견에 반쯤 다가서는 때가 많다.

디리클레 P. G. L. Dirichlet (독일의 수학자)

 여러 날이 흘렀지만 연구에는 진척이 없었다. 히파소스의 마음에는 회의가 싹텄다. 두 개의 문제를 직각삼각형이라는 공통분모에 너무 끌어다 붙이는 게 아닐까 하는 마음이 무엇보다도 컸다. 휴가가 얼마 남지 않았다는 사실도 마음을 옥죄어왔다. 문서실을 오가며 현자와 테아노의 거처를 바라보는 마음 또한 편치 않았다. 아무런 행동도 보여주지 않는 테아노와 섣불리 움직일 수 없는 자신의 처지에 히파소스는 때로 참을 수 없이 화가 났고, 서서히 지쳐갔다. 그를 옆에서 지켜보는 아리스톤도 조급하기는 마찬가지였다. 문서실 출입이 여의치 않은 아리스톤은 히파소스를 적극적으로 도울 수조차 없었다. 그저 이곳저곳을 발 빠르게 오가며 촉각을 곤두세웠지만 소득이 없기는 마찬가지였다. 히파소스는 결국 아리스톤에게 디오도로스와의 마지막 대화를 털어놓았다. 아리스톤의 눈동자 깊은 곳이 흔들렸다.
 "사형은 그 중요한 이야기를 왜 이제 하는 겁니까? 도대체 현자의 정리에 무엇이 숨어 있던가요? 무엇을 알아내셨는지 제발 말씀 좀

해주세요."

아리스톤의 목소리는 화가 났다기보다는 슬픔에 젖어 있는 것 같았다.

"지금은 아무것도 몰라. 학자로서 지금까지 해온 연구에 회의가 들 정도야. 이 정도로 깜깜절벽일 수가 없어. 디오도로스는 대체 무엇을 어떻게 알아낸 걸까? 내 실력이 디오도로스와 맞먹는 줄 알았는데, 그건 순전히 내 생각이었나 봐. 디오도로스는 알아낸 비의에 나는 왜 한 발도 가까이 가지 못하는 걸까. 꿈속에서라도 디오도로스를 만나 물어보고 싶을 정도라니까."

"자책하지 마세요. 절대 사형이 실력이 없어서가 아니예요. 사형이 보지 못한 무언가를 형은 보았고, 또 오랫동안 연구했을 거예요. 아, 그게 뭐지. 그것만 찾을 수 있다면……."

"아고라 광장에 있는 관청 문서실에도 귀한 자료가 많지. 그런데 거긴 허가증이 있어야 들어가볼 수 있는 곳이라서 원."

"사형 지금 뭐라고 했어요? 관청 문서실이라고요?"

아리스톤의 목소리가 갈라졌다. 갑자기 왜 그러느냐고 묻는 히파소스에게 아리스톤은 엉뚱한 질문을 했다.

"사형, 만약 그 자료를 찾아서 형이 깨달은 그 경지에 도달한다면 사형은 어떻게 하시겠습니까?"

히파소스는 말문이 막혔다. 눈앞에 있는 계단도 오르지 못했는데 꼭대기에 무엇이 있느냐고 묻는 것과 마찬가지였다. 어쩌면 아리스톤에게는 그것이 가장 궁금한 일인지도 몰랐다. 히파소스가 디오도로스의 단계까지 도달했을 때 할 수 있는 고민과 선택지가 같다면 히파소스의 생각을 읽는 것이 디오도로스의 자취를 더듬는 일과 크게 다르지 않으리라. 그렇게 아리스톤의 생각을 속속들이 읽고 있는 히파소스였지만, 자신이 진심으로 원하는 것을 속 시원히 털어놓을 수는 없었다.

"참 사람도. 글쎄, 그건 그때 가서 생각해봐야겠네. 상황에 따라 바뀌는 괴물이 바로 사람의 마음 아닌가. 그걸 이번에야 알게 되었다니까."

"그건 또 무슨 수수께끼랍니까?"

"학파에서 금하는 콩이 자꾸 먹고 싶어지는 내 마음을 자네가 이해할 수 있겠는가?"

팔짱을 끼고 있던 아리스톤은 히파소스를 향해 눈을 찡긋했다.

"어떤 여인입니까? 사형, 어서 이실직고하십시오. 우리가 누굽니까. 침묵 수행을 깨고 비밀을 공유함으로써 의형제를 맺은 사람들입니다. 저한테 못 할 말이 무엇입니까? 어느 여인을 욕망하고 있는 겁니까?"

"귀족회의 사람이라 그런지 눈치가 보통이 아닌걸."

"그쯤이야 저잣거리 범부도 알아차릴 일이지요. 정력에 좋다는 콩이 먹고 싶다는데 다른 이유가 있겠습니까. 어서 속 시원하게 털어놓으십시오. 빙빙 에둘러서 말하길 좋아하는 학파라는 곳이 제 생리에는 맞질 않군요. 남녀를 불문하고 사랑에 빠지면 말이 하고 싶어서 입이 근질근질하기 마련인데, 참 용케도 참으셨습니다."

"알았네. 말하겠네. 내 첫사랑을 다시 만났다네. 그 후로 내 속이 말이 아니야."

아리스톤은 고개를 끄덕거리며 심드렁하게 물었다.

"사형의 인간관계야 뻔하죠. 분명 이곳에 있겠군요. 그래, 여학도들 중에 누구랍니까? 이름이 뭐예요?"
"테아노라네."
"이름은 곱군요. 그럼 잘 진행시켜보십시오. 총각이 처녀 사귀는 데 무슨 큰 문제가 있다고 그렇게 가슴앓이를 하는 겁니까? 학파 안이라서 연애가 쉽지 않다면 밖에서 매파를 넣어 정식으로 청혼하셔도 될 일 아닌가요?"
아리스톤의 말은 틀리지 않았다. 서로 눈이 맞은 귀족 집안의 자녀들이 매파를 보내 혼인을 성사시키는 일이 크로톤에서도 심심치 않게 있었다.
"그럴 수만 있다면 나도 좋겠네. 하나 내 첫사랑은 이미 결혼한 여인이라네."
아리스톤은 길게 휘파람을 불었다.
"첫사랑에 유부녀라. 하긴 원래 남의 밭에 있는 과실이 더 탐스러워 보이는 법이지요. 책상물림인 사형 같은 사람에게 감당하기 버거운 사랑이 찾아온 셈이네요. 뭐, 어쩝니까. 정 가지고 싶다면 남의 밭에 가서라도 과실을 훔쳐야지."
"스승님의 아내라네."
능청을 떨던 아리스톤도 눈을 둥그렇게 뜨고 동작을 멈췄다.
"지금 누구라고 했습니까?"
"스승님의 아내라고 했네. 미칠 것 같아. 스승님의 얼굴을 바라보는 것도 괴롭고, 그렇다고 마음을 접을 수도 없고."
히파소스도 자신의 병이 깊을 대로 깊어져 있다는 걸 느끼고 있었다. 사랑의 속성이란 손에 넣기 어려울수록 맹렬히 타오르는 것이다. 미덥게 구는 아리스톤에게 마음을 열고 그간의 일을 처음으로 입밖에 꺼냈지만, 테아노가 디오도로스의 첫사랑이기도 하다는 사실까지는 말할 수 없었다.

"시도는 해봤습니까?"

"무슨 시도? 비녀인 필레 편에 서신을 보내긴 했지만."

"답은 없었습니까?"

"아직은 없어. 그런데 말이야……"

아리스톤이 피식 웃는 걸 보자 히파소스는 얼굴이 더 홧홧해졌다.

"그런데요? 사형이 몽정을 시작한 소년이랍니까. 뭘 그렇게 뜸을 들입니까?"

"아, 알았어. 전부 얘기하겠네. 필레 말이, 테아노가 내 연서를 버리지 않고 간직하고 있다더군."

그 말을 들은 아리스톤은 허리를 뒤로 젖히고 호탕하게 웃었다. 놀란 히파소스가 주위를 두리번거리며 아리스톤의 입을 황급히 막았다.

"이 사람이 갑자기 실성을 했어. 왜 이렇게 웃고 난리야."

"테아노한테도 사형이 첫사랑인 거 아닙니까. 그러니까 그 서신을 버리지 않았던 거겠죠. 테아노의 마음도 사형한테 기운 게 확실하네요. 오히려 사형을 원망하고 있을 겁니다. 그까짓 서신 하나 던져주고는 얼굴 한번 보러오지 않는 사형이 얼마나 밉고 원망스러울까요. 사랑을 얻기가 두려워 꽁무니를 빼는 형편없는 사내라고 생각할지도 모르겠네요. 오늘 밤이라도 당장 찾아가십시오."

첫사랑 운운하는 아리스톤의 말에 히파소스의 속이 뜨끔했다.

"이 사람이 급하기는. 다른 사람도 아니고 스승님의 아내라니까. 내가 어떻게 감히."

"쇠는 뜨거울 때 두들겨야 하는 법입니다. 그나마 남아 있는 테아노의 마음이 식어서 오늘 당장 사형의 연서를 좍좍 찢어버리면 어쩌시렵니까. 미적지근한 사형의 사랑을 기다리다 지쳐서 현자와 뜨거운 밤을 보내버린다면 얼핏 본 옛사랑을 다시 생각이나 하겠습니까. 모르는 일입죠. 벌써 그 연서가 한 줌 재로 남았는지도."

"정말 그럴 수도 있겠지. 그럼 오늘 밤 당장 가볼까?"

"콩 요리 든든히 먹는 거 잊지 말고요."

"아, 정말 그래야겠군."

아리스톤은 히파소스의 어깨에 팔을 둘렀다. 히파소스의 얼굴에 오랜만에 생기가 돌았다.

"후일담은 꼭 들려주셔야 합니다. 아주 자세하게요."

히파소스는 멋쩍은 얼굴로 아리스톤의 정강이를 걷어찼다. 두 사람의 웃음소리가 적막한 광장에 파문을 남겼다. 아리스톤은 낄낄대면서도 무엇인가 곰곰이 생각하는 얼굴이었다. 테아노 일로 마음이 달뜬 히파소스가 그것을 눈치채지 못했을 뿐이다.

테아노는 양가죽을 펼쳤다. 히파소스의 연정이 담긴 가죽 편지를 벌써 몇 번이나 들었다 내려놓는지 몰랐다. 돌로 문질러 평평하게 만든 양가죽을 한데 묶은 끈은 매듭 부위가 가늘어져 있었다. 그 모습을 본 필레가 입술을 삐죽거렸다.

"그놈의 양가죽이 다 닳아빠지겠습니다. 히파소스인가 하는 그 작자, 아주 괘씸합니다."

"그분을 욕하지 마라. 내가 아무런 답변을 하지 않았으니 그분이 어떤 행동을 취할 수 있겠느냐?"

"진심은 통하기 마련인데, 테아노 님의 마음을 아주 모르기야 하겠습니까."

"어찌 아시겠느냐?"

"아이구, 답답해라. 제가 말씀을 드렸다니까요!"

테아노의 눈이 커졌다.

"네가 히파소스 그분을 만났더란 말이냐? 그래 뭐라고 했느냐?"

"테아노 님이 히파소스 님의 서신을 버리지 않고 간직하고 있다는 말씀을 전해 드렸습니다. 제 말 한마디에 히파소스 님 얼굴이 환해지던데요. 그런데 왜 아무런 기별이 없는지 이상합니다. 모름지기 아름다운 여인을 얻는 사내란 용감해야 하는 법이거늘, 아무래도 그릇이 작은 분이 아닌가 싶습니다요."

테아노는 아랫입술을 깨물었다. 눈가에 눈물이 고였다. 사랑에 있어 진정 용감한 사내였던 디오도로스가 생각났다. 스승의 아내인 테아노를 사랑하면서도 그는 조금도 두려워하거나 주저하지 않았다. 그와의 추억 하나하나가 테아노의 몸에 열꽃처럼 피어올랐다. 그의 시선이 닿으면 테아노의 몸은 뜨거워졌고, 손길이 닿는 순간, 터질 듯 무르익은 몸 곳곳이 터지듯 반응했다. 현자와는 단 한 번도 나누지 못한 강렬한 불꽃이었다. 디오도로스가 가슴만 살짝 물어도 허벅지까지 파르르 떨렸다. 소리를 죽이려 했지만 그의 손이 닿을 때마다 새나오는 신음을 어찌할 수 없었다. 그럴 때마다 디오도로스의 혀가 밀고 들어와 입을 막았다. 드러낼 수 없는 사랑이기에 더 강렬했는지도 몰랐다. 지칠 줄 모르고 테아노를 탐하던 디오도로스는 문득 그렇게 묻곤 했다.
"저를 사랑합니까?"
"그게 무슨 말입니까? 그렇게 묻는 당신이야말로 저를 정말 사랑하십니까?"
그렇게 물을 때의 떨림조차 불안인지 설렘인지 분간할 수 없었다. 아마 둘 다였을 것이다.
"제 생명보다 당신을 더 사랑합니다. 생명보다 더 아꼈던 지혜의 보고(寶庫)보다도 더 사랑합니다."
"저 또한…… 그렇습니다. 이를 말이겠습니까."
디오도로스의 질문은 집요했다.
"아이들보다 저를 더 사랑하지는 않겠지요."
테아노는 디오도로스의 품으로 파고들었다.
"디오도로스, 당신의 사랑이 얼마나 지극한지 알겠습니다. 이제 자식에 대한 어미의 사랑에 대해서도 질투하시는 것입니까. 남녀의 사랑과 혈연 간의 사랑은 엄연히 다른 것입니다."
"그렇다면 그 자식을 얻게 한 지아비에 대한 마음은 무엇이려나."
그 말을 듣는 테아노의 마음에서 뭉클하고 뜨거운 무엇이 뚝 떨어져 나가는 듯했다. 머리카락을 쓸어올리며 디오도로스의 품에서 멀어진 테아노는 전에 없이 싸늘한 시선을 던졌다.
"제 마음에 비수를 들이대는 이유가 도대체 무엇입니까. 우리가 다시 만났을 때 저는 이미 남편과 아이 셋이 딸린 몸이었습니다. 지금에 와서 그것을 탓하는 것입니까?"
"제가 그럴 리가 있겠습니까. 다만…… 만약에 말입니다, 만약 당신이 현자와 저, 둘 중에 하나를 선택해야 한다면 누구를 버리겠습니까?"
 그날이 디오도로스를 본 마지막 날이었다. 디오도로스를 보내고 테아노는 참았던 눈물을 한없이 흘렸다. 정염으로 타오른 몸과 마음이 텅 비면서 괴로움과 슬픔이 밀려들었다. 이것만은 테아노 혼자 고스란히 받아들여야 할 대가이자 벌이었다. 디오도로스의 질문에 그토록 화를 낸 까닭은 무엇일까. 테아노도 같은 질문을 가슴에 품은 채 외면해왔기 때문일까. 두 사람 모두 알고 있지만 차마 입 밖으로 내놓을 수 없는 그것. 말하는 순간 두 사람을 지옥으로 빠뜨려 버릴 두려움이 테아노의 목을 옥죄었다.
 사랑스러운 아이들의 맑은 눈망울을 바라보는 것도 가슴 찢어지는 고통이었다. 육체의 쾌락에 빠진 스스로가 한심할 때가 한두 번이 아니었다. 하지만 고통과 참회의 시간이 지나가면 또다시 디오도로스가, 그의 육체가 미칠 듯이 그리워졌다. 그러나 그를 다시 찾았을 때 디오도로스는 이미 퇴출당하고 없었다. 깊은 곳에서 끓어오르는 열정과 근심을 한숨으로 내쉬며 서신을 말아서 가만히 내려놓았을 때, 문 두드리는 소리가 들렸다.
 "이 밤에 누굴까. 현자께서 기별도 없이 오신 걸까."
 필레가 중얼거렸다.
 "히파소스요. 테아노 님을 보고 싶어 찾아왔습니다."
 몸을 벌떡 일으킨 테아노는 필레에게 눈짓을 보내 문을 열게 했다. 히파소스가 위풍당당한 기세로 들어왔다.
 "야심한 밤을 틈타 여인의 방에 뛰어든 이 무뢰한을 용서하십시오. 이 사람을 잊지는 않으셨겠지요."
 "잊지 않았습니다. 그 시절을 어떻게 잊을 수 있겠습니까. 그때 침묵 수행을 깨고 처음으로 말을 건 사람도 바로 저였는걸요. 그때는 철이 없어 힘들다고만 생각했는데, 이제 와 생각하니 가장 빛나는 시절이었지요. 한 남자의 아내와 아이들의 어미로서 가슴 깊이 묻고 살았을 뿐이지요. 이번에는 제가 묻겠습니다. 서신에 간곡히 술회한 것처럼, 히파소스 님의 마음은 진실로 믿을 만한 것인지요? 어떤 비밀도 지킬 만큼."

"반드시 지킬 것입니다. 제 마음을 받아주신다면."

테아노는 조용히 머리를 끄덕이며 눈을 내리깔았다. 눈치 빠른 필레가 뒷걸음질하며 나가려는데, 문고리를 잡아 흔드는 소리가 났다. 세 사람 모두 긴장한 몸짓으로 문 쪽을 바라보았다.

"누구요?"

필레의 목소리가 날카로웠다.

"현자께서 보내신 사환입니다."

테아노는 히파소스의 팔을 황급히 잡아끌며 침상 밑을 가리켰다. 히파소스가 몸을 숨긴 것을 확인한 후에야 필레는 조심스레 문을 열었다.

"무슨 일이오?"

"현자께서 테아노 님을 찾으십니다."

애써 무표정을 지키던 테아노의 얼굴이 어두워졌다. 왜 하필 지금일까. 사환의 발걸음이 멀어지자 히파소스가 기어나왔다. 문 쪽을 물끄러미 바라보는 테아노를 히파소스가 와락 끌어안아 목덜미에 얼굴을 묻었다. 테아노는 가만히 그의 품을 빠져나와 귓가에 속삭였다.

"히파소스 님, 오늘은 돌아가십시오. 우리 두 사람이 마음을 확인한 걸로 만족합니다. 다음을 기약할 수 있을 테니까요."

테아노가 이별의 목례를 하자 히파소스의 입에서 깊은 한숨이 새 나왔다.

"현자에게 가야 할 시간입니다. 지금은 어서 여기를 나가세요. 지체하다가 우리가 한 방에 있다는 게 발각되면 큰일입니다. 꼭 다시 와주십시오. 기다리고 있겠습니다."

"잊지 못할 것입니다, 테아노 님! 당신의 모든 것을 내 골수까지 새기고 또 새기겠습니다. 아, 왜 하필 지금, 스승님께서 당신을 부르신단 말입니까. 이 밤에 당신을 찾는 이유는 단 한 가지밖에 없을 텐데. 당신의 입술을 가져갈 스승님의 숨결, 당신의 몸을 탐할 스승님의 손길. 아, 너무도 싫습니다."

테아노가 얼굴을 붉히자 히파소스는 황급히 다시 입을 열었다.

"이 사람이 사랑에 눈이 멀어 실언을 했습니다. 감히 스승님께 망령된 말을 하다니. 테아노 님, 당신의 입술로 이 불온한 입을 막아주십시오. 당신의 몸이 현자의 침상을 어지럽힐 생각만 하면 심장이 터져나갈 것 같습니다. 사랑으로 질투의 노예가 된 이 사람을 불쌍히 여겨주십시오."

보다 못한 필레가 테아노에게 히마티온을 입히며 손목을 끌었다. 테아노와 필레는 현자의 방으로, 히파소스는 기숙관으로 발을 옮겼다. 그때 히파소스의 등을 덮치며 입을 틀어막는 손이 있었다. 히파소스의 외마디 비명이 입안에서 맴돌았다. 히파소스는 그자의 완력에 이끌려 건물 뒤쪽으로 끌려갔다. 쉬잇! 그자가 검지를 입에 댔다. 아리스톤이었다.

문이 열리고 테아노가 들어왔다. 멀찍이 서 있는 태도가 평소 현자를 찾아오던 모습과 달라 보였다. 그러나 눈동자만은 여전히 마음을 흔드는 정염으로 젖어 있었다.

"몸이 딱딱하게 굳었소이다. 근육을 좀 풀어주겠소."

현자의 발아래 그녀가 순순히 꿇어 엎드렸다. 각질이 두껍게 덮인 늙은 발. 발바닥은 온몸의 감각이 결집된 작은 신체라 했다. 테아노는 능숙한 손놀림으로 현자의 발을 주무르기 시작했다. 느긋해진 현자의 눈에 길고 아름다운 목선이 들어왔다. 현자는 아내의 어깨를 어루만졌다.

"엎드리시지요."

손길을 완강히 거부하는 테아노의 몸짓이 느껴졌다. 현자는 몸을 돌리면서도 고개를 갸웃했다.

"당신 손에 힘이 너무 들어간 것 아니오."

테아노는 허리에 올라타 어깨를 마사지했다. 심호흡 소리가 들렸다. 견갑골과 등뼈 마디마디에 수축되어 있던 혈이 풀리는 것을 느끼며 현자는 손을 뻗어 테아노의 허벅지를 더듬었다. 소름이 돋아 있었다. 몸을 돌려 바라본 그녀는 어쩐지 내외하는 사람 같은 차림이었다. 다른 날 같으면 히마티온을 벗고 안마를 했을 그녀였다.

"갑갑하지도 않소. 옷을 벗고 하지 그러오. 오늘 밤은 어쩐 일인지 나 자신보다 하염없이 약해지고 싶은 날이로군. 테아노의 젊은 피가 내 몸을 위로해주었으면 하오. 그날 일로 마음이 상했다면 미안하오."

부부 관계를 요구하는 현자의 완곡한 표현이었다. 언젠가 성행위를 하기에 적절한 때가 언제인지 물어온 제자가 있었다. 현자는 자신보다 약해지고 싶을 때면 언제라도 가능하다고 대답했다. 그러나 늘 스스로에게 약해지지 않기 위하여 인내와 극기로 수행할 것을 당부했다. 성행위는 약한 자의 위로에 대한 변명에 지나지 않는다고 가르쳤다. 지금이야말로 육체의 쾌감에 약해지는 스스로에게 절실한 위로가 필요했던 것이다.

현자는 몸을 일으켜 테아노의 몸을 단단히 감싼 히마티온을 풀었다. 미끄러지는 옷자락을 그녀가 재빨리 움켜잡았다.

"왜 이러십니까? 몸이 굳었다고 하지 않으셨습니까?"

"당신이야말로 오늘따라 왜 이렇게 몸을 사리는 거요? 얼마 전까지도 죽은 아비를 핑계로 욕망을 채우려 하지 않았던가?"

거칠게 가슴을 움켜잡는 현자의 손을 황급히 뿌리치며 테아노는 몸을 돌렸다. 하얀 등이 드러났다. 현자는 뒤에서 등을 끌어안고 가슴을 파고들었다. 발기된 유두가 손에 잡혔다. 전율하는 여인의 몸이다. 늘 이토록 즉각적인 반응을 보이는 테아노의 몸. 현자는 그런 여성성을 멸시하면서, 또한 즐겨왔다. 현자는 테아노의 허리에 팔을 감고 어깨와 허벅지를 거칠게 눌렀다. 결국 그의 손아귀에서 코안이 벌어져 테아노의 알몸이 고스란히 드러났다. 현자를 밀쳐낸 테아노가 황급히 몸을 돌렸다. 굴곡이 완만한 허리와 둔부의 깊은 협곡이 아찔했다. 현자는 알고 있었다. 지금 정말로 자신이 욕망하는 것은 에우니케의 단단한 그것임을. 간신히 물리친 치명적인 살결은 테아노의 아름다움으로도 결코 잊히지 않는 유혹이었다.

"안 됩니다. 오늘은."

침상 귀퉁이에 앉은 테아노의 젖꼭지가 아직도 딱딱하게 솟아 있었다. 반라의 테아노를 바라보는 현자의 눈이 도로 무심해졌다. 아무런 감흥도 일지 않았다. 테아노는 서둘러 옷을 꿰어 입었다.

"오늘은 몸이 불편한 날입니다. 다른 날 다 놔두시고 하필이면 오늘이십니까."

현자는 사심 없는 표정으로 테아노를 바라보았다.

"당신의 몸이 경직되었던 것이 그 때문이었소? 왜 먼저 말을 하지 않았던 거요?"

"그저 안마를 해드리는 거라면 무슨 문제가 있겠습니까. 저는 다만……."

"알아들었소이다. 방으로 돌아가시오. 당신과 씨름하다 보니 나까지 피곤하군."

"안마는 해드리고 돌아가겠습니다."

현자는 손을 휘휘 내저었다. 테아노는 히마티온의 매듭을 단단히 여미고 방을 나갔다. 흘러드는 달빛이 차가웠다. 홀로 남은 현자는 눈을 감았다. 그가 간절히 원하는, 불행과 행운을 뛰어넘는 강렬한 운명을 떠올렸다.

에우니케. 아름다운 승리라는 뜻으로, 인생의 밑바닥에서 돌아온 그를 위해 현자가 지어준 이름이었다. 몸이 왜소한 에우니케는 사내답지 못한 외양과 사생아라는 출생 탓에 줄곧 멸시받으며 살아온 것 같았다. 사내들은 그의 존재를 멸시하면서도 몸을 탐해왔다고 했다. 에우니케는 자연스레 여자의 몸보다 남자의 몸을 먼저 알았고, 그들에게서 쾌락을 배웠다. 그러나 고위층 남성들에게 그의 존재란 쓰고 버리는 노리개에 지나지 않았다. 상처 입은 몸과 마음을 추스르지 못해 술을 먹고 주정을 부리다가 흠씬 두들겨 맞는 일이 다반사였다.

그러던 어느 날, 그는 지식 여행에서 돌아온 현자의 연주를 듣게 되었다. 내일이면 이오니아 해 가장 깊은 곳에 몸을 던지리라 생각하며 엉망으로 취했던 날이었다. 그때 그는 인생의 벼랑 끝에 있었고 딱히 미련이나 슬픔 따위도 느끼지 못했다.

악기의 이름도 몰랐지만 감미로운 음악 소리에 에우니케의 메마른 가슴이 젖어들었다. 늘 그의 심신을 황폐하게 만들던 외로움 대신 깊은 평화가 찾아왔다. 훗날 그는 현자에게 그날의 일이 생전 처음 접한 신기한 현상과도 같았노라고 고백했다. 방탕했던 과거를 청산하고 새사람이 되기로 마음먹은 에우니케는 현자를 찾아 나섰다. 그동안 상대한 고위층 인사들로부터 학파의 명성만은 간간이 들어온 터였다. 자신의 삶을 송두리째 바꾸어버린 현인이 그 유명한 학파를 세운 장본인이라는 것을 안 에우니케는 그날로 현자주의자가 되었다.

강의를 처음 듣던 날, 에우니케는 현자에게 진심으로 매료되었다고 했다. 가장 밑바닥 삶만을 알았던 그에게 가름막 너머 들려오는 현자의 가르침은 새로운 세계였다. 현자에게 향하는 목마름이 지식에 대한 갈망인지 현자 자체에 대한 애달픔인지 분간하지 못하면서도 그는 현자를 흠모하게 되었고, 이윽고 마음의 병이 깊어갔다. 문하생, 그중에서도 제자들만이 현자의 얼굴을 가까이서 볼 수 있다는 불문율을 어기고 현자의 거처에 잠입한 것도 그 열병을 이길 수 없어서였다. 현자의 얼굴을 보고 심금을 울리는 연주를 다시 들을 수 있다면 그는 무슨 짓이든 했을 것이다.

에우니케가 처음부터 현자의 방에 뛰어들 생각을 했던 것은 아니었다. 현자를 알현하는 방법을 찾았지만 오직 학파에 입문하는 길밖에 없었다. 물론 팔 년의 수행을 거쳐야만 현자를 대면할 수 있다는 사실도 알고 있었다. 그보다 긴 세월 후에라도 현자를 만날 수만 있었다면 그는 그렇게 했을 것이다. 그러나 입문 시험은 그에게 딴 세상 이야기 같았고, 그는 매번 낙방의 고배를 마셨다. 저잣거리에서 내리막 인생을 살아온 그가 귀족들을 이긴다는 것 자체가 애초에 불가능한 일이었다.

갑자기 뛰어들어온 천둥벌거숭이 같은 에우니케에게 현자는 호통을 쳤다. 전에도 주의자들이 현자에게 지혜를 구하고자 가름막을 몰래 넘어온 일이 몇 번 있었다. 그러나 거처까지 잠입한 자는 에우니케가 처음이었다. 또 그가 구하는 것은 다른 누구와도 달랐다.

그는 현자의 입을 틀어막고 강압적으로 몸을 얼싸안았다. 그러고는 마음을 다한 애무를 쏟았다. 현자로서는 처음 경험하는 일이었다. 헬라스를 중심으로 미소년을 애인으로 두는 철인이 늘어나고 있다는 것을 현자도 모르지 않았다. 그러나 욕구를 조절하는 것이 가능하다고 믿어온 현자에게는 낯선 애욕의 감정이었다.

그날 현자는 전율에 몸을 떨며 그의 손놀림에 모든 것을 맡겼다. 에우니케는 현자의 입술에 따스한 숨결을 불어넣으며 주름 잡힌 목덜미와 쇄골을 섬세하게 애무했다. 그의 손가락과 혀 앞에서 현자가 알고 있던 세상은 모래성처럼 무너졌다. 에우니케는 엉덩이의 깊은 굴곡을 현자의 사타구니에 맞붙였다. 현자의 발기된 물건이 에우니케의 굴곡을 찍어 누르는 순간 두 사람의 입에서 비명이 터져나왔다. 몸서리쳐지는 쾌락의 교성이었다.

그 후로 현자는 에우니케를 내치지 못한 채 비밀스러운 밀회를 이어왔다. 그러나 현자의 애인으로서 세상에 드러나게 해달라는 그의 애원만은 단호하게 거절했다. 그렇게 에우니케를 억지로 돌려보내고 아내인 테아노를 안았지만 그 무엇에도 마음을 놓고 쉴 수 없었다. 제가 지금 진정으로 두려워하는 것은 무엇입니까. 현자는 무릎을 꿇고 모아지지 않는 마음을 모아 기도를 올렸다.

아리스톤은 히파소스에게 눈을 끔쩍했다. 어둠 속이었지만 아리스톤을 알아본 히파소스도 숨을 죽였다. 그때 살쾡이처럼 몸을 도사리던 정체불명의 그림자가 어둠 속에서 모습을 드러냈다. 놀란 히파소스가 입을 벌렸다. 입을 틀어막은 아리스톤의 손이 아니었다면 인기척을 내거나 소리를 질렀을 것이다. 사방을 살피던 그림자가 몸을 낮추고 명상의 숲으로 사라졌다. 두 사람은 그림자가 완전히 사라질 때까지 숨을 죽이고 있다가 기숙관으로 돌아왔다.

"바깥에서 제 일을 도와주시는 분과 소식을 통하기로 약속을 했는데, 또 사형과 이야기했던 관청 문서실도 가봐야 하는데……. 이거 원 당최 빠져나갈 수가 없잖아요. 설마 이곳에 개구멍 따위가 있을까 했는데, 역시나 사람 사는 곳은 다 똑같네요."

수상한 검은 덤불을 발견한 아리스톤이 혹시나 하는 마음으로 다가갔는데, 별안간 덤불이 움직이면서 사람의 그림자가 쑥 들어오더라는 것이었다. 신성한 학파에 외부인의 침입이라니. 아리스톤은 일정한 거리를 두고 그의 뒤를 밟았다. 놀랍게도 그림자는 현자와 테아노의 거처로 향하더니 현자의 방으로 이어진 입구로 들어갔다. 현자와 그 학파를 곱지 않은 시선으로 바라보는 무리가 있다던데 혹시 현자를 해하려는 자가 아닐까. 여러 가지 생각이 아리스톤의 머릿속에 들끓었다.

현자의 비명이라도 들릴까 싶어 풀밭을 서성이며 귀를 곤두세우던 아리스톤은 그림자가 고이 나오는 것을 보고 조금 허탈한 기분이 들었다고 했다. 그림자는 근처를 어지러이 배회했고 아리스톤은 곧 테아노의 거처를 빠져나올 히파소스가 그와 마주쳐 일을 그르칠까 두려워 길목을 지키고 있었다는 것이다. 정체불명의 그림자는 명상의 숲 쪽 개구멍을 통해 다시 외부로 나간 것이 분명했다. 히파소스로서는 어안이 벙벙할 이야기였다.

"그 사람이 누구건 하나는 해결해준 셈입니다. 철옹성 같은 학파를 나갈 수 있는 개구멍이 있다는 것과 그 위치 말입니다. 이제 관청 문서실에 가봅시다!"

"관청 문서실은 아무나 못 가는데. 정부 허가증이 있어야 한다니까 그러네."

참주의 도장반지가 찍힌 문서를 이르는 말이었다. 그 때문에 참주를 번번이 찾아가 언성까지 높였다는 한 사람을 아리스톤은 알고 있었다. 바로 현자였다. 현자가 학파의 문서실을 두고 굳이 관청을 들락거렸다는 게 이상했다. 지금이야말로 참주를 만나 도움을 받아야 할 때였다.

다음 날, 아리스톤은 할 일을 서둘러 끝내고 해가 지기만을 기다렸다. 이윽고 어둠에 몸을 숨기고 명상의 숲에 들어간 그는 무사히 개구멍을 빠져나가 니코스를 만날 수 있었다.

니코스는 칼잡이 테론에 대한 이야기를 들려주었다.

"그자가 범인이라는 근거는 없다네. 귀족들을 상대하는 살인청부업자라는 것뿐이지."

"미궁에 빠질수록 사소한 실마리 하나 남기지 말고 확인해야 합니다. 더군다나 사람을 아무렇지도 않게 죽인다는 작자가 아닙니까. 그자부터 만나야겠군요. 그러니까, 그자가 처녀관에 들락거린단 말이죠."

니코스는 테론의 인상착의를 자세히 설명했다. 아리스톤은 그 길로 처녀관을 찾아 유곽 관리인을 만났다. 관리인은 초라한 행색에 어울리지 않게 돈을 쓰며 항상 술에 취해 있던 '칼잡이'를 잘 알고 있었다. 마침 맡겨놓은 돈이 있으므로 내일쯤은 들를 거라 귀띔도 해주었다. 아리스톤이 다시 개구멍을 통해 학파로 들어올 때는 이미 새벽빛이 감돌고 있었다. 그는 잠도 잊은 채 히파소스의 방으로 달려갔다.

"사형, 밖에 나갔다 오는 재미도 쏠쏠한데 같이 좀 나가보지 않을래요?"

"어딜 가려고? 관청 문서실 허가증을 얻었는가?"

이것저것 물어보는 히파소스를 바라보며 아리스톤은 빙긋이 웃었다.

"사형을 신천지로 한번 모실까 해서요."

"신천지?"

"사형도 명색이 사내라면 신전에 있는 처녀관을 모르시진 않겠지요."

처녀관이란 헬라스 본토의 정치가인 솔론이 만든 유곽이다. 그는 일반 주택가에 무분별하게 들어선 창가(娼家)가 특정 지역에 신전을 지어 매춘을 하도록 법률로 정했다. 그것을 계기로 미모가 뛰어나고 몸매가 아름다운 유녀들을 선발해서 신전 근처에 살게 했다. 그녀들의 특별한 거처를 '처녀들의 관'이라고 이름 붙이고 그곳에서 사원 매춘을 권장했다. 매춘을 통해 수입이 오르자 입주한 창녀들로부터 소득세를 징수했다. 세금 납부는 유녀들의 사회적 지위를 상승시키기도 했다. 그곳에서 행해지는 매춘은 값이 비쌌으므로 대개 신분 높은 자들이 고객이었다.

"거길 가자는 말인가"

"정 싫다면 저 혼자 다녀와야겠군요."

"자네는 가본 적이 있던가?"

히파소스의 눈이 호기심으로 가득했다.

"저야 여러 번 가보았지요."

히파소스의 침 넘어가는 소리가 아리스톤의 귀까지 들렸다. 히파소스가 주뼛거리며 다시 물었다.

"어떻던가? 소문처럼 그렇게 굉장하던가?"

"말이 필요 없죠. 거의 환상적이랍니다."

주먹을 쥔 히파소스의 얼굴이 벌겋게 달아올랐다.

"참, 그날, 남의 밭 과실을 따먹는 재미는 좀 보셨나요. 얼른 고백하십시오. 얼마나 뜨거운 사랑을 나누었는지."

"말하지 말게. 다시 생각하고 싶지도 않아. 김이 팍 새버렸어."

아리스톤은 속으로 혀를 찼다. 여자 마음이라는 것이 본시 흐르는 물 같은 것이니 그사이 히파소스 따위는 잊어버린 게 분명했다. 아리스톤은 침을 뱉었다.

"벌써 마음이 바뀌었군요. 에이, 몹쓸 계집이로군요. 마음에서 당장 버리······."

말을 맺기도 전에 히파소스의 손바닥이 날아들었다. 뺨을 움켜쥐는 아리스톤의 눈에 분을 못 이겨 씩씩거리는 히파소스의 벌개진 얼굴이 보였다.

"어디 감히 테아노 님에게 주둥아리를 함부로 놀리는 거야?"
"왜 그러세요? 김이 팍 샜다고 한 사람은 사형이 아닙니까."
"······서로의 마음만 확인했다네."

히파소스는 꽤 계면쩍은 표정이었다.

"거사를 치루긴 했다는 말씀입니까?"
"아니. 결정적인 순간에 현자가 테아노 님을 불렀다네. 아. 그만하세. 현자의 침상에 누워 있었을 테아노 님만 생각하면······."
"그냥 누워만 있었겠습니까. 밤새 사랑 놀음을 했겠지요."

아리스톤은 따귀를 맞은 분풀이로 히파소스의 약을 올렸다.

"자네, 다른 쪽 뺨까지 맞고 싶은 모양이군."

히파소스가 손을 번쩍 들자 아리스톤은 멀찍이 몸을 피하는 시늉을 했다.

"처녀관에서는 별 희귀한 놀음으로 남정네를 녹이곤 하죠. 또 누가 압니까. 테아노도 늙은 현자를 회춘시키기 위해 갖은 방법을 동원할는지."

히파소스가 아리스톤을 향해 돌진했다. 두 사람은 앞서거니 뒤서

거니 하며 엉겨 붙었다가 숨이 턱에까지 차올라서 바닥에 뻗었다. 땀으로 번들거리는 두 사람은 누가 먼저랄 것도 없이 공중목욕탕으로 내달렸다. 시원한 물줄기를 맞으며 아리스톤이 말했다.

"사형과 이렇게 치고받고 하다보니 어쩐지 형 생각이 나네요. 정작 형이랑은 이렇게 해보지도 못했는데. 형도 참, 바보같이 공부만 죽어라고 하더니……."

히파소스가 아리스톤의 어깨를 토닥여주었다.

"테아노 님 말인데요. 서로 마음을 확인했다니 후일을 기약할 수 있겠지요. 그러니까 때를 기다려보자고요. 그나저나 사형은 총각딱지는 뗐겠지요?"

히파소스는 대답 대신 어색하게 웃었다.

"아니, 아직도 총각이란 말이에요? 공부하느라 머리를 그렇게 써대면서 어찌 육체한테는 그리 가혹하셨습니까. 사람이 머리를 쓰면 그 뭉친 혈기를 풀어주어야 하는 법인데. 앞으로 사형 머리 쓸 일이 엄청 많지 않습니까. 그 뭉친 양기가 두뇌에 지장을 줄 텐데. 어쩐답니까. 아무래도 처녀관에 가서 양기를 분출하고 와야겠습니다."

귓불까지 벌게진 히파소스는 땅바닥만 내려다보았다.

"연장도 쓰지 않으면 녹슬기 마련입니다. 그러니까 제 말은 연장이 힘을 발휘하려면 미리 길을 들여놔야 한다는 말씀이지요. 갑자기 테아노 님이 부른다 하여도 그 물건이 별 수 있겠습니까. 테아노 님 앞에서 망신당하기 십상입니다."

"이 사람이 듣자 듣자 하니까 도가 지나치군그래."

히파소스는 정색을 했지만 기세가 완전히 꺾여 있었다. 아리스톤은 사형의 다리 사이에서 즐거움을 누리실 테아노를 위해서 처녀관으로 출발하자고 외치며 잔뜩 너스레를 떨었다. 히파소스는 아리스톤의 복부를 주먹으로 강타하는 시늉을 했다. 목욕탕을 나오는 두 젊은이의 혈기 왕성한 웃음소리가 플라타너스 숲 사이로 부서졌다.

가시 많은 갈매나무와 그 주위로 돋아난 덤불 사이 개구멍은 감쪽같았다. 정체불명의 사람이 드나들었던 개구멍으로 두 사람은 차례로 빠져나갔다. 유곽으로 가는 길, 아고라 광장을 지날 때였다. 한 남자의 목소리가 두 사람의 발을 붙들었다. 입성이 초라한 남자는 자신을 시민단체의 니논이라고 밝혔다. 사람들이 하나둘 모여들기 시작했다.

"……크로톤은 헬라스의 수많은 폴리스 중에서도 지적 수준이 높고 부유한 폴리스로 손꼽힙니다. 그러나 이곳에 사는 우리 시민들의 생활은 어떻습니까? 허리가 휘는 노동, 막중한 세금과 군역으로 노예보다도 비참한 생활을 하고 있지 않습니까? 우리 시민들의 생활을 귀족적으로 만들자는 이야기가 아닙니다. 단순히 다른 폴리스와 비교해보아도, 이곳 크로톤 시민들의 생활은 말이 아닙니다. 여러분은 그 이유가 어디에 있다고 생각하십니까? 다른 폴리스에는 없는 현자의 학파로 인해 두 배의 짐을 지고 있기 때문입니다. 이건 정말 부당한 일입니다. 그들 자신을 위한 연구를 하는데 왜 우리가 그들의 의무를 대신 져야 하는 겁니까? 이런 우리의 뜻을 전달하고자 시민단체 대표를 뽑아 귀족회의에 보내기로 했으나 그것조차 무산된 상태입니다. 여러분은 그날그날의 생계를 연명하느라 이런 상황에 대해 관심이 없을 줄로 압니다. 그러나 우리가 정치에 관심을 갖지 않을수록 유리한 사람들은 따로 있습니다…….”

그의 목소리가 아고라 광장에 울려 퍼지자 사람들의 무리가 점점 더 늘어났고 웅성거리는 소리도 높아졌다.

"옳소!"

"맞는 말이오!"

여기저기서 맞장구치는 말이 들리고 울분의 목소리와 욕설도 간간이 들려왔다.

"현자의 학파를 향한 시민들의 원성이 나날이 높아진다고 하더니 소문만은 아니었군."

히파소스의 표정이 씁쓸했다. 아리스톤도 고개를 끄덕였다. 멀리 처녀관 건물이 보였다. 반라의 여인이 입구에 서서 손님을 맞고 있었다. 히파소스의 눈이 휘둥그레졌다. 말 그대로 신천지였다. 아리스톤은 입구에 선 여인의 엉덩이를 철썩 갈기는 호기를 부렸다. 겪어볼수록 아리스톤은 디오도로스와 다른 위인이었다. 한 부모를 가진 게 적이 의심스러울 정도였다. 그를 보자 유곽 관리인이 알은 체를 했다. 아리스톤이 관리인에게 뭔가를 건네며 무슨 말인가 한참 주고받았다. 히파소스는 아리스톤이 두 사람 몫의 화대를 지불한 거라 여겼다.

'처녀들의 관'은 신전처럼 꾸며져 있었다. 날렵한 지붕 밑으로 우뚝우뚝 세워진 기둥이 장관이었다. 기둥을 받친 소용돌이 모양의 받침대도 멋들어졌다. 사람들의 말초신경을 자극하는 장식물과 외벽에 부조된 그림들도 볼 만했다. 한 자에서 두 자에 이르는 남근상이며, 성희를 벌이는 해괴한 춘화가 벽을 장식했다. 히파소스는 눈

요기를 하느라 정신이 없어서 저만치 앞서 걸어가는 아리스톤을 종 종 놓치곤 했다. 유녀들의 방 근처까지 왔을 때였다. 아리스톤이 히파소스에게 칼잡이라는 자에 대한 이야기를 들려주었다.

"그런 중요한 얘길 왜 지금 하는 건가. 그렇다면 나도 들어가지 않겠네."

"괜한 고집 피우지 말고 사형은 어서 들어가세요. 나 혼자 기다려도 된다니까요. 그 작자도 조금 전에 들어갔다니, 사형이 재미보고 나올 시간은 충분할 겁니다."

히파소스는 내키지 않는 걸음으로 방에 들어섰다. 커다란 가슴을 출렁이는 유녀가 히파소스를 맞았다. 유녀는 항아리에 손을 넣더니 노란 액체를 퍼냈다. 단내가 물씬 풍겼다. 가는 손목과 흰 팔뚝으로 끈적끈적한 액체가 흘러내렸다. 붉고 뾰족한 혀로 그것을 핥아내는 유녀의 눈빛이 몽환적이었다. 유녀는 제 손가락을 히파소스의 입속에 넣었다. 달콤함이 입안에 퍼졌다. 향료를 더한 꿀맛이 났다. 환각제가 첨가되었는지 순간 히파소스는 조금 몽롱해지는 기분이었다. 유녀의 나신이 굴절되어 보였다. 꿀을 자신의 그곳에 정성껏 발라대는 유녀의 웃음이 히파소스의 귓가에 맴돌았다. 금빛 음모가 금방 촉촉해지며 빛을 발했다. 유녀의 손이 히파소스를 끌어당겼다. 어느새 유녀의 질을 파고드는 히파소스의 혀끝. 여자의 그곳 냄새와 꿀 향기가 입안에 퍼졌다. 유녀의 눈이 천장을 향해 하얗게 뒤집어졌다. 이윽고 히파소스는 유녀의 아랫도리를 거칠게 점령했다. 유녀의 입에서 웃음 섞인 교성이 터졌다. 히파소스의 머릿속에는 수백 마리 새 떼가 까맣게 날아올랐다. 쾌감으로 몽롱해진 눈앞의 유녀는 어느새 테아노의 얼굴을 하고 있었다.

"사형, 재미 많이 보셨어요?"
휘적휘적 걸어 나오는 히파소스의 등 뒤로 아리스톤의 우렁찬 목소리가 들렸다. 간신히 정신이 든 히파소스는 얼굴을 붉혔다.
"사형 얼굴을 보니 화대가 아깝지 않군요."
"참 사람도……. 어쨌든 고맙군. 그 작자는?"
"아직 나오지 않았습니다. 관리인 말이 저기 오른쪽 끝 방에 들어갔다고 하더군요. 이제 슬슬 나오겠지요."
두 사람이 복도를 어슬렁거리며 칼잡이를 기다리고 있는데 오른쪽 복도 끝에서 왁자지껄 떠드는 소리가 났다. 히파소스와 아리스톤은 그쪽으로 시선을 돌렸다. 술 취한 손님이 양 손으로 유녀 두 명의 머리채를 잡고 실랑이를 벌이는 모양이었다. 흑갈색 수염투성이 남자였다. 드디어 나타났군. 아리스톤이 중얼거렸다. 그에게 머리채를 잡혀온 유녀 둘은 덜덜 떨면서 벗은 몸을 둥글게 말고 있었다. 행패를 부리는 남자의 목소리가 유곽 복도에 쩌렁쩌렁 울렸다.
"뭐라? 나같이 미천한 놈은 저잣거리 창부한테나 가라고. 내가 지불한 화대는 돈이 아니고 똥이더냐? 갈보 짓이나 하는 주제에 사람을 차별해! 오호라, 상류층만 상대하는 네년들 밑구멍은 금딱지가 붙었다 이거냐. 내 손에 한번 죽고 싶어서 몸이 근질근질한 년들이로구나."
추레한 행색과 험한 말본새로 보아 신전 유곽에 들어올 계층은 분명 아니었다. 남자는 유녀들을 대리석 바닥에 태질쳤다. 비명이 들려왔다. 남자는 그것으로도 모자랐는지 사지를 벌린 개구리 꼴로 나동그라진 여인의 몸을 밟아댔다. 난데없는 소란에 빼꼼히 문들이 열렸지만 누구 하나 선뜻 나서지 못했다. 아리스톤이 남자를 막아섰다. 남자의 행패에 눌린 히파소스는 아리스톤의 등 뒤로 몸을 숨겼다. 남자는 아리스톤의 어깨를 거칠게 밀었다. 술 냄새가 와락 끼쳤다.

"보아하니 힘깨나 쓰는 양반 같은데 힘없는 계집을 상대로 무슨 행패인가. 우리 사내들끼리 나가서 술이나 한잔 더 하지그래."

아리스톤은 눈 하나 깜짝하지 않고 남자와 맞섰다.

"이건 또 뭐야. 보아하니 귀족 댁 자제 같은데 허연 얼굴을 해서는 어디서 참견이야?"

"이쪽에서는 좋은 말로 하는데 무슨 대답이 그 따윈가."

아리스톤이 목소리를 높였다. 그러는 사이 유녀들은 복도 끝으로 도망가 버렸다. 아리스톤이 얼굴을 향해 정면으로 날아드는 일격을 재빨리 피하는 통에 엉거주춤 서 있던 히파소스의 코에 남자의 주먹이 꽂혔다. 히파소스는 눈앞이 번쩍하는 것을 느끼며 뒤로 나동그라졌고, 아리스톤은 때를 놓치지 않고 남자의 복부를 강타했다. 성난 남자는 복도에 진열된 청동 남근을 번쩍 치켜들었고, 몸을 일으킨 히파소스가 온 힘을 다해 그의 허리춤을 잡고 늘어졌다.

그때였다. 남자의 허리춤에서 손바닥만 한 가죽 조각이 아리스톤의 발밑으로 떨어졌다. 때맞춰 출입구 쪽에서 우르르 뛰어들어온 유곽 관리인들이 남자를 결박했다. 조금 전까지 길길이 날뛰던 남자는 어느새 완전히 녹초가 되어 동공이 풀린 채 마구 침을 흘렸다.

복도에 나온 사람들이 방으로 들어가자 관리인이 두 사람을 창고 같은 곳으로 안내했다. 조금 전의 남자가 결박된 채 잠들어 있었다. 그제야 가죽 조각을 펼쳐본 아리스톤은 채 정신을 차리지도 못한 남자에게 달려들어 멱살을 잡고 흔들기 시작했다.

"하데스 신에게 끌려가서 철퇴를 맞아야 할 살인자! 네 죄를 네가 알렸다. 당장 아고라 광장으로 가자. 성난 군중의 돌팔매질이 너를 기다릴 것이다!"

남자가 게슴츠레하게 눈을 떴다. 영문을 모르는 히파소스에게 아리스톤은 움켜쥐고 있던 가죽 조각을 건넸다.

"사형, 이놈이 바로 칼잡이라는 잡니다! 이걸 봐요! 아까 이놈의 키톤에서 이게 떨어졌단 말입니다!"

히파소스는 머리를 한 대 맞은 기분이었다. 디오도로스의 침상에 그려져 있던 마름모 문양이 거기에 있었다. 침상의 것보다 훨씬 더 정교한 그림에 의미를 알 수 없는 쐐기 문자가 어렴풋했다. 문서실에서도 찾을 수 없던 문양이 어떻게 이런 자의 손에 있는 것일까? 이자가 정녕 디오도로스를 죽인 자인가? 히파소스가 생각에 잠긴 사이 아리스톤은 칼잡이의 얼굴에 주먹을 강타하고 있었다.

칼잡이를 유곽에 맡겨놓고 니코스의 집을 찾은 두 사람은 날이 밝도록 그동안의 일을 이야기했다. 첫닭이 울고 아침 명상 시간이 다 가왔지만 서둘러 몸을 일으키는 히파소스와 달리, 아리스톤은 도무지 일어설 기미를 보이지 않았다.

"아리스톤, 이제 가야 할 시간이야. 어서 일어나자고."

"사형 혼자 가십시오. 이제 제게 학파로 돌아가야 할 명분은 없습니다. 지금으로서는 그자가 정신을 차릴 때까지 기다렸다가 자백을 받고 싶은 마음뿐입니다."

히파소스는 잠시 생각에 잠기더니 입을 열었다.

"자네 생각도 틀린 건 아니지만 아직 중요한 단서인 마름모의 비밀도 풀지 못한 상태가 아닌가. 이 시점에서 자네가 학파를 무단 이탈한다는 건 섣부른 행동이 아닐까 싶네. 자네가 이곳에 남는다면 나와도 연락이 힘들어질 거야. 여기 일이 궁금하면 개구멍으로 언제든지 나와볼 수도 있지 않은가."

니코스도 아리스톤의 어깨를 부드럽게 두드리며 말했다.

"그건 이분 말씀이 맞는 거 같네그려. 유곽 쪽 관리인도 협조해주기로 했고, 어차피 나도 그자와 일면식이 있어. 시간을 두고 지켜봐도 될 게야."

이윽고 니코스의 집을 나온 두 사람은 걸음을 재촉했다. 저 멀리 학파 정문이 위용을 자랑하며 서 있었다. 외벽을 에둘러 숲길로 접어든 두 사람은 차갑고 축축한 개구멍으로 기어들었다.

여자 기숙관에서 현자와 테아노의 거처로 이어진, 좁고 굽은 길을 여학도들은 테아노의 길이라 불렀다. 사랑과 결혼을 상징하는 헤라 여신상이 저물어가는 햇살 아래 금빛으로 물들어 있었다. 여학도들에게 가르침을 전하고 거처로 돌아오던 테아노는 헤라 여신을 올려다보았다. 고고한 아름다움이 가득했던 여신의 미소가 오늘은 어쩐지 테아노를 비웃는 것만 같았다. 지혜와 사랑. 두 가지를 아우르고자 하던 어린 여제자의 당돌한 질문이 귓가를 떠나지 않았다.

"가정의 여신 헤라의 현신이시며, 현자의 아내이신 테아노 님. 성행위 후에 얼마의 시간이 지나면 여자들이 다시 순수해질 수 있습니까?"

테아노를 바라보는 여제자의 흑갈색 눈은 천진무구해 보였다. 테아노에게도 그 제자와 같은 시절이 있었다. 은밀한 사랑의 행위까지도 지식의 잣대로 잴 수 있을 거라는 오만과 당돌함 말이다. 여제자의 그런 모습도 아직 성행위를 하지 않은 순수에서 비롯된 호기심에 지나지 않았다. 이성으로 판단할 수 있는 사랑과 오감의 몸으로 기억하는 사랑의 행위는 엄연히 다르다는 것을 풋내기 여제자가 어떻게 이해할 수 있을까. 진리와 지혜, 또 수행을 통해 단련된 정신도 단숨에 태워버리고 남을 불같은 세계가 바로 정염인 것을.

"테아노 님, 제 질문이 테아노 님을 당혹케 할까 염려스럽습니다. 그러나, 현자께는 여쭐 수 없는 질문이기에 다시 한 번 우문을 던집니다. 사랑의 행위 후 여자들이 다시 본래의 상태로 순수해지려면 얼마만큼의 시간이 흘러야 하는 걸까요?"

여제자는 답을 재촉했다. 테아노에게는 어려운 질문이 아니었다. 평소 알고 있는 대로 답해주면 그만이었다. 그러나 테아노는 쉽게 입을 열지 못했다.

"남편과 사랑의 행위를 한 여인은 곧바로 순수해집니다. 하, 하지만 만일…… 나, 남편이 아닌…… 외간 남자와의 통간 후에는…… 결코, 다시는 순수해지지 못한답니다."

간신히 말을 한 테아노의 얼굴이 해쓱했다. 여제자는 눈을 반짝거리며 고개를 끄덕였다. 그녀는 다시 입을 열었다.

"테아노 님의 가르침을 마음에 새기겠습니다. 테아노 님, 그렇다면 남자 앞에서 여자가 가져야 할 미덕인 수줍음에 대한 고견도 듣고자 합니다."

테아노는 숨이 막혔다. 질문 하나하나가 테아노를 힐난하는 말뿐이었다. 테아노의 잇바디를 더듬던 디오도로스의 혀가 입속에서 요동치고 있었다. 자신의 몸을 애무하던 디오도로스의 손길과 테아노의 몸을 장악하려던 현자의 거친 손길이 온몸을 뒤죽박죽 훑었다. 원치 않는 손이었지만 테아노의 몸은 들떠 있었다. 그것이 바로 그 여제자가 알지 못하는, 욕망을 기억하는 '몸'이라는 존재였다. 디오도로스에 대한 걱정과 현자에 대한 원망으로 피가 마르면서도 오래간만에 느낀 남자의 손길에는 뜨겁게 반응했던 스스로를 부정할 수 없었다. 히파소스의 눈에서도 그와 비슷한 뜨거움을 느꼈다. 얽히는 운명들. 테아노는 눈을 감았다. 제자들의 눈을 똑바로 쳐다볼 수 없었다. 할 수만 있다면 자신의 욕망에 저주를 퍼붓고 모든 수치스러운 기억을 지우고 싶었다.

"남편을 만났을 때는 옷과 함께 수줍음을 벗되 남편을 떠난 다음에는 다시 입는 것이 바로 수줍음의 미덕입니다."

테아노의 말을 경청하는 제자들의 눈이 빛났다. 테아노의 눈도 한때는 저리 빛났으리라. 정숙함을 강의하는 테아노의 마음은 번민으로 가득했다. 남편 앞에서 끝끝내 수줍음을 벗지 않으려고 발버둥친 여인도, 외간 남자 앞에서 수줍음을 욕망과 바꾸었던 여인도 바로 자신이었다. 그러나 잠깐의 번민과 부끄러움은 욕망이라는 깊은 호수에 얇게 덮인 살얼음에 지나지 않았다. 언제라도 깨져버릴 살얼음 아래, 욕망은 뜨겁게 부글거리곤 했다. 지금 테아노의 얼굴이 이토록 어두움으로 가득한 것도 디오도로스를 다시 볼 수 없을지 모른다는 마음 때문이었다. 아아, 무심한 사람. 방으로 돌아온 테아노가 혼잣말을 했다.

"히파소스 님 말씀입지요?"

아무것도 모르는 필레가 테아노의 말을 냉큼 받았다.

"수줍음 따위는 이제 제발 좀 벗어버리세요. 강의하시면서도 그렇게 말씀하시지 않으셨습니까?"

"너도 참 엉뚱한 사람이로구나. 수줍음이란 남편 앞에서 벗어버려야 할 여인의 미덕이지, 외간 사내 앞에서 벗어버릴 것은 아니라고 했거늘. 내 강의를 거꾸로 들었구나."

"저 같은 미천한 여자가 이곳에서 공부하는 여인들의 지고한 현숙함을 어찌 알겠습니까. 노예에게 주어진 운명의 길은 두 가지뿐인걸요. 대부분은 높으신 분들의 몸종이 되어 허드렛일을 하는 게 그 한 가지 길입죠. 인물이 반반한 경우, 유곽에 선발되어 뭇 사내들의 노리개로 살아가는 길이 두 번째고요. 그러니까 우리 같은 여자들에게 외간 사내와 구별된 남편 한 사람을 섬긴다는 것이 말이나 되는 일이겠습니까. 자고로 사랑 앞에서 울고 웃는 것이 여자의 본성 아니겠습니까. 그렇게 남편 한 사람에 못 박혀 수줍음을 입고 벗고 할 필요가 있을까요? 사랑하는 남정네 앞에서는 옷과 함께 수줍음을 벗어라! 사랑하는 사람이 떠났다면 다시 수줍음을 입어라! 이것이 동서고금을 막론한 사랑의 진리입지요. 테아노 님, 어떠세요? 제 강의도 꽤 들을 만하지 않나요?"

테아노는 미소를 머금었다.

"그러니까 복잡하게 생각할 거 없이 테아노 님, 그분께 서신이라도 쓰십시오."

"내가 뭐라고 서신을 쓴다는 말이냐? 여인이 그렇게 먼저 몸이 달은 모습을 보이면 흉하지 않겠느냐?"

필레는 양팔을 허리에 짚고 의기양양하게 테아노를 쳐다보았다.

"이래서 배우신 분들 상대하기가 더 힘들다니까요. 서로 마음을 확인했으면 그다음은 일사천리 아닙니까. 보고 싶어 미치겠다. 당장 날 보러 와라. 내가 밤마다 널 생각하느라고 눈물로 침상을 적시는 일이 하루 이틀이 아니다. 그러면 되는 거 아닙니까."

그날 이후로 그림자도 비치지 않는 히파소스를 생각하며 테아노는 서둘러 양가죽을 펼쳤다. 그러고는 긴히 의논할 것이 있으니 자신의 방으로 한번 와달라고 청하는 애틋한 글을 적어나갔다.

칼잡이 테론은 디오도로스를 죽이기까지의 모든 과정을 순순히, 그리고 낱낱이 자백했다. 그러나 테론을 족쳐서 알게 된 사건의 전말은 아리스톤을 더 큰 의문에 휩싸이게 만들 뿐이었다. 놈은 그저 살인청부업자에 불과했다. 히마티온을 머리에서 발끝까지 둘러쓴 사내, 머리털 나고 처음 구경해봤다는 엄청난 금괴, 유난히 계집 같던 그 의뢰인의 골격, 디오도로스가 의리를 저버렸다는 의문의 대답……. 아리스톤에게는 전부 수수께끼 같은 말이었다. 적잖은 재물을 소유한, 계집 같은 남자와 디오도로스는 대체 어떤 관계였던 걸까. 귀족과 학자들 사이에 남자 연인을 두는 풍습이 유행하고 있다던데, 혹시 디오도로스도 그랬던 걸까. 아리스톤은 자신이 이토록 진실을 찾아 헤매는 것이 과연 형이 원했던 일일까, 영원히 수장되었어야 했을 어떤 진실을 엿보고 있는 것은 아닐까 하는 두려움을 느끼며 테론을 심문했다.

절차대로 하자면 테론을 벌써 귀족회의에 넘겼어야 했다. 그러나 하수인에 불과한 그의 정체가 드러나면 배후 인물은 더 깊이 숨어

버릴 것이다. 아리스톤은 테론과 차마 내키지 않는 거래를 했다. 죄를 덮어주는 대신 배후 인물을 찾는 일에 협조해달라는 것. 혈육의 피를 묻힌 손과 악수하는 기분을 아는지 모르는지 테론은 기고만장해서 자신을 귀족회의에 넘기라고 큰소리를 쳤다. 아리스톤은 뱃속 깊은 곳에서 치밀어오르는 쓴 물을 삼키며 놈에게 돈을 던져주었다. 이것이 진실로 가는 길이든 아니든, 그리고 형이 원했든 원하지 않았든, 그는 이미 너무 멀리 와 있었다.

오랜만의 방문이었지만 참주 킬론은 아리스톤을 기억하고 있었다. 현자의 이론에 수상한 점이 있다며 그가 이용했다던 문서실에 출입하게 해달라는 청에 킬론은 희색을 감추고 엄숙한 얼굴을 유지하느라 애쓰는 기색이 역력했다. 킬론의 도장반지까지 받아낸 아리스톤은 허가증을 가지고 히파소스에게 달려갔다.

"스승님이 관청 문서실을 사용하려고 참주와 언성을 높였단 말인가?"

히파소스는 의아한 표정으로 물었다. 문서실 사용 목적은 첫째, 문헌의 보관이며 둘째, 자료의 열람이다. 그런데 당대 최고의 문헌들이 즐비하기로 유명한 학파를 가진 현자가 킬론에게 아쉬운 소리를 하면서까지 관청 문서실을 들락거릴 이유가 없다. 혹시 제3의 목적이 있었던 것일까.

"문헌 보관을 목적으로 빌렸다고 하더군요."

히파소스의 얼굴이 묘하게 일그러졌다.

"참주가 그러던가?"

"아뇨. 문서실 관리자를 만났어요. 그 사람한테 들었지요."

"스승님이 학파 문서실을 놔두고 거기까지 가서 보관할 문헌이

뭐였을까? 자신의 지식을 한 줄의 문서로도 남기지 않는 분인데."

두 사람의 생각은 같은 지점을 향하고 있었다. 문서실에서 빠져 있는, 바빌로니아 시대의 것으로 추정되는 흙 서판. 그러나 어떤 말도, 작은 신음조차도 낼 수 없을 정도로 어떤 두려움이 엄습했다.

관청 문서실은 허가증을 받은 한 사람만 출입할 수 있다고 했다. 히파소스는 안타까웠지만 어쩔 수 없는 노릇이었다.

아리스톤은 허가서를 들고 관청 문서실에 도착했다. 관리자는 킬론에게 미리 귀띔을 받은 듯 아무것도 묻지 않고 안내해주었지만, 예상하지 못한 일이 눈앞에 나타났다. 알 수 없는 잠금장치가 버티고 있었다.

"암호는 알고 계시겠지요? 만약 잘못된 암호로 문을 열면 문서실 내부가 붕괴되어 영구히 파괴됩니다. 보시다시피 낡고 오래된 곳입니다. 자칫 잘못하면 자료가 망가지는 것은 물론 의원님까지 다치실 수 있음을 명심하십시오."

*

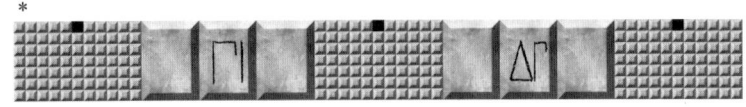

아리스톤이 의원직을 그만두었음에도 꼬박꼬박 의원을 대하는 예를 갖추던 관리자가 돌아간 후, 아리스톤은 눈을 가늘게 뜨고 암호판을 들여다보았다. 중간에 숫자 6과 15가 새겨져 있었고 큰 돌판

* ⌐과 Δ⌐는 고대 그리스 숫자로 6과 15를 나타낸다.

세 개가 있었다. 큰 돌판 안에는 가로와 세로로 각각 열한 개와 일곱 개, 총 일흔일곱 개의 돌들이 들어차 있었다. 작은 돌들을 눌러 암호를 풀게 되어 있음이 분명했다. 아아, 히파소스와 함께 왔었더라면……. 아리스톤은 깊은 한숨을 쉬었다. 볼록하게 튀어나온 숫자판을 주먹으로 두들기자 벽에 꽂힌 횃불이 검은 연기를 토하며 꿈틀거렸다. 그럴 때마다 꺾인 그림자들이 유령처럼 일렁였다. 어디선가 물소리가 나는 것도 같았다. 견고한 석벽에서 뿜어져 나오는 냉한 기운이 아리스톤의 목덜미를 훑었다. 이곳이 관청 문서실에서도 가장 깊숙한 곳에 자리 잡았다는 사실을 아리스톤은 다시 한 번 실감했다.

도대체 어떤 문헌이기에 이토록 정교한 암호까지 걸어놓았단 말인가. 아리스톤은 다 타서 숯 검댕이 된 횃불 조각을 집어들었다. 그리고 그동안 배운 모든 숫자를 벽에 써내려갔다.

얼마 전이었다. 수습생을 가르치던 카리톤은 배운 내용을 밀랍판에 정리하려던 아리스톤을 저지하며 말했다. 스승은 자신의 지식을 단 한 권의 서책으로도 남기지 않는 분이므로 그날그날 이루어지는 강의 내용도 학도들의 머릿속에만 존재해야 한다고. 대부분의 강의를 귓전으로 흘려 들어왔던 아리스톤이지만 그날 강의만큼은 적어두어야 할 이유가 있었다. 그가 가진 형의 마지막 유품, 그 가죽 주머니에 새겨진 문양을 공부했기 때문이었다.

학파의 상징인, 10이라는 삼각수로 이루어진 테트라크티스는 니코스가 형의 무덤에 비문 대신 새겨준 그림이기도 했다. 숫자의 점을 피라미드처럼 쌓아 올리면서 만들어가는 삼각수는 숫자 3에서 시작하여 10, 즉 테트라크티스에서 그 절정을 이룬다고 했다.

3 - 6 - 10 - 15…….

삼각수의 배열을 적던 아리스톤은 눈이 번쩍 뜨였다. 삼각수, 삼각수가 열쇠였다. 그렇다면 네모 안의 수는 3과 10일 것이고, 다음은 6이 더해진 21이 틀림없었다.

아리스톤은 심호흡을 하고 암호판에 손가락을 댔다. 맨 윗줄 정중앙의 돌 한 개씩이 빠져 있었다. 아리스톤은 잠시 생각하다가 마른 침을 삼키고 첫 번째 줄에 작은 돌 세 개를 차례로 눌렀다. 나머지 칸에도 열 개와 스물한 개를 차례로 눌렀다. 문에 귀를 바짝 댄 채 마지막 돌을 눌렀지만 아무런 소리도 들리지 않았다.

정말 이대로 된 걸까. 문에 갖다댄 두 손에 힘을 주려던 순간 땀이 비 오듯 솟았다. 이건 아닌 것 같았다, 아니 분명 아니었다. 아리스톤은 고개를 푹 숙였다. 그냥 바닥을 바라보고 있을 뿐이라고 생각했지만 정신을 차리고 보니 하염없이 눈물을 흘리고 있었다. 굳게 닫힌 문을 향해 소리를 지르고 욕을 해대다 지쳐 드러눕듯 벽에 기댄 아리스톤의 몽롱한 머릿속에 테트라크티스의 점들이 떠다녔다.

"그거였어!"

아리스톤은 벌떡 몸을 세우고 암호판의 작은 돌들을 들여다보았다. 정중앙의 빠진 돌은 삼각수 피라미드의 첫 번째 점이었다. 그것을 중심으로 삼각수 피라미드를 만들어 가면 될 터였다. 첫 번째 돌판에서는 두 번째 줄의 작은 돌 두 개를 눌러 3을 만들었다. 그다음인 10은 작은 돌 두 개, 세 개, 네 개를 줄마다 배열했고, 마지막 21 역시 작은 돌 두 개, 세 개, 네 개, 다섯 개, 여섯 개를 줄마다 눌러 피라미드 모양을 만들었다. 맨 아래의 한 줄은 아무것도 누르지 않는 게 맞는 것 같았다. 마지막 돌을 조심스럽게 눌렀을 때 흡사 두꺼운 요철이 맞부딪치듯 철커덕 소리가 났다.
"됐다, 됐어! 형, 됐어!"

아리스톤은 기쁨에 들떠 허공에 주먹을 날렸다. 육중해 보이던 돌문이었지만 어깨로 밀자 마찰음도 없이 부드럽게 열렸다. 아리스톤은 벽에 꽂혀 있던 횃불 하나를 빼내어 안을 찬찬히 살폈다.

방은 컸지만 보관된 문헌은 딱 두 개였다. 파피루스 두루마리나 양가죽 서책도 아닌, 작고 오래된 흙 서판이었다. 히파소스가 바빌로니아 시대의 유물이라 추정했던 것들과 같은 재질이었다. 아리스톤은 하마터면 서판을 떨어뜨릴 뻔했다. 마름모가 바로 거기에 있었다.

흙 서판에 새겨진 그림은 도형을 잘 모르는 아리스톤이 보기에도 형의 침상에서 발견한 그림, 그리고 칼잡이 테론이 가지고 있던 그림과 일치했다. 아리스톤은 서둘러 새 발톱 같은 쐐기 문자들이 정교하게 양각된 그림을 필사했다. 디오도로스가 학파에서 퇴출당하던 그 순간에, 아니 죽어가면서까지도 놓지 못한 도형의 원본이라 생각하니 세월의 흔적인 듯한 실금 하나도 허투루 넘길 수 없었다. 또 하나의 흙 서판에는 쐐기 문자들이 죽 나열되어 있었다. 아리스톤으로서는 의미를 알 수 없었으나 그것도 정성껏 필사했다.

관청을 나온 아리스톤은 아고라 광장을 단숨에 내달렸다. 쥐새끼 하나 얼씬거리지 않는 밤이었다. 청동으로 우뚝 세워진 아폴론 신

아리스톤이 필사한 두 개의 흙 서판

만이 아리스톤을 내려다보고 있었다. 개구멍을 통과하자 밤이면 피어난다는 무화과꽃 향기에 머리가 아찔했다. 아리스톤은 문득, 자신이 며칠째 거의 자지 못했다는 사실을 깨달았다. 하지만 졸리지도, 생각이 흐려지지도 않았다. 단지 무언가에 잔뜩 취한 것 같았다. 유곽에서 술과 희롱으로 여러 밤 취해본 적도 있었지만 그것보다 더 강렬한 느낌이 육체를 지탱하고 있었다. 아리스톤은 기숙관으로 정신없이 내달렸다. 불을 밝힌 히파소스의 방이 아리스톤을 기다리고 있었다.

"이건 분명 직각삼각형이야."

필사본을 들여다보며 히파소스가 속삭였다.

"맞지요? 이 그림, 형이 그린 그림과 똑같잖아요. 그렇다면 현자의 직각삼각형의 정리가 이 그림과도 관계가 있는 건가요?"

아리스톤의 성화에도 히파소스는 한동안 말을 잊은 채 힘없이 앉아 있었다.

"도대체 이 그림이 뭘 의미하는 거예요? 사형, 말 좀 해봐요!"

"부탁이니 지금은 방으로 돌아가 있게. 아무 말도 할 수가 없고, 하고 싶지 않으니까."

간신히 그 말만 내뱉고 눈을 감는 히파소스의 얼굴이 하얗게 질려 있었다.

"사형이 뭔가 알고 있는 거라면 저도 알아야지요. 제 속을 새까맣게 태우실 작정입니까? 뭐든 좋으니 말해주세요!"

"제발, 지금은 신중하고 싶네. 자네가 궁금해 하니까 한 가지만 말해주지. 지금 내가 짐작하고 있는 것이 진실로 밝혀진다면 현자의 학파와 그 근간이 송두리째 흔들릴 것이야. 그것만 알아두게."

그 서슬에 눌려 아리스톤은 입을 다물었다. 아직 아무것도 알지 못했지만, 그는 분명 형의 죽음에 한 발 더 다가가 있었다.

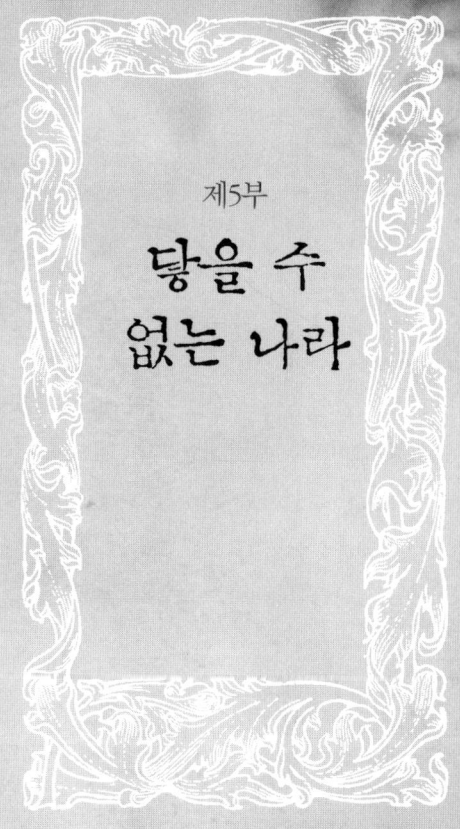

제5부
닿을 수 없는 나라

문제가 제기되는 한, 그 분야는 살아있다. 문제가 없다는 것은 독립적인 발전이 멈추어 있음을 뜻한다.

데이비드 힐베르트 David Hilbert (독일의 수학자)

　느닷없이 니코스를 찾아온 코레는 둥근 눈썹을 쳐들고 한껏 눈웃음을 흘렸다. 저 아이가 본래부터 요염이 넘쳤던가. 동네 꼬마 녀석을 대할 때처럼 가까이 다가가 코레를 맞으려던 니코스는 자신도 모르게 멀찍이 거리를 두었다. 어릴 적부터 곱상한 낯바닥에 젖가슴이 툭 불거져 동네 청년들이 침 흘리며 바라보던 아이이긴 했다. 형편이 어려워 하녀로 팔려갔지만 살림에 보탬이 될 만한 것을 곧잘 가져오는 모습이 기특해 몇 번 칭찬을 하기도 했다. 그럴 때마다 코레는 부끄러운 듯 고개를 숙이고 거칠어진 손바닥을 숨기며 부랴부랴 바쁘게 돌아가곤 했다. 그러던 아이가 이번엔 여러 날이 지나도 돌아가지 않는 게 아무래도 이상했다. 게다가 오리궁둥이를 씰룩거리며 걷는 품이 아무래도 홀몸이 아닌 것 같았다. 참주에게 망나니 외아들이 있다는데, 그놈의 짓일 것이라는 수군거림이 돌았다. 그 아이가 누구의 씨이든 코를 쑥 빠뜨리고 두문불출해야 당연할 텐데, 어찌된 일인지 코레는 부끄러운 기색도 없이 배를 쑥 내밀고 거리를 활보했다.

"노인장은 현자의 학파를 어찌 보시는지요?"
코레가 대뜸 물었다.
"늙고 힘없는 내가 무엇을 알겠느냐? 너희 오빠가 시민단체 사람이니 네가 더 잘 알 것인데, 그걸 왜 나한테 묻는 것이냐?"
"오빠는 말할 것도 없고 하늘에 머리를 둔 사람이라면 누구나 현자의 학파에 손가락질하는 세상이지요. 입에 풀칠하기도 어려운 우리네 살림살이가 다 누구 때문인가요? 아무 쓸모도 없는 학문을 좀 안다고 위세 떠는 것들을 누군들 좋아하겠어요. 우리들이 바치는 세금도 그 밑구멍으로 죄다 들어간다지요. 참주도 함부로 못할 만큼 세력이 막강하다면서요. 길을 막고 물어보세요. 아니꼽다는 사람이 열에 아홉일 겁니다."
코레는 눈썹을 실룩거렸다.
"새삼 그것을 가지고 흥분할 게 무엇이냐? 우리 같은 못난 사람이 위세 높은 학파를 어찌해보겠다고."
니코스는 갑자기 투사라도 된 듯 열을 올리는 코레가 마땅치 않아 여전히 시큰둥한 태도로 말을 받았다.
"어찌 해볼 방법이 있다면 동참은 하시겠어요? 노인장도 제 오빠와 생각이 같으신 걸로 알아들어도 되겠는지요."
코레의 몸이 니코스의 어깨에 닿을 정도로 바짝 다가왔다.
"제가 모시는 참주 어른과 윗분들이 현자와 그의 학파를 썩 달가워하지 않는 입장이라지요. 그래서 참주님이 특별히 제게 시민단체 대표이신 노인장의 생각과 시민들의 의견을 모아오라는 명을 내리셨습니다."
"어허, 참주가 그런 중대한 일을 너한테 맡겼단 말이냐?"

코레는 한 손으로 입을 가리고 다른 손으로 배꼽 언저리를 쓰다듬었다.

"어머, 제 말을 못 믿으시겠어요? 눈치 빠르신 노인장께서 짐작하셨겠지만, 전 지금 홑몸이 아니랍니다. 이 배 속에 있는 아이가 참주님의 손자이고요. 그러니 참주님이라도 어찌 저를 다른 미천한 것들과 똑같이 대하시겠습니까. 노인장 뜻을 알았으니 내일이라도 참주님을 알현하도록 주선합지요."

코레는 올 때보다 더욱 배를 내밀며 어깨를 펴고 돌아갔다.

해가 기울 무렵 찾아온 아리스톤에게서도 비슷한 이야기를 들을 수 있었다. 아리스톤은 참주 킬론이 시민들의 증오심을 무기로 삼으려는 것 같다고 하더니, 킬론을 만날 일이 있다며 서둘러 나갔다. 무슨 조화인지는 알 수 없지만 아귀가 딱딱 맞는 느낌이었다.

현자의 학파가 처음부터 비난을 받은 것은 아니었다. 그들이 표방하는 수에 대한 철학은 크로톤의 정신세계를 지배해왔다. 매번 혁신적인 학설을 발표하는 현자의 활약으로 크로톤의 이름은 날로 높아졌고, 이오니아 해 곳곳의 인재들이 엄청난 재산을 헌납하며 몰려들었다. 그러나 헬라스 본토에서 건너와 크로톤 땅을 개척하고 세력을 잡은 귀족들에게 현자는 이름 없는 섬에서 온 이방인일 뿐이었다. 그런 현자가 위상을 높이면서 크로톤 귀족들의 불만이 날로 증폭되고 있었다.

현자의 학파는 그 문턱만 높은 것이 아니었다. 시험을 치르는 인재는 매년 늘어났지만 문은 여전히 좁았다. 결국 특권층만이 입문하게 되면서 현자의 학파는 계층 간의 위화감을 조성한다는 비난을 받기 시작했다. 시민들이 바치는 세금도 원래는 크로톤 귀족들의 몫이었지만, 어느새 학파 쪽으로 빠져나가는 금액이 만만치 않았다. 가중되는 세금으로 시민들의 원성은 높아갔고, 귀족들 또한 권력이 분산되는 것을 못마땅하게 여겼다. 물론, 시민 계층이 반감을 가진 대상은 학파만이 아니었다. 그 벽을 쉽게 넘을 수 있는, 지식과 권력을 가진 크로톤의 귀족들이 포함되어 있었다. 그러나 귀족들이 미워하는 대상은 현자 개인에 집중되어 있었다.

이튿날, 코레가 다시 찾아와 참주의 집으로 니코스를 안내했다. 참주 킬론은 사람 좋아 보이는 특유의 표정으로 니코스를 맞았다.

"현자는 사모스 출신의 이방인이오. 그런 자가 이곳 크로톤에서 안하무인으로 설치는 꼴을 더 이상 두고 볼 수 없소. 그래서 시민들의 목소리가 궁금해 대표를 모셨소이다. 대표의 의견을 적극 수렴할 터이니 마음에 품은 소신을 기탄없이 말해주기 바라오."

"저로서는 참주님의 의도를 간파하기 쉽지 않습니다. 물론, 현자와 그 학파에 대해서는 저 또한 오래전부터 불신해왔습니다만……."

킬론은 니코스의 말이 끝나기도 전에 의자에서 내려와 그의 손을 덥석 잡았다.

"내가 동지를 만났소이다. 생각이 진보적이라는 대표의 명성이 무색하지 않구려. 어제 다녀간 아리스톤에게서도 말씀 많이 들었소. 인품과 학식이 높아 부친처럼 섬기는 어른이라고 합디다. 어떻소? 이몸이 거사를 준비한다면 노익장을 발휘해줄 수 있겠소?"

"거사라면, 현자의 세력을 축소시킨다는 말씀입니까. 외람된 말씀이오나, 쉬운 일이 아닐 줄 압니다. 구체적인 계획이라도 세우셨는지요?"

"지금으로서는…… 전무하오."
"그렇다면 거사는 물거품이 아닙니까?"
킬론의 얼굴이 청동처럼 굳어졌다.
"시민 단체의 도움 없이는 불가하다는 얘기요. 우리가 서로 힘을 모아 봉기와 전복으로 학파를 해체시킬 방안을 모색하는 것이 지금으로서는 관건이오. 한칼에 잘라야 하오. 한칼에."
킬론은 일이 성사되면 귀족회의 자리까지 보장하겠노라고 장담했다.
참주의 집을 나온 니코스의 마음속에는 수천 마리의 말들이 내달렸다. 참으로 오랜만에 맛보는 설렘에 남자로서의 기개가 되살아나는 기분이었다. 봉기와 전복. 그리고 마침내 차지하게 될 권력! 말년에 이런 행운이 찾아올 줄이야. 생각만으로도 가슴 뛰는 일이었다. 혈기왕성한 젊은 날, 권력을 쟁취하고 이상을 실현시키는 꿈을 한번쯤 꿔보지 않은 이가 있으랴. 니코스의 심장도 누구보다 뜨거웠지만 현실은 차갑고 냉혹했다. 그렇게 숨죽이고 살아온 세월, 어느새 칠십이 코앞이었다. 무덤으로 가기 전에 남아 있는 기력과 힘이 있다면, 그 마지막 불꽃을 모조리 태워볼 만하지 않겠는가. 게다가 세상의 도리를 어지럽히고 불평등을 방조하는 이들과의 싸움이라면 죽음조차 가치 있을 것이다.
아리스톤이 시민단체 대표로 추대했을 때만 해도 극구 사양했던 니코스였다. 그러나 경험과 인품으로 볼 때 니코스야말로 시민들의 권익을 지켜줄 적임자라며 아고라 광장에 모인 사람들은 목소리를 높였고, 그는 결국 제안을 받아들였다. 처음에는 크로톤 정부도 시민들의 의견을 적극 수렴하고 권위도 세워주었다. 그러나 정부의 지원과 관심이 점점 줄어들면서 시민단체는 의식 있는 시민들의 불만 토로 단체로 전락하고 말았다. 한사코 사양했던 자리였지만 단체의 몰락을 바라보는 니코스의 속은 부글부글 끓었다.

눈 밝은 몇몇 귀족들은 명민한 두뇌와 민첩한 행동력을 가진 니코스를 알아보고, 신분을 초월한 우정을 나누었다. 아리스톤 형제의 부친과도 형제처럼 지낸 그였지만 니코스의 마음속 깊이 숨은 열등감은 아무도 알지 못했을 것이다. 어쩌면 그 뿌리 깊은 열등감이 오늘날, 인품과 덕을 고루 갖춘 '니코스 노인'을 만들었는지도 모를 일이었다.

시민단체 대표면 평생의 한을 조금은 풀 수 있지 않겠는가 싶었으나, 대표라고 해봤자 그렇게 겸손해하며 사양할 정도의 자리가 아니었음을 니코스는 오래지 않아 깨달았다. 귀족들이 실세는 다 꿰차고 내준 허명일 뿐임을. 항간에는 귀족회의 자리 하나쯤 시민단체 대표에게 주어야 한다는 주장도 있었지만 차일피일 미뤄지기만 하고 쉽게 승인이 나지 않았다. 크로톤에서 영향력을 발휘하기에 시민들의 힘은 턱없이 약했다. 이제는 모든 욕심을 버리고 디오도로스의 무덤이나 돌보며 여생을 보내려던 니코스에게 드디어 기회가 찾아온 것이다. 집으로 돌아가는 길, 니코스의 발걸음은 전에 없이 힘차게 내달았다.

"뭘 좀 알아냈어요?"
아리스톤의 질문에 히파소스의 마음속에는 모래 폭풍이 일었다.

목숨보다 귀하게 생각해왔던 가치가 내동댕이쳐져 수챗구멍으로 흘러가는 참담한 기분을 어떻게 설명할 수 있을까.

"관청 문서실까지 가서 위험을 무릅쓰고 흙 서판을 필사해온 자네도 어느 정도는 알아야 할 권리가 있다고 생각해서 하는 말인데, 스승님의 직각삼각형 정리가 어쩌면 천 년 전 바빌로니아 시대에 이미 존재했던 이론이 아닐까 싶은데……."

자신이 쏟은 말이 너무 엄청나다는 생각에 히파소스는 말끝을 흐렸다. 그러나 막상 아리스톤은 한동안 별다른 반응을 보이지 않았다. 그 이야기가 선뜻 이해되지 않는 모양이었다.

"하지만 그 정리에는 엄연히 현자의 이름이 붙어 있지 않습니까."

의미 있는 고갯짓이나 작은 손짓을 하는 것조차 어색할 정도로 침묵이 흘렀다. 참았던 날숨을 내쉬듯 아리스톤이 이마를 긁으며 말을 꺼냈다.

"그러니까…… 사형의 말대로라면 현자가 옛 사람들의 이론을 도, 도용, 그러니까 똑바로 말하자면 도둑질했다는 말씀입니까?"

히피소스는 가만히 고개를 끄덕였다.

"아니, 근데 왜 여태 그 사실을 몰랐답니까? 여기 모인 사람들이 누구랍니까. 수학, 기하학, 철학의 석학들이 아닙니까. 들리는 말로는 그 정리로 현자가 신전에 백 마리의 소를 바치기까지 했다던데, 제자들이 검증조차 하지 않았다는 겁니까?"

"검증이라……. 그래, 어떤 가설이 하나의 이론이 되려면 갖가지 방법으로 회의해보고, 대입과 증명을 통하여 검증하는 과정이 필수임을 자네도 잘 알고 있을 걸세. 그런데 말이야……. 어떻게 말을 해야 할지, 참 난감하군."

히파소스는 두 손으로 관자놀이를 눌렀다.

"뭘 그렇게 망설이시는 겁니까. 지금 상태에서 현자 정리가 현자의 정리가 아니었다는 충격보다 더한 무엇이 있겠습니까. 편하게 말씀해보세요."

"학파의 한 사람으로서 현자의 이론에 대해 이러쿵저러쿵하는 것이 과연 옳을 일일까 싶네."

"지금 우리가 현자의 입장 따위를 걱정해줄 처지는 아니지 않습니까. 사형, 다 아시면서 결정적인 순간에 발을 뺄 생각은 아니겠죠? 사형의 그런 태도 때문에 제가 속이 탔던 적이 한두 번이 아니었습니다."

히파소스는 대답 대신 아리스톤이 그려온 필사본들과, 칼잡이 테론에게서 가져온, 디오도로스가 마지막으로 남긴 가죽 조각, 또 자신의 손 글씨가 낙서처럼 어지럽게 적힌 밀랍판을 꺼내어 바닥에 하나씩 펼쳐놓았다.

"내가 아는 부분까지 이야기하겠네. 내가 청강생이던 시절, 스승님께서 그 정리를 발표하셨지. 한마디로 굉장했네. 크로톤이 다 들썩했으니."

"저도 어렴풋하게 기억이 나네요. 헬라스 권력의 판도가 바뀔 수 있다면서 형도 상당히 흥분해 있었으니까요."

"소 수십 마리를 실은 여러 대의 수레가 신전으로 향했지. 천체의 발견이나 인간을 하나의 우주로 보는 소우주론 같은, 지금은 진리가 된 철학적 사유를 발표하실 때도 그런 일은 없었다더군. 물론 그 이후에도 그렇고."

히파소스는 팔짱을 단단히 고쳐 끼고 말을 이었다.

"그 당시는 간파하지 못했지만 나중에 생각해보니까 상황을 너무 축제 분위기로 몰고 간 게 아니었나 싶더라고. 어쩌면 스승님께서 크로톤 내에서의 위상을 공고히 하기 위해 발표를 서둘렀던 건 아닐까 싶었어. 가설에 대한 면밀한 검증을 거치지 않은 성급한 발표였지만, 그때 우리 제자들은 그런 걸 생각할 겨를조차 없었어."
"어째서죠?"
"스승님께서 제자들에게 그 이론을 증명하는 방법을 내놓으라고 강요하셨거든. 나도 그 일에 미친듯이 매달려야 했고. 이제 와서 하는 이야기지만 자네 형 디오도로스가 청강생을 막 끝냈을 무렵, 반원을 이용한 증명 방법을 발견했던 건 정말이지 신선한 충격이었다네. 대단한 친구였지. 결국 직각삼각형 정리의 실체도 그 친구가 밝혀낸 거니까. 이 그림을 그렇게 세상에 알리려고 한 걸 보면……."
히파소스는 한참 동안 말을 끊은 채 부서지기 쉬운 물건을 다루듯 바닥의 자료들을 매만졌다. 아리스톤은 강연 시간이 다가오는지 창밖으로 고개를 빼고 그림자의 길이만 살피고 있었다.
"그렇다면 디오도로스 형 말고 의문을 제기한 제자들은 없었던 겁니까?"
"가슴 깊이 의문을 품은 제자들도 있었겠지. 나도 그중 한 사람이었고. 작은 세상처럼 보이긴 해도, 학파는 매우 폐쇄적인 공간이라네. 모두들 학문이 깊고 두뇌가 명석하지만, 현자의 주도 하에 연구가 진행되는 한, 제자의 신분으로 진리의 구명을 밝혀내기란 쉬운 일이 아니었을 거야. 글쎄, 디오도로스는 어디까지 알고 있었던 건지 나로서는 모르겠네."
"그렇다면 사형과 디오도로스 형, 두 사람만이 바빌로니아 시대의 것이었을 이 자료에 대해 알고 있었다는 건가요."

"또 한 사람이 있지. 바로 스승님 말일세. 아직까지는 그렇게 세 사람뿐이지 않겠나."

아리스톤은 손가락으로 턱을 만지작거리며 고개를 끄덕였다.

"내가 '아직까지'라는 단서를 붙였네. 앞으로 몇 명이나 알게 될는지 아무도 알 수 없지. 하루가 다르게 새로운 이론과 철학적 사유가 발표되고 있는 세상인데 언젠가는 드러날 진리이겠지. 만약 그 흙 서판이 학파 내 문서실에 방치되어 있었다면 진실이 알려지는 건 시간문제였을 거야. 필시 세 명으로 끝나진 않을 테니까."

"만약 그랬다면 현자의 위상이 매우 위태로워지겠군요."

"내가 말하지 않았나. 학파의 근간이 흔들릴 수 있는 문제라고 말이야."

"그 흙 서판을 굳이 관청까지 가져가서 보관해야 했던 현자의 입장을 이해할 수 있겠는데요. 이제 그 흙 서판의 쐐기문자만 읽어내면 모든 게 밝혀지는 건가요?"

아리스톤의 말에 히파소스는 마음이 무거워졌다.

"그런데 문제가 있어. 바빌로니아 시대의 수 체계가 지금과는 많이 달랐다네."

"그랬어요?"

"당시 사람들의 수학적 수준은 상당히 높았고 수식과 도형에 대한 이해도 깊었던 것 같아. 가장 큰 문제는 그 두 개의 점토판을 지금의 숫자로 바꾸어 해독하는 일일세."

아리스톤은 강연 같은 건 무시하기로 마음먹은 듯 엉덩이를 바닥에 깔고 편하게 앉아 눈을 반짝였다.

"사형, 해낼 수 있겠어요?"

"지금 상태에서는 나도 장담할 수 없어. 또 하나의 필사본에 나열된 쐐기문자는 마름모에 새겨진 것과 동일하지 않나? 처음엔 문자인 줄 알고 엄청나게 절망했지만, 이집트 수에 대해 공부하며 모은 자료와 체계가 비슷해보였어. 숫자라는 전제에서 출발하니 어렵지 않더군. 그다음 부닥친 과제는 숫자 0이었는데, 바빌로니아 시대에는 0의 존재에 대해 생각하지 않았으리라는 가정을 세우고 분석했다네. 스승님께서 말씀하신 바와도 같이, 정확히 언제인지는 알 수 없으나, 0의 발견은 수 체계에서 혁명과도 같은 일이었다고 하니……"

"존재 없음의 숫자이거나, 무(無)로 착각할 수도 있으나, 음의 정수와 양의 정수 사이의 엄연한 정수라고 배웠습니다."

"어쨌든 그들에게 0이라는 숫자의 개념이 전무했다고 가정하니 실마리를 찾을 수 있을 것 같았다네. 자, 여기부터 시작해서 1부터 9까지이고, 부메랑 같이 생긴 문자는 10. 여기까지야. 마지막 문자의 의미는 아직 파악하지 못했어. 혹시 이 수 체계의 끝을 의미하는 것이 아닐까 생각하는 중이라네."

아리스톤은 숫자가 나열된 필사본과 마름모꼴의 필사본을 나란히 놓고 한참을 들여다보다가 말없이 자리를 떴다. 연구에 몰두한 히파소스는 아리스톤이 인기척을 내도 알아차리지 못했다. 히파소스는 머릿속을 온통 비우고 초심의 상태로 돌아가 자신이 아는 모든 수, 그 본질적인 세계를 떠올리기 시작했다.

낱개의 쐐기 두 개를 겹치면 2가 된다. 마찬가지로, 부메랑 두 개를 겹친 것은 20, 세 개를 겹친 것은 30, 부메랑 두 개와 쐐기 네 개

그림 1

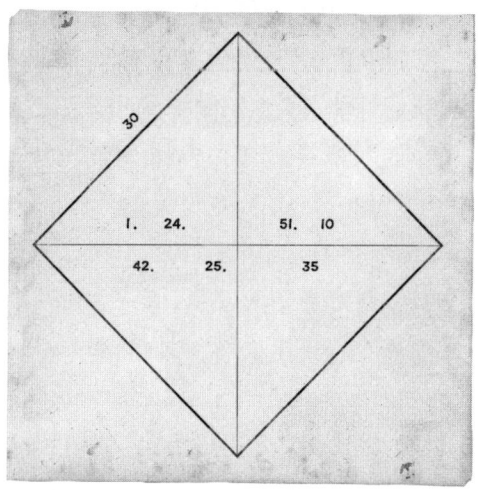

그림 2

제5부・닿을 수 없는 나라 ─── 183

를 모은 것은 24로 볼 수 있을 것 같았다. 히파소스는 바빌로니아의 수수께끼 같은 문자들을(그림 1) 지금의 숫자로 전환하여 새로운 그림을 그렸다. (그림 2) 사각형의 한 변의 길이로 보이는 30을 α라 놓고 1, 24, 51, 10을 β라고 했다. 그리고 42, 25, 35를 γ라고 명기했다. 이윽고 허리를 펴고 그림을 내려다보던 히파소스는 사각형 네 변의 길이가 같을 뿐 아니라 네 각 또한 모두 직각임을 깨달았다. 마름모인 동시에 정사각형이었구나! 히파소스는 되새김질을 하듯 쓴물을 삼켰다. 현자의 정리는 분명 이 여덟 개의 직각이등변삼각형 속에 있다! 석필을 쥔 손에 힘이 잔뜩 들어 있었는지 검은 가루가 곳곳에 번져 있었다. 히파소스는 입술을 모아 조심스럽게 석필 가루를 불어냈다.

이 그림과 숫자들은 바빌로니아 시대의 수 체계에 따라 기록되었을 것이다. 10을 수 체계의 기본으로 두는 것은 손가락이 열 개이기 때문이라고 전해진다. 결국, 진법이란 그 시대의 세계관을 단적으로 표현하는 한 방법인 셈이다. 바빌로니아 시대로부터 전해지는 숫자들을 이용해 그들의 진법을 알아낼 수 있을까.

그림상에 나타난 제일 큰 수는 51이니, 적어도 51보다는 큰 수를 기준으로 해야 할 것이다. 60, 70, 80, 90, 그리고 100……. 100은 10진법과 같은 체계일 것이니 의미가 없다. 70 이상의 수 또한 문명이 발달한 나라에서 기준으로 삼기에는 너무 크고 번거롭다.

히파소스의 심연에 잠들어 있던 지혜의 눈이 서서히 열렸다. 일년은 360일, 한 회전은 360도……. 360의 약수이면서 100 이하의 숫자 중에서 가장 많은 약수를 가진 수, 바로 60이다. 멀리 동양의 학자들이 인간의 운명을 60가지로 나누어본다는 이야기도 어렴풋이 생각났다. 히파소스는 깨끗한 밀랍판을 내려놓고 1부터 59까지, 60진법의 모든 숫자들을 정리해보았다.

어느 순간부터 히파소스는 먹고 마시는 것을 잊었다. 60진법의 수로 보이는 수수께끼의 세 수에 매달려 낮이 밤이 되고 밤이 다시 낮이 되는 것도 몰랐다.

청강생들이 간혹 히파소스의 방문을 열고 식사 시간을 알려주기도 했지만 그것이 언제였는지 누구였는지도 기억나지 않았다. 굶으면 어떡하느냐고 건강을 염려해주는 학우에게 당장 꺼져버리라고 소리를 지르기도 했다. 그때 그 학우가 뒤돌아서며 혀를 끌끌 찼던 것도 같았다. 그래도 오줌이 마려운 것은 어쩔 수 없었다. 잠깐 소변을 보고 오는 사이 생각의 맥이 끊기는 것이 아쉬웠던 히파소스는 단지에 담긴 마실 물을 모두 창밖으로 내버렸다.

제5부 · 닿을 수 없는 나라 —— 185

60진법을 이해하기 위해서는 우선 수 체계 전반에 대한 이해가 필요했다. 히파소스는 10을 단위로 하는 십진법의 논리로 돌아갔다. 십진법에서 최대로 나타낼 수 있는 수는 9이고, 9를 넘기면 1로 표현하는 동시에, 수의 구분을 위해 자릿수를 이동하게 된다. 즉 자릿수란, 그 자리에 있는 수가 단위가 되는 수를 얼마나 많이 가지고 있는지를 보여주는 것이다. 단위만 바뀌었을 뿐, 60진법도 원리는 이와 같지 않을까.

α, 즉 30은 60^0자리라고 생각하면 될 것이다. 다음은 β의 값인 1, 24, 51, 10을 풀어야 했다. 히파소스는 당연히 가장 오른쪽에 있는 10이 60^0자리일 것이라고 생각하고, 식을 전개했다.

$1, 24, 51, 10 = 1 \times 60^3 + 24 \times 60^2 + 51 \times 60^1 + 10 \times 60^0 =$
$216000 + 86400 + 3060 + 10 = 305470$

낭패였다. 수가 너무나 컸다. 천 년 전이든 지금이든 수학자의 자세가 크게 다르지 않다면 α와 β, 그리고 γ는 길이와 관계된 세 수일 텐데 값이 서로 천지차이지 않은가. 히파소스는 이리저리 궁리해보다가 1보다 작은 숫자, 즉 소수가 포함되어 있을 가능성을 생각하고 가능한 답들을 구했다.

51을 60^0의 자리로 가정했을 때 십진법으로 풀이한 수:

$1, 24, 51, 10 = 1 \times 60^2 + 24 \times 60^1 + 51 \times 60^0 + 10/60 = 5091.16\cdots$

24를 60^0의 자리로 가정했을 때 십진법으로 풀이한 수:

1, 24, 51, 10 = $1 \times 60^1 + 24 \times 60^0 + 51/60 + 10/60^2 = 84.8427\cdots$

히파소스는 계산을 멈추었다. 이미 석필이 돌판을 벗어나 대리석 위에까지 검은 흔적을 남기고 있었다. 지금 내가 생각한 진법의 정의가 과연 정확할까. 진법을 전환하는 공식은 옳았을까. 아니, 애초에 60진법이라고 생각하고 식을 전개한 것이 틀렸던 것은 아닐까. 양 어깨를 무거운 바윗덩어리가 짓누르는 느낌이 들더니 등 아래쪽에 찌르는 듯한 아픔이 느껴졌다. 히파소스는 무릎을 꿇고 물이 담겨 있던 단지에 소변을 보았다. 통증에 비해 소변의 양이 너무 적다는 생각이 들고 아픔도 쉬 사라지지 않았다. 쪼그린 채 졸던 히파소스는 신경을 간질이고 긁어대는 숫자들 속에 가위가 눌려 화들짝 깼다. 숫자들이 시야를 가득 메웠다.

히파소스는 α의 값인 30을 기준으로 β와 γ의 수를 다시 살폈다. 그의 처음 짐작대로 30이 60^0의 자리를 나타낸다면, 그래서 γ의 42, 25, 35에서 42를 60^0 자리로 놓고, 25와 35를 각각 60^{-1}의 자리, 60^{-2}의 자리로 놓아 계산한다면? 가시나무로 만들어진 히마티온을 걸친 것처럼 온몸이 따끔거렸지만 간신히 꿇어앉아 석필을 놀릴 만큼의 힘은 남아 있었다.

42, 25, 35 = $42 + 25/60 + 35/60^2 = 42 + 0.416\cdots + 0.00972\cdots$
= $42.42638\cdots$

히파소스는 여백이 충분한 밀랍판을 놓고 α와 γ의 값을 썼다.

$α=30, β=?, γ=42.42638…$

γ의 값이 딱 떨어지지 않는 것이 마음에 걸렸으나 진법을 변환하면서 수의 밀도 또한 달라질 수 있다 생각하고 만족하기로 했다. 다음 단계는 제곱이었다. 큰 수를 상상조차 못해본 일반 시민들과는 달리, 학파의 제자를 비롯한 수학자들은 수를 자유자재로 다루며 늘 더 큰 수를 욕망해왔다. '제곱'은 더 큰 수를 만들어내는 가장 간단하고 확실한 방법이었으며, 수학자로서의 오랜 습관이기도 했다. α를 제곱하면 900이다. 처음부터 딱 떨어지지 않았던 γ의 값은 제곱을 해도 1799.998473…으로 구해졌다. 히파소스는 신경질적으로 입술을 물고 바짝 마른 거스러미를 떼어냈다. 혀끝에 도는 쓰고 비린 피 맛이 정신을 들게 했다. 히파소스는 입속으로 1799.998473…을 읊조렸다. 1800! α의 제곱값인 900에 2를 곱한 수, 1800의 근사값이 아닌가!

바깥의 소리와 인기척으로부터 완벽히 차단된 황홀경 같은 느낌이 히파소스를 감쌌다. 처녀관에서 맛본 환각제보다도 달콤했고 여인의 속살에 들어갔을 때보다도 더한 쾌감이었다. 오래된 비밀의 문이 눈앞에 있었다. 마름모, 아니 정사각형에 담긴 천년비의(千年秘義)가 순결한 소녀처럼 그의 손길을 기다리고 있었다.

60진법의 발견, 진법을 전환하는 공식, 제곱해서 900이 되는 수와 1800에 가까운 수……. 자신이 생각해낸 전환법을 쓴다면 세상의 어떤 숫자도 간단히 풀이할 수 있다. 시공간을 초월하여 천 년 아니 그 이전의 문명과도 충분히 대화할 수 있는 길이 열린 것이다. 지금이라도 스승에게 달려가 성과를 고해야 하는 것이 아닐까. 현자와 기쁨을 나누는 상상만으로도 아찔했으나, 그다음 절차를 생각해야 했다. 학도로서 연구하거나 발견한 성과를 현자의 업적으로 돌려야 한다는 것.

조금 더 알아보고 연구한 다음에도 늦진 않아. 히파소스는 그렇게 다짐했다. 흙 서판 그림이 정확히 직각삼각형의 정리를 담고 있는지도 아직 확실하지 않잖아. 숫자도 딱 맞아떨어지지 않고……. 스스로를 설득하는 히파소스의 가슴속에 북소리가 울리더니 점점 빨라졌다. 소리가 남긴 파문 속에 갖가지 상념이 들끓었다. 근엄한 현자, 아름다운 테아노, 디오도로스와 아리스톤의 얼굴……. 세상의 추앙을 한몸에 받는 현자의 모습이 자맥질하듯 튀어 오르다가 천천히 가라앉았다. 학문적 절정에서는 상념을 버리고 지극히 단순해져야 한다는 현자의 가르침이 생각나 히파소스는 쓴웃음을 지었다. 그때야 비로소 지혜의 눈이 밝아진다고 했던가. 우리는 모두 진리에 도달하는 길 위에 있으나 너무 많은 생각과 그릇된 지식이 그 길을 가리고 있을 뿐이라고.

a와 γ의 값을 적은 밀랍판을 한참 들여다보던 히파소스는 자신이 그토록 의심하던 것, 오랫동안 생각하고 있었으나 미처 깨닫지 못한 아주 짧은 식 하나를 완성했다.

$$\gamma^2 = 2a^2$$

두 변 길이의 제곱을 더하면 빗변 길이의 제곱을 구할 수 있으며,

두 변의 길이가 같은 직각이등변삼각형일 때는 한 변을 제곱한 값에 2를 곱하면 빗변의 제곱값이 나온다. 바로 현자의 정리였다.

손가락 하나 움직일 힘이 없었던 히파소스는 머리를 바닥에 처박은 이상한 자세로 주저앉아 뜨거운 눈물을 흘렸다. 스승을 향한 절망과 발견의 환희가 뒤죽박죽 얽혔다. 두려웠고, 또 외로웠다. 그때 아득히 문이 열리는 소리가 들렸다.

"아이쿠, 이 지린내! 정신 차리십시오! 이게 다 뭐랍니까?"

눈앞의 얼굴이 어렴풋했다. 말소리와 어지러운 발소리는 선명하게 들리는데 몸이 말을 듣지 않았다. 또 다른 누군가 와서 히파소스의 마른 입에 물을 흘려 넣었다. 정신이 아득해지는 순간 히파소스의 머릿속에 떠오른 것은 미처 풀지 못한 또 하나의 수였다. 1, 24, 51, 10! 이것이 또 어떤 길로 향하는 열쇠가 될 수 있을까?

테아노의 눈치를 살피는 필레의 행동이 예사롭지 않았다. 항상 생기가 감돌던 필레가 요즘은 마치 얼빠진 사람 같았다. 그러다가도 작은 기척에 소스라치게 놀라곤 했다. 테아노는 필레의 심중을 떠볼 생각으로 일부러 화를 냈다.

"내가 저 단지를 전하라 시킨 지가 언젠데, 아직도 꾸물거리고 있는 거냐?"

필레는 화들짝 놀랐다.

"서신 말입지요. 지, 진즉에 저, 전달했습니다요. 암요. 그날 바, 바로……."

예상치 못한 답이었다. 테아노는 무화과 열매 정과를 담은 작은 단지를 아이들에게 전하라 시켰을 뿐이다. 웬 엉뚱한 대답이냐, 뭐에 정신이 팔려 있냐는 다그침에 필레는 풀썩 주저앉아 하염없이 눈물을 흘렸다. 한참을 넋 나간 듯 울던 필레가 겨우 눈물을 삼키고 무화과 단지를 전하고 돌아오자 테아노는 필레를 불러 앉혔다.

"솔직히 말해라. 거짓말로 꾸며낼 생각은 하지도 마라. 거짓은 또 다른 거짓을 부르는 어리석은 장난일 뿐이니까."

필레는 겁에 질린 채 어깨를 늘어뜨렸다.

"그렇게 말씀하시니 저도 더는 숨길 생각이 없습니다요. 히파소스 님께 전달해야 할 그 서신을 그만…… 잃어버렸습니다."

"아니, 그걸 잃어버렸다니? 무슨 일이냐? 빨리 말해보아라."

"말씀을 드리긴 해야 하는데. 그날 일이 참으로 난감하고 수치스러워서 어디서부터 말씀을 드려야 할지……. 갑자기 제 입을 막았던 손, 그 손이 저를…… 저를, 아직도 그 아픔이 가시지 않고 있습니다."

"무슨 말을 하는지 통 알아들을 수가 없구나. 그날 네가 서신을 들고 밖으로 나가지 않았더냐? 거기서부터 차근차근 다시 이야기를 해보아라."

"예! 그랬지요. 그런데, 그만, 히파소스 님 방으로 가는 길에서 어느 놈에게 붙들리고 말았습니다. 뒤에서 갑자기 덮치는 바람에 놈의 얼굴도 볼 수 없었답니다. 그런데 그놈의 손이 얼마나 차갑고 미끄럽던지 뱀 한 마리가 제 몸을 휘감는 느낌이었습니다. 소름이 쫙 끼쳤답니다."

필레는 양팔로 자신의 몸을 감싸며 눈을 질끈 감았다. 테아노는 그런 필레의 모습을 불안한 눈으로 지켜보았다.

"놈은 저를 후미진 곳으로 끌고 갔습니다요. 그러고는…… 아, 그런 모욕은 처음이었습니다."

한참 흐느끼던 필레는 옷자락으로 코를 풀고 말을 이었다.

"그 짐승 같은 놈이 다짜고짜 제 옷을 마구 벗겨냈습니다. 나중에 생각해보니 그때 서신을 잃어버린 것 같습니다요. 그놈이 저를 뒤로 엎어놓고는…… 아, 차마 제 입으로는……. 그러니까 제가 그놈한테 남창들이 한다는 비역질을 당한 거였습니다."

테아노는 두 팔을 벌려 필레를 꼭 끌어안았다.

"아아! 이를 어쩌나."

필레는 떨고 있었다. 테아노는 울음을 그치지 않는 필레의 등을 거푸 쓸어주었다.

"그날은 정말 제정신이 아니었습니다. 아픈 것은 둘째 치고라도 어찌나 수치스럽던지. 정말 다시 가보고 싶지 않은 장소였지요. 하지만 이를 악물고 가보았습니다. 서신을 찾아야 하니까요. 없었어요. 아무리 찾아도 없더라고요. 꼭 귀신한테 홀린 것 같기도 하고, 가위눌림이 심한 악몽을 꾼 것 같기도 하고."

"이제 그만 해라. 내가 쓴 서신 때문에 아무 죄 없는 네가 혹독한 곤욕을 치렀구나. 다 잊자. 나도, 너도 그 기억을 말끔히 잊자."

"서신이 없어졌다니까요. 누군가 그 서신을 보고 학파 안에 소문을 퍼뜨리면 어쩝니까. 만약 현자께서 알아보십시오. 히파소스 님은 물론이거니와 테아노 님인들 온전하시겠습니까. 어리석고 둔한 저로 인하여 두 분이 사랑을 이루시기는커녕 신변조차 위험해지는 게 아닌가 싶어 몸 둘 바를 모르겠습니다요."

테아노는 손을 늘어뜨리고 창을 바라보았다. 흘러가는 물은 막을 수 없다. 허공에 스치는 바람도 붙잡을 수 없다. 이미 흘러가버린 일을 인력으로 막을 수 없는 법이다. 필레의 염려가 부질없는 것처럼 들렸다. 테아노는 문득 생각난 듯 필레를 돌아보았다.

"그래, 단지는 잘 전하고 왔느냐?"

필레의 얼굴에 생기가 돌았다.

"보모를 만나지 못해서 제가 직접 가지고 갔습니다."

"아, 그래. 아이들이 좋아하더냐?"

"텔라우게스가 얼마나 좋아하던지. 두 손을 단지 속에 넣고 한꺼번에 두 개씩 꺼내 먹느라고 얼굴이 금세 꿀범벅이 되었답니다. 아이들은 언제 보아도 사랑스럽습니다."

테아노는 빙그레 웃었다. 장난꾸러기 아들의 모습이 눈앞에 그려졌다.

"우리 딸 다모는 먹지 않더냐?"

"다모를 잘 아시지 않습니까. 오늘도 기하학 공부에 열중해 있었습니다. 어련했겠습니까. 한번 공부에 빠지면 먹는 것도, 잠자는 것도, 노는 것도 몽땅 잊어버리는 꼬마 현자가 아닙니까. 제가 나가고 들어오는 것도 아랑곳하지 않고 공부만 하더이다. 깜찍하고 대단한 아가씨입니다."

테아노는 한숨을 쉬었다. 아들인 텔라우게스가 현자의 뒤를 이어 학파를 맡아줬으면 했다. 하지만 튼실한 몸에 성격도 괄괄한 텔라우게스는 뜰에서 뛰어다니며 노는 일로 하루를 보낼 뿐 학업과는 거리가 멀었다.

아들에게 일찌감치 기대를 접은 사람은 현자였다. 테아노는 그런 현자가 불만스럽기도 했다. 어찌 보면 아비를 닮지 않아도 되는 맏딸 다모가 현자를 쏙 빼닮았다. 여인은 남편의 사랑 안에 행복하게 사는 게 으뜸인 법인데, 앞으로 다모가 갈 길이 멀고도 아득하리라는 생각이 들었다.

하층시민들의 발길이 끊이지 않으면서 킬론의 집은 연일 떠들썩했다. 밤늦게까지 벌어지는 토론으로 왁자한 탓에 지난밤에도 팜필로스는 잠을 설쳤다. 그럴 때마다 팜필로스는 아버지의 처사가 못마땅했다. 낮에도 저잣거리 무뢰배들이 집 안을 어슬렁거리더니, 조금 전에도 꾀죄죄한 몰골의 사내 둘이 제 세상을 만난 듯이 떠벌이는 것을 보았다. 하인을 시켜 저들을 당장 집 밖으로 끌어내라고 하고 싶은 것을 가까스로 참았다. 시민단체 대표라는 노인과 동행한 치들이라고 했다.

팜필로스는 신경질적으로 침을 뱉었다. 하여간 저잣거리 것들은 틈을 주지 말아야 한다. 말 태워주면 종을 부리려고 덤빌 족속들이다. 여기가 어디라고 저런 짐승 같은 놈들을 끌고 와서 참주의 집을 어지럽히는가. 그때 귀에 익은 목소리가 그를 불러 세웠다. 코레였다. 못 들은 척하려고 했으나 어느새 쫓아와 팔짱을 끼고 있었다. 코레의 실팍한 가슴이 팔뚝에 닿자 팜필로스는 움찔했다. 남자의 몸을 귀신처럼 아는 찰거머리 같은 여자였다. 눈에서 멀어지면 마음에서도 멀어질 것이라 믿었지만 팜필로스의 몸은 그녀의 몸을 기억하고 있었다. 코레는 팜필로스의 손을 끌어 제 배에 얹었다. 팜필로스는 마지못해 둥근 바가지를 엎어놓은 듯한 배를 어루만졌다.
"팜필로스 님, 이 녀석이 배 속에서 발길질을 해대는 게 느껴지지 않나요? 그동안 아빠가 몹시도 그리웠던 것이지요."
"그래. 아기가 잘 자라고 있어서 다행이다."
팜필로스는 간신히 코레와 눈을 마주치고 대꾸했다. 배가 불러오는 코레를 조용히 내보낸 아버지는 코레를 홀대해서도 안 되거니와 그렇다고 다시 그 몸을 범해서도 안 된다고 단단히 일렀다. 팜필로스는 아버지의 말을 따를 수밖에 없었다. 팜필로스는 코레의 손을 슬쩍 밀어내며 힘없이 웃었다. 뽀얗게 살이 오른 코레는 한껏 무르익은 무화과 열매처럼 탱글탱글했다.
"여기는 어쩐 일이냐? 몸 풀 때까지 집에 돌아가 편히 쉬라고 했는데."
팜필로스는 헛기침을 하며 주위를 살폈다. 혹시라도 누군가의 눈에 띄는 것이 싫었다.
"그렇지 않아도 참주님의 가없는 은혜를 입고 집에서 태교에 힘쓰고 있는 중이지요. 오늘은 특별히 참주님께서 제 오빠와 시민들을 보자고 청하셨답니다. 그래서 이렇게 무거운 몸을 이끌고 온 것입니다요. 팜필로스 님도 아시겠지만 참주님이 도모하시는 일에 제 오빠와 일반 시민들의 힘이 절대적으로 필요한 상황이라서요."
팜필로스는 코레가 무슨 말을 하든 상관없었다. 그저 당장이라도 저 붉고 촉촉한 입술을 빨고 싶은 생각뿐이었다. 저 입술에 매혹되었던 날이 고스란히 떠올랐다. 코레의 몸은 깊은 수렁이었다. 거기서 끝이 아니었다. 작정하고 임신까지 했으니 만만한 계집으로 본 게 화근이었다. 그러나 의기양양한 코레도 머지않아 입을 다물 날이 올 것이다. 자신을 늘 못마땅해하는 아버지이지만, 분명 자기와는 다른 사람이라는 것을 팜필로스는 잘 알고 있었다. 적어도 코레의 수작 따위에 넘어갈 아버지가 아니었다.

"그래. 몸도 무거운데 고생이겠구나. 이왕 도와드리는 거 끝까지 애 좀 써다오. 아버지의 후사가 반드시 있을 것이다."

코레는 자신에게 거리를 두려는 팜필로스의 행동에 샐쭉한 표정도 짓지 않았다. 외려 요염한 눈웃음을 지으며 팜필로스의 몸을 감아왔다.

"지금 참주님께서 후사하실 거라고 하셨습니까? 제 배 속에서 하루가 다르게 자라는 아이의 아비가 엄연히 팜필로스 님이신데 어떻게 참주님께만 책임을 돌리려 하십니까. 참주님을 위해서 밤낮으로 노력하는 저에 대한 팜필로스 님의 홀대가 심히 섭섭합니다."

팜필로스는 나오지도 않는 헛기침을 하며 허둥거렸다.

"내 마음이 어떻게 변했겠냐. 그러나 내 위의 어른이 아버지만 계신 것이 아니지 않느냐. 지엄하신 어머니가 아시는 날이면 너는 고사하고 나도 무사하지 못할 것을 영리한 네가 모르지는 않겠지. 내가 다 후일을 기약할 방도를 생각하고 있다. 너는 그저 염려하지 말고 태교나 하면서 아버지의 일에 전심을 다해다오."

"지금 제게 사랑의 약속을 주시는 것입니까. 그 약속 가슴 깊이 새기겠습니다. 제가 아무리 미천한 년이지만 제 뒤에 수천 명의 시민들이 있다는 것은 잊지 마십시오. 팜필로스 님의 말씀 그대로 믿고 저는 물러나겠습니다."

코레는 까르르 웃고는 한껏 배를 내밀고 사라졌다. 얄망궂은 입담에 휘둘린 팜필로스는 곁에 있던 반신상 조각을 걷어찼다. 팜필로스와 코레 사이에서 하루하루 꿈틀거리며 자라나고 있을, 비릿하고 작은 또 하나의 생명에게 분노가 치밀었다. 그는 한 번도 쉬지 않고 계단을 뛰어올라 킬론의 방문을 거칠게 열었다. 킬론은 하층시민들을 상대하느라 피곤했는지 침상에 누워 눈을 감고 알은체도 하지 않았다.

"아버지! 주무시지 않는 거 다 알고 있으니까 눈 좀 떠보세요."

"또 무슨 일이냐?"

아들의 성화에 킬론은 낮게 신음하며 몸을 일으켰다. 팜필로스가 팔짱을 굳게 낀 채 방을 빙빙 돌며 무언가 중얼거리고 있었다. 킬론은 한숨을 쉬었다. 생각해보면 시정잡배들이 집에 들락거리는 것도 저 못난 팜필로스 때문이었다.

팜필로스가 실력을 갖춰 학파에 입문만 했어도 킬론은 현자와 손을 잡고 더 큰 세력을 형성했을 것이다. 그뿐인가. 현자에게 모욕을 당하는 일 같은 건 더더욱 없었으리라. 평소부터 현자와 그 학파가 눈엣가시이긴 했지만 이렇게 천박한 치들과 어울리지 않고도 부드럽게 세력을 조절하는 방법이 왜 없었겠는가. 코레를 통해 하층시민들과 손잡으면서 킬론 쪽의 손실도 만만치 않다는 걸 팜필로스는 짐작이나 하는 것일까.

"아버지, 저 배불뚝이 년, 언제쯤 제 앞에서 영영 보이지 않게 해주실 건가요? 저년 생각만 하면 숨이 막혀요. 도무지 살 수가 없어요!"

"저번에도 아비의 상황을 알아듣도록 설명하지 않았더냐. 일이 성사될 때까지는 그 아이가 필요하다고 말이다."

팜필로스는 주먹으로 탁자를 내리쳤다.

"저도 미치겠다고요. 이대로 시간이 지나서 저년이 떡하니 새끼라도 낳게 되면 제 인생은 죽도 밥도 아닌 게 된다니까요. 이러다가 살림까지 차려야 하는 건 아닌지. 오늘도 그년의 입질에 휘둘리는 바람에 후일을 기약한다는 약속까지 덜컥 해버렸다니까요. 제게 뭐래는지 아세요? 제가 아무리 미천한 년이지만 제 뒤에 수천 명의 시민들이 있다는 것은 잊지 마십시오, 그러는 거예요. 저더러 저년 비위를 또 맞추라고 하시면 그땐 저도 가만있지 않을 테니 그렇게 아십시오!"

팜필로스가 문을 쾅 닫고 나갔다. 미련한 녀석 같으니라고. 킬론은 혀를 찼다. 온갖 스승을 모셔 와 공부시킨 팜필로스가 미천한 계집종보다도 한참 모자라다는 생각이 들었다. 새삼스러운 일도 아니었지만 속이 상했다. 코레는 팜필로스와 살림 차릴 욕심을 부릴 만큼 어리석지 않았다. 계층이 높은 쪽이 자신의 위치를 포기한다면 모를까, 서로 다른 계층끼리 결혼하는 것은 불가능했다. 팜필로스가 순정을 바칠 리도 없거니와 그 계집이야말로 팜필로스보다는 그가 가진 신분과 재력을 보고 아이를 가졌을 것이다.

팜필로스와 살림을 차려서 코레가 얻는 이익은 아무것도 없다. 킬론이 도모하려는 거사만 아니라면 그까짓 계집과 배 속 핏덩이는 진즉에 죽었을 목숨이다. 코레는 건수를 문 것이다. 거사를 돕는다는 빌미로 킬론의 집안에 거머리처럼 달라붙으려는 시커먼 꿍꿍이로 가득한 계집이다. 참주의 끄나풀로 저와 제 아이는 물론이거니와 제 가족 모두 한세상 영화를 누리고자 하는 속셈이 킬론의 눈에 훤히 보였다.

자기 뒤에 수천 명의 시민들이 있다고 엄포까지 놓다니, 괘씸한 계집. 킬론은 다시 침상에 누웠다. 그래, 지금이야 코가 높아질 대로 높아졌는데 무슨 말인들 못 하겠는가. 높아질 수 있는 데까지 한번 높아져봐라. 언젠가 그 코가 납작해질 날이 있겠지. 킬론은 눈을 감고 잠을 청했다.

아드리아 해
Adriatic Sea

대 그리스
Magna Graecia

티레니아 해
Tyrrhenian Sea

이오니아 해
Ionian Sea

크로톤
Crotone

지중해
Mediterranean Sea

기원전 5세기의 고대 그리스
GREECE, 500 BC

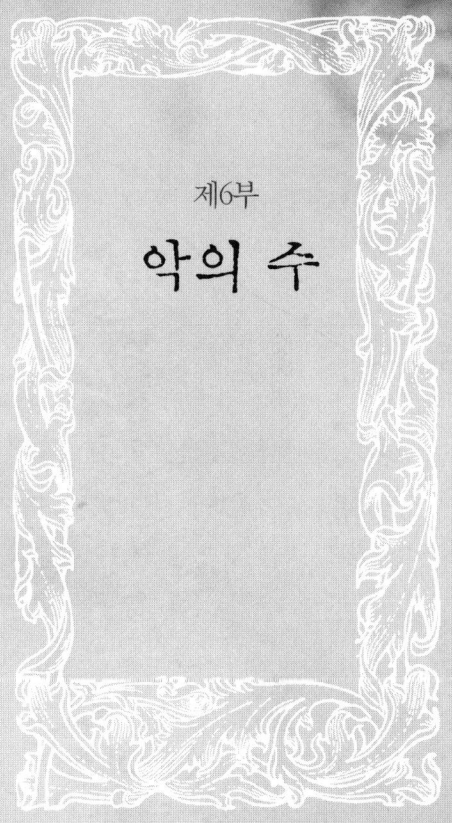

제6부
악의 수

무한이란 일어나지 않아야 할 일이 일어나는 곳이다.

익명의 학자

히파소스는 침상에서 눈을 떴다. 분명 눈을 뜬 것 같은데 안개가 서린 듯 눈앞이 흐렸다. 입가와 목덜미가 축축했다. 누군가 와서 입술에 물을 축여주었던 것이 생각났다. 어스름인지 새벽녘인지 모를 희붐한 빛 속에 몇 개의 점들이 어지럽게 부유하고 있었다. 그제야 히파소스는 마름모꼴의 정사각형에 새겨진 쐐기문자를 해독한 일들이 떠올랐다. 갑자기 목이 탔고 허기도 밀려왔다. 상반신을 일으키자 현기증이 일었다.

   방은 말끔히 정돈되어 있었다. 낙서투성이 석판은 한쪽에 쌓여 있었고 석필 가루도 깨끗이 닦여 있었다. 물 단지에 가득했던 오줌이 생각나 얼굴이 달아올랐지만 바닥에 놓인 단지에는 거짓말처럼 맑은 물이 담겨 있었다. 그때 문이 열렸다.

   "히파소스 님, 이제 좀 정신이 드십니까?"

   현자의 사환이었다.

   "나 좀 부축해주게나."

   사환이 쫓아와 히파소스의 팔을 잡았다.

"어디를 가시려고요? 이 몸으로 아직은 무리십니다."
"뭘 좀 먹을까 하고. 목도 타고 배가 고파서."
"그런 거라면 제가 도와드리겠습니다."
사환이 테라코타 잔에 물을 따라 건넸다. 몇 잔은 연거푸 들이켜리라 생각했는데, 몇 모금 넘기지도 못하고 기침이 났다. 사환은 리넨 수건을 꺼내 히파소스의 입가를 닦아주었다.
"밀과 보릿가루를 묽게 끓여서 가져올까요?"
"아니. 그런 거 말고 납작하게 구워낸 빵이 먹고 싶네."
사환은 가만히 고개를 끄덕이고는 밖으로 나갔다. 침상이 모래구덩이처럼 히파소스의 몸을 빨아들였다. 그는 눈을 감은 채로, 아직 침묵 수행 중일 사환이 너무 많은 말을 하는 것을 걱정하다가 등을 말며 웃어댔다. 누구를 향한 것인지 알지 못했지만 웃음이 그치지 않았다.
문이 열리기가 무섭게 구수한 향이 밀려들었다. 혀 아래로 침이 잔뜩 고였다. 히파소스는 뜨거운 빵 몇 조각을 손가락으로 뜯어 목구멍으로 밀어 넣었다. 목이 메어 가슴을 쾅쾅 두들겨대자 사환이 백리향이 첨가된 키케온을 내밀었다. 히파소스는 키케온을 마시면서 다른 손으로는 또 다른 빵을 집어 들었다. 입천장이 데이고 혀를 깨물었지만 아픈 줄도 몰랐다. 그릇은 금세 바닥이 드러났다.
"더, 더 갖다 주게. 배가 너무 고파. 며칠을 굶었는지 셀 수도 없어. 위장이 텅 비었다니까."
그는 몇 번이고 청했고, 그 모두를 허겁지겁 먹어치웠다. 히파소스가 가슴팍을 두들기며 차를 마시려는 순간, 배 속에서 꿈틀하는 느낌이 일더니 욕지기가 솟구쳤다. 손으로 입을 틀어막았으나 소용

없었다. 울컥 쏟아진 음식 덩어리들과 묽은 액체들이 침상과 바닥으로 튀었다. 노란 위액까지 다 토해낸 히파소스는 사환에게 미안하다는 말도 하지 못하고 축 늘어졌다. 잠 속으로 빠져들려는 찰나, 사환이 다가와 속삭였다.

"스승님께서 보자고 청하셨습니다. 히파소스 님의 기력이 회복되는 대로 스승님을 찾아뵈십시오."

휴가가 끝났지만 히파소스는 수일째 강연에 나오지 않고, 당분간 연구에 심취하겠다는 짤막한 서신만 보내왔다. 히파소스의 상태를 살피고 온 사환은 간결하지만 의미심장한 보고를 올렸다. 그는 정신을 잃었으며 방은 돼지우리 같았습니다. 겨우 정신을 차리고는 며칠 굶은 사람처럼 음식을 먹어대다가 다 토하고 다시 깊은 잠에 빠졌습니다. 수제자들이 수일씩 연구에 몰입하며 강론에 참석하지 않는 일은 종종 있었으나, 이번은 뭔가 달랐다. 작은 성과만 이뤄도 현자에게 달려오던 히파소스였다. 사환의 말처럼 정신을 차리지 못할 지경이라면 연구 성과도 만만치 않을 텐데, 중간 보고조차 하지 않고 시간을 끄는 것이 디오도로스 때와 흡사했다. 비록 징후는 같더라도 결과는 달라야 했다. 정면으로 비수를 들이댔던 디오도로스와는 달리, 히파소스는 모든 성과를 현자의 업적으로 돌리고 학파 안에서의 안녕에 만족해야 할 것이다.

디오도로스와 히파소스, 그리고 카리톤은 현자의 위상을 지키는 삼발이 같은 수제자였으나 세 사람의 인물 됨됨이는 조금씩 달랐다. 카리톤은 현자의 한마디 한마디를 받들어 오차 없이 일을 처리해내는 데 탁월한 자였다. 반면, 디오도로스와 히파소스는 현자의 좌뇌와 우뇌 같았다. 많이 닮았지만 때로는 완전히 다른 두 사람이었기에 현자는 이들을 종종 비교하고 가늠해보았다. 진리에 대한 사랑과 그것을 향해 매진하는 열정, 그리고 타고난 명석함은 저울에 단 듯 같았으나 진정한 학자를 꼽으라면 디오도로스 쪽이 아니었을까. 늦깎이로 입문했지만 흡사 굶주린 자처럼 무서운 속도로 공부하더니 선배들을 앞질러버린 그는 학파 내에서도 단연 화제의 인물이었다. 현자를 신처럼 여겼고 진리와 동일시했던 그였다. 그에 비해 히파소스는 다분히 즉물적인 인간이었다. 지식이 눈에 보이는 인간의 욕망을 충족시키는 동시에 권력을 움켜쥐는 수단이 될 수 있다는 걸 본능적으로 아는 자였다. 어쩌면 현자야말로 둘을 합해 놓은 것 같은 사람이었기에 그들의 마음을 꿰뚫어볼 수 있었던 것인지 몰랐다.

  맹목적으로 지혜와 진리에 목말라했던 젊은 시절의 현자도 공부할 수 있는 곳이라면 어디라도 마다하지 않고 스승을 찾아다녔다. 그 시절 현자의 눈은 디오도로스의 그것과 조금도 다르지 않았다. 황무지를 닦아 신전을 건설하듯 크로톤에 정착해 학파를 세웠고, 지혜를 구해 몰려든 학도들에게 겸허한 마음으로 가르침을 전했던 현자였다. 마침내 헬라스 본토에서도 전폭적인 지원을 약속하기에 이르렀다. 그때 현자는 알았다. 자신 안에 한 마리 괴물이 웅크리고 있었음을. 아주 오랫동안 가슴 저 밑바닥에서 이빨을 기르고 발톱을 갈아온 그 괴물이 서서히 몸을 세우고 분홍색 아가리를 벌리고 있었다. 그에 비해 히파소스의 욕망은 아직 우리에 가두어진 맹수

새끼에 지나지 않았다. 욕망과 권력이라는 생생한 육질의 맛을 보기 전에 이빨과 발톱을 뽑아야 했다. 피가 다 빠져 연하고 부드러운 고기를 조금씩 던져주면서. 현자는 혀로 이를 부드럽게 핥았다. 그때 사환이 들어왔다.
"히파소스가 긴 잠에서 깨어났습니다."

현자는 고개를 빼고 창밖을 내다보았다. 하늘 한가운데 떠 있는 태양 아래 사물들의 그림자 길이는 언제까지고 그대로 붙박힌 것 같았다. 방 안을 서성이던 현자는 리라를 들어 두어 번 튿었지만 곧 그만두고 말았다. 얼마나 시간이 지났을까. 이윽고 문이 열렸다.
"스승님, 부르셨습니까?"
히파소스의 얼굴은 몰라보게 수척했다. 그러나 섬뜩할 정도로 날카로운 총기를 뿜어내는 눈빛만은 디오도로스를 다시 보는 듯했다. 진리의 오묘한 깨달음을 얻은 자만이 가질 수 있는, 함부로 범접치 못할 영기(靈氣)가 얼굴에 흐르고 있었다.
"그대의 서신은 잘 받아보았다. 강론에 불참했을 정도라면 연구에 보통 골몰했던 것이 아니었겠지. 결과에 대해 보고하도록."
"지식의 방대함으로 큰 산을 이룬 스승님께 비한다면 이 사람의 연구란 고작 그 산에 작은 길 하나를 만드는 것이었습니다. 그것도 이 사람이 어리석은 까닭에 안개 속을 헤매고 있는 중입니다."
"아무리 짙은 안개 속이라고 할지라도 시간이 지나면 지척에 있는 사물은 분별할 수 있는 법이지. 멀고 가까움도 분간하지 못한 채 헤매기만 할 그대가 아닐 텐데. 대체 무슨 연구를 했던 것인가? 강론에 빠졌으면 중간 보고라도 해야 하는 것이 아니냐?"

"스승님께서 고뇌하는 학문의 강물에 이 사람 겨우 발을 적셨다고 감히 말씀드릴 수는 있습니다만······."

"직각삼각형의 정리를 더 확고부동하게 할 새로운 증명이라도 발견했다는 것이냐?"

"질문에 답하기에 앞서 외람되오나 조언의 말씀을 구하고 싶습니다. 스승님께서 그 정리를 만드신 과정에 대해서 상세히 듣고자 합니다. 어디에서 영감을 얻으셨고 어떤 검증과 증명을 통하여 확신에 이르게 되셨습니까?"

현자는 움찔했지만 몸을 의자에 비스듬히 기대며 얼굴에 미소를 머금었다.

"어디서 영감을 얻었느냐고? 내가 젊었을 때 세상 곳곳을 돌아다닌 것은 알고 있겠지. 그 시절 파르테논 신전에 깔린 돌을 유심히 들여다보았는데, 그 모습이 머릿속에서 떠나질 않더군. 예술의 신 아폴론께서 내 머릿속에 그 공식을 새겨주셨다네. 이제 됐나?"

"그 공식을 뒷받침하는 증명에 대해서도 말씀해주십시오."

"지금 그대의 무엄함을 아는가? 당장, 그동안의 연구를 낱낱이 아뢰라!"

현자의 호통에 히파소스는 읍하는 자세로 고개를 숙였다.

"저의 미흡한 연구에 앞서 바빌로니아 시대 것으로 추정되는 마름모 문양에 대해서 먼저 말씀드리고자 합니다."

현자는 손으로 가슴을 움켜쥐었으나 정작 치명적 아픔이 느껴지는 곳은 단전이었다. 두 사람 사이에 정적이 감돌았다. 현자는 가슴

뼈 사이에 손가락을 세게, 더 세게 찔러 넣어 단전의 통증을 잊으려 애썼다.

"그 마름모를 어디서 보았는가?"

"스승님께서 그것을 물으시니 입에 올리지 말아야 이름을 발설하겠습니다. 이 사람의 입을 용서하십시오. 얼마 전 퇴출당한 디오도로스, 그의 방 침상 아래에 그 그림이 그려져 있었습니다. 디오도로스가 퇴출당하기 전 이 사람과 문서실에서 만나기로 약속이 되어 있었고, 약속한 날 그가 나타나지 않아 방까지 찾아갔던 것입니다. 이 사람의 무람없는 행동을 벌하여 주십시오."

현자는 정신이 혼미했다. 카리톤에게 모든 흔적을 정리하라고 일렀는데 그런 치명적 증거가 남아 있었단 말인가. 히파소스는 머뭇거리는 기색도 없이 말을 이었다.

"이 사람의 머리로 감히 추측해보건대 그 문양은 마름모인 동시에 정사각형이었습니다. 그리고…… 그 문양에는 직각삼각형의 정리가 고스란히 존재하고 있었습니다. 불온한 말을 내뱉은 저의 혀를 뽑아주십시오."

"지금 그대는 내 정리에 대해 의혹을 품고 있다는 말을 하고 싶은 것이냐?"

온 힘을 쏟아 부어 돌 판에 글씨를 새기듯 말하는 현자의 눈에 핏발이 곤두섰다.

"어떻게 제가 감히 그런 엄청난 말을 할 수 있겠습니까. 천 년 전 바빌로니아 사람들이 스승께서 발견한 진리를 제대로 증명하고 정립할 수 있었겠습니까. 직각삼각형의 정리는 영원히 스승님의 공식입니다. 다만, 그것을 더욱 확고부동하게 만들려는 제 연구가 잠시 다른 길을 찾아 안개 속을 헤매고 있습니다."

"다른 길이라."

"수 체계에 몰입하다보니 바빌로니아 시대 사람들이 사용한 진법을 알게 되었습니다. 바로 60진법입니다. 만약 그 진법을 지금의 수 체계로 환원시킬 수만 있다면 마름모 문양에 새겨진 설형문자를 완전히 해독할 수 있으리라 사료됩니다. 그때야 비로소 바빌로니아 사람들이 직각삼각형의 정리를 증명을 통해 이론화시킨 것인지, 아니면 어쩌다 발견한 삼각형 하나의 길이만을 취하여 추정한 것인지 밝힐 수 있을 것입니다."

히파소스, 저자가 거기까지 도달했구나. 그렇다면 오류로 남아 있는 직각삼각형의 빗변의 길이를 바로잡아 완성하는 것도 시간문제일 텐데. 미완의 이론을 발표한 채 언제까지나 노심초사하며 살 수는 없는 노릇이다. 그러나 아직 기뻐하기는 일렀다.

"만약 직각삼각형에 관한 내 정리가 바빌로니아 시대에 이미 존재했던 학설이었다면 어떻게 할 텐가?"

눈을 가늘게 뜬 현자의 목소리는 은밀했다. 히파소스의 입가에 미묘한 미소가 번졌다.

"현재 헬라스 전역은 물론, 이오니아 연안에서 스승님은 누구도 범접치 못할 위치에 계십니다. 땅속 깊이 미라로 묻혀 있는 바빌로니아 사람들이 천 년의 침묵에서 깨어나 세 치 혀뿌리가 돋아나지 않는 이상, 스승님의 지극한 명성에 누가 되는 일은 결코 없을 것입니다."

"나의 수많은 학설 위에 또 하나의 금자탑을 쌓게 될 그대의 임무를 영광으로 알라. 그대는 연구에 박차를 가할 것이며, 당분간 강론은 잊으라."

⁕

히파소스가 돌아가자 현자는 눈을 지그시 감았다. 아찔했다. 히파소스에게서 디오도로스의 모습을 본 탓이었다. 디오도로스의 우렁찬 목소리가 아직도 현자의 귓가에 맴도는 듯했다.
"스승님, 왜곡된 진리를 가지고 불사의 명예를 얻어야 하시겠습니까?"
그날 디오도로스는 두 개의 흙 서판을 든 채로 허리를 꼿꼿이 세우고 현자를 바라보고 있었다. 노인의 망령이 서린 그것은 명백한 피의 증거이기도 했다. 오랜 세월, 문서실 가장 깊은 곳에 방치한 것도 어쩌면 그 때문이었는지 몰랐다. 그러나 문서실 근처를 지날 때마다 죄는 자신의 존재를 알려왔고 현자는 배 속에 가시가 돋는 통증을 느껴야 했다.
제자들에 의해 직각삼각형 정리의 증명이 속속 더해지면서 그것은 현자의 진리가 되어갔다. 점차 죄의 증거로부터 멀어질수록 그는 자유로워졌으며 늙어갔다. 디오도로스가 직각삼각형 정리의 오류에 대해 논의하기 시작한 것도 목에 걸린 가시 같았던 죄의 존재를 거의 잊었을 때였다.
디오도로스라면 직각삼각형 정리의 오류를 바로잡을 능력을 가지고 있으리라. 게다가 현자를 신처럼 추앙하는 수제자이니 믿어도 되지 않을까. 그때 현자는 평생을 두고 후회할 두 번째 실수를 저지르고 말았다. 디오도로스에게 두 개의 흙 서판을 넘겨준 것이다. 그

후로 약 일 년 동안 현자와 디오도로스만 아는 비밀연구가 진행되었다.

"무엄하구나. 아폴론 신의 진노가 두렵지 않느냐? 내가 누구더냐. 네가 최고의 가치로 여기는 진리의 스승이니라. 나는 지혜의 원천이며 진리 그 자체니라. 그런 내 앞에서 네 불손한 태도는 응징받아 마땅할 것이다."

"스승님, 지금, 스승님께서 스승님을 진리 자체라고 하셨습니까? 제 가슴을 어쩌면 이렇게 천 갈래 만 갈래로 찢으십니까? 진리는, 진리는…… 그 자체일 뿐입니다. 스승님은 그것에 도달하는 길을 열어주시는 분일 뿐입니다. 그래서 제가 스승님을 믿고 따랐던 것입니다. 진리는 누구의 소유물이 될 수도 없고 어느 누구와 동일시 될 수도 없는……"

"그 입 다물지 못하겠느냐? 내가 그동안 네게 어떻게 했는지 잊었단 말이냐. 감히 네놈이 어떻게 감히 내게……"

"차라리 제가 직각삼각형 정리에 치명적인 오류가 있다고 했을 때 연구를 멈추라고 하실 것이지…… 왜 이 흙 서판을 보여주셨습니까?"

디오도로스의 얼굴은 고통과 회한으로 일그러져 있었다.

"스승님께 다시 한 번 여쭙겠습니다. 직각삼각형에서 직각을 낀 두 변 길이의 제곱의 합은 빗변 길이의 제곱과 일치한다는 공식이 정말 온전한 스승님의 학설입니까? 선언하셔야 합니다. 한 사람의 학자로, 아니, 양심 있는 한 인간으로서…… 그 공식은 지금부터 천 년 전 바빌로니아 사람들이 이미 밝혀낸 이론이라고 말입니다. 스승님께서는 단지 그들이 남긴 그림을 판독한 것뿐이라고 말입니다."
 "그만! 그만! 그만두지 못하겠느냐. 한 번만 더 입을 놀린다면 가만두지 않을 것이다. 그 흙 서판을 원래 있던 곳에 돌려놓아라, 그리고 내 눈앞에 다시는 보이지 말 것이다!"
 현자의 곁에서 메소포타미아 노인의 망령이 끽끽거리며 웃고 있었다. 언제까지고 그를 따라다닐 망령을 지금껏 모른 척하며 살아왔다는 것이 신기할 정도였다. 현자는 서둘러 디오도로스의 퇴출을 명했다. 이유는 두 가지였다. 첫째, 학파 내부에서 발견되고 연구된 모든 이론을 발설치 않는다는 학파의 불문율을 어긴 것. 둘째, 스승이 발표한 학설을 왜곡된 진리라고 말하는 것도 모자라 고작 바빌로니아 시대 사람 따위를 추앙하는 발언을 한 것…….
 대규모의 학파를 운영하기란 쉬운 일이 아니었다. 새로운 학설이라는 살진 먹이가 끊임없이 필요했고, 현자는 우수한 제자들을 길러 사냥개로 썼다. 누구보다 충직한 개를 찾았다고 생각했던 현자의 판단이 빗나간 것이다.
 지키고 싶은 것, 빼앗기고 싶지 않은 것이 많아지면서 현자의 눈은 한곳을 오래 바라볼 수 없는 눈이 되었다. 주변을 두리번거리고 남의 속내를 훑는 눈이 되었다. 손에 쥔 권력이 커질수록 무서운 것도 많아졌다. 그중에서도 두려움 없는 눈이 무서웠다. 한때는 현자의 눈도 그랬으리라. 그러나 그 순수는 십여 년 전, 마지막 지식 여행에서 종지부를 찍었다.
 메소포타미아 지방을 여행하던 현자는 다 쓰러져가는 집에서 은둔하며 살아가는 학자를 만난 적이 있었다. 한 줌도 되지 않을, 학자로서의 기품도 느껴지지 않는 그저 쪼글쪼글한 노인이었다. 합죽한 입 근처에 흰 수염이 몇 올 남지 않는 노인은 현자를 반갑게 맞았다. 두 사람은 애무를 그치지 않는 연인들처럼 밤새 서로의 머릿속을 집요하게 훑었다. 붉고 검은 밤하늘이 푸르게 바뀌어갈 무렵, 허리를 반이나 구긴 노인이 들고 온 것은 천 년 전, 고대 바빌로니아 시대부터 전해져오는 신비로운 유물이라는 흙 서판 두 개였다. 노인은 갈퀴 같은 손에 침을 묻혀 마른 찰흙 더미 위에 비뚤배뚤 숫자들을 적어나갔다. 이 공식을 아는 사람이 또 있습니까? 현자의 질문에 노인은 때가 끼고 옹이가 진 손가락을 입에 댔다. 쉿! 나하고 제우스 신만 아는 비밀이지! 그 뒤의 일은 잘 기억나지 않았다. 문설주가 내려앉지는 않을까 염려하며 문을 열어젖혔을 때, 한창 더울 계절이었지만 새벽 공기가 선뜩하게 와 닿았다. 그리고 그의 턱과 목 주변으로 축축하고 찝찔한 습기가 무수히 내려앉고 또 흘러내렸다. 바닥에 버려진 노인의 입술 밖으로 시커먼 혀가 삐져나와 있었다. 현자는 참으로 무심히 시신을 발로 굴려 곡식 더미 아래로 밀어 넣었다. 현자는 그날로 모든 여정을 취소한 채 크로톤으로 돌아와 이론을 발표했고 더욱 추앙받았으나 그날 현자의 몸에 올라앉은 더러운 습기는 아무리 몸을 닦아도 씻기지 않았다. 그는 자신이 전과 같은 상태로 돌아갈 수 없음을 알았다. 디오도로스가 죽고 나서부터는 더욱 그랬다.

그렇게 몇 번의 피로 끝났다고 믿은 승부가 다시 시작되었다. 디오도로스가 끝내 말하지 않은 비의에 히파소스가 도전한 것이다. 히파소스 또한 디오도로스의 단계까지는 도달했을 터였다. 현자는 그를 위해 두 가지 길을 준비해두었다. 디오도로스의 전철을 밟는 길이 그 하나요, 직각삼각형의 치명적인 오류를 바로잡아 현자의 명성을 빛내주는 것이 두 번째이다. 히파소스가 어떤 운명에 처하게 될지는 순전히 그의 선택에 달려 있다. 학파의 미래 또한 그의 손에 있음은 말할 것도 없다.

현자는 높아질수록 위태로워지는 자신의 위상을 생각했다. 킬론을 중심으로 크로톤의 권력자들이 현자의 존재를 고까워하는 것도 피부로 와 닿고 있었다. 학파를 향한 시민들의 불만도 고조되고 있다고 들었다. 세상이 깜짝 놀랄, 강력한 학설이 필요했다. 사십 년 동안 학파를 이끌어오면서 갖가지 위기에 직면했으나 그럴 때마다 새로운 진리를 발표하여 위기를 호기로 바꾸어오지 않았는가. 진리의 메시지만이 현자를 살게 할 것이었다.

현자는 딸 다모를 떠올렸다. 반듯한 이마에 야무진 입술을 가진 영리한 아이였다. 아비로서, 스승으로서 그 아이에게 거는 기대가 컸다. 제2의 현자가 될 다모를 위해서라도 학파는 강해져야 한다. 현자의 명성과 학설은 다모를 통해 더욱 공고해질 것이며 누대까지 불멸로 전해질 것이다. 그것이 현자가 죽기 전에 해야 할 일이다.

히파소스는 너무 낡고 오래되어서 곧 부서질 것 같은 숫자들을 눈이 부신 듯 바라보았다. 새로운 비밀의 문을 열기 위한 열쇠 β였다.

아직은 무엇도 확실하지 않았다. 바빌로니아 점토판에 현자의 정리가 존재한다는 것밖에는. 물론 그 사실 하나만으로도 굉장한 충격이었지만 그 뒤에 더 큰 괴물이 그림자조차 숨긴 채 도사리고 있다는 예감을 떨칠 수 없었다. 현자와 어떤 식으로든 대결하자면 그것을 밝힌 이후여야 했다. 디오도로스는 과연 어디까지 알았던 걸까. 지금 자신이 알았던 것만큼은 알아내지 않았을까. 평소 성격으로 보건대, 그는 그것이 현자의 정리가 아니라는 것을 알자마자 현자를 찾아갔을 것이다.

히파소스는 1, 24, 51, 10에서 맨 앞의 1을 60^0으로 놓고 조심스럽게 식을 세웠다.

$1, 24, 51, 10 = 1 \times 60^0 + 24/60 + 51/60^2 + 10/60^3$
$= 1 + 0.4 + 0.01416\cdots + 0.00004629629\cdots$

정확한 값을 구할 수 없었다. 1.41421296296… 소수점 아래로 순환하지 않는 수가 무한히 계속되고 있었기 때문이다. 히파소스는 희귀한 수의 연속을 계속 들여다보았다. γ의 값을 구할 때도 미심쩍음을 느꼈는데, 정말로 이런 수가 있는 것일까……. 아니, 이것을 수라고 불러도 될까? 그렇게 의심하는 동안에도 그 수는 신전의 계단처럼 끝없이 이어지고 있었다.

현자는 일찍이 수를 정의해, 순환하는 무한소수까지를 그 범위로 놓았다. 히파소스는 몸을 일으켜 방 안을 돌면서 계속되는 숫자들을 입으로 중얼거렸다.

1.414…

아! 바로 그 수였다. 그때 히파소스는 그것은 수가 아니라고 생각했었다. 제곱했을 때 2가 나오는 수! 직각을 낀 두 변의 길이가 1일 때의 빗변 길이! 도저히 바로잡을 수 없었던 치명적인 오류! 그의 머릿속이 하얗게 바래어갔다.

스스로를 진정시키기 위해서 히파소스는 조용히 눈을 감았다. 지금까지 배웠던 이치와 학설을 의식 밖으로 무심히 흘려보내자 심안이 서서히 열렸다. 끝없이 펼쳐진 지중해가 보였다. 배 밑까지 숨을 빨아들였다가 내뱉기를 반복했다. 모든 잡념과 욕망이 무념 속에 사라졌다. 오래간만에 찾아온 평정으로 심신이 나른해졌다. 감긴 눈에 비친 망막 위로 바다에 부딪히는 햇살이 방울방울 반짝거리며 펼쳐졌다. 히파소스는 천천히 눈을 떴다. 피안의 세계를 떠돌다 현실로 돌아온 느낌이었다. 방 안의 물건들이 서서히 눈에 들어오고 오랫동안 환기시키지 않은 특유의 냄새가 코끝에 스쳤다.

'만물은 수이다'라고 주장한 현자가 정의한 수는, 분모와 분자가 모두 정수인 분수로 나타낼 수 있는 것이라야 했다. 정수를 합해서, 유한소수와 순환하는 무한소수가 수의 전부였다. 그 범위에서 모든 세상이 열리고 또 닫혔으며 계산이 통용되었다. 그런데 그가 밝혀낸 직각이등변삼각형 빗변의 길이는 현자의 수를 뛰어넘는 또 다른 체계에 존재하는 것이었다. 히파소스의 우주가 송두리째 흔들렸다. 수가 아니었던 그것을 수라고 부를 수 있다면, 현자의 정리는 한 점 오류도 찾아볼 수 없는 완벽한 이론이 아닌가!

히파소스의 의식은 저 광활한 우주 밖, 피안의 세계를 떠돌았다. 하늘의 은하수나 바닷가의 모래알보다 더 조밀하고도 드넓은 무한의 세계가 펼쳐졌다. 정수와 유한소수, 또 순환하는 무한소수가 전부라고 생각해왔던 기존의 가치관이 와르르 무너지고 있었다. 지금의 수, 그 사이에 그 수를 합친 것보다 훨씬 더 많은, 셀 수조차 없는 무한의 수가 엄연히 존재했던 것이다. 그 수를 무엇이라고 명명해야 할 것인가. 현재의 수 사이에 있으나 그 수와는 본질적으로 다른 수. 히파소스는 세상 모든 신과 만물이 들을까 봐 두려움에 떨며 가만히 그 이름을 말해보았다.

히파소스의 수…….

이 얼마나 굉장하고 멋진 이름인가! 육체는 언젠가 사라지지만 히파소스의 이름이 붙은 수는 영원히 죽지 않는다. 영원불멸, 영원불사. 세상을 얻은 기쁨이 이와 비할 수 있을까. 이미 창밖은 완전히 어두워져 있었다. 히파소스는 가슴속에 불을 켜듯 하나의 얼굴을 떠올렸다.

나의 사랑, 나의 목숨, 테아노…….

필레가 깜짝 놀라며 히파소스를 맞았다.

"아니, 히파소스 님! 전 무슨 허깨비가 들어오는 줄 알았습니다. 어떻게 얼굴이…….”

히파소스의 귀에는 필레의 말이 들리지 않았다. 오로지 침상에 누워 있는 테아노만 보였다.

"마음이 통하시는 분들이라서 다르군요. 지금 테아노 님도 몸이 많이 아프십니다. 약초를 잡수시고 막 잠이 드셨습니다.”

테아노의 낯빛이 파리했다. 핏기 없는 입술과 눈 밑에 드리워진 검은 잔영이 히파소스의 마음을 아프게 했다.

"얼굴이 말이 아니시구나. 어디가 편찮으신 게냐?"

혹시라도 테아노가 깰까 봐 히파소스는 목소리를 낮추고 필레를 바라보았다. 필레 역시 혹독한 병을 치른 몰골이었다.

"다 마음의 병이 아니겠습니까. 히파소스 님은 어디서 무얼 하고 계시느라고 테아노님의 애간장을 그렇게도 태우십니까. 바람결에 한 번 오셨다가는 감감무소식이시고……."

테아노는 눈꺼풀을 떨다가 겨우 눈을 떴다. 히파소스는 그 눈을 가만히 들여다보았다. 순정하고 맑은 그 빛에 매혹되어 가슴앓이를 했던 날들이 떠올랐다. 히파소스는 테아노의 손을 가만히 잡았다.

"테아노!"

테아노의 핏기 없는 입술 사이로 희미한 미소가 새나왔다. 상체를 일으키는 테아노의 길고 가는 목선 아래 쇄골이 드러났다.

"히파소스 님. 얼굴이 많이 수척해지셨네요. 무슨 일이 있으셨던 가요?"

테아노가 그의 뺨으로 손을 뻗었다. 히파소스는 테아노의 손등에 자기 손을 겹쳤다.

"제 얼굴이 수척해진 것은 걱정하지 마십시오. 제 살과 뼈가 한 움큼씩 깎여나갈 때마다 정신은 한 단계 고양되는 기쁨을 맛보았답니다. 그 고양된 정신세계는 무한대였습니다. 그걸 깨닫는 순간 테아노 님의 얼굴이 제일 먼저 떠올랐습니다. 그래서 이렇게 한달음에 달려온 것입니다."

"육체를 훼손시켜가면서 깨달은 바가 무엇인가요?"

테아노가 초록색 눈을 깜박거렸다.

"그 지극한 깨달음을 어떻게 여기서 증명하고 설파할 수 있겠습니까?"

"현자의 제자로 깨달음을 얻었다면 마땅히 현자를 알현해야 옳지 않습니까. 어떻게 제게로 오신 건가요?"

테아노도 학파의 불문율을 말하고 있었다.

"옳은 말씀입니다. 그러나 스승을 따르는 제자의 마음보다 사랑하는 여인을 향하는 마음이 더 앞섰답니다. 사랑하는 여인에게 자신의 성과를 자랑하고 싶은 사내의 마음을 아시겠습니까?"

테아노는 잠시 생각하는 표정이더니 필레에게 나가라는 손짓을 했다. 방 안에 두 사람만 남자 한동안 침묵이 흘렀다. 테아노가 몸을 일으키려다 어지럼증을 느끼는지 손으로 이마를 짚었다. 히파소스가 테아노를 살며시 안았다. 코안 자락이 흘러내려 앙상하게 마른 어깨가 드러났다. 그 모습이 안쓰러우면서도 히파소스의 시선은 어느새 가슴의 깊은 골에 가 있었다. 핏기를 잃은 얼굴 때문일까. 작은 입술이 도드라져 보였다. 테아노는 그 입술을 히파소스의 귓가에 가져와 속삭였다.

"당신의 사랑을…… 정말 믿어도 되는 것인가요?"

히파소스는 테아노를 힘주어 끌어안았다.

"제 사랑을 의심하시는 겁니까? 당신이 누굽니까? 제가 하늘같이 섬기는 스승님의 아내입니다. 제가 당신을 사랑하지 않는다면 제가 어떻게 이곳까지 발걸음을 할 수 있겠……."

말을 맺기도 전에 그의 입술 사이로 부드러운 혀가 스며들었다. 히파소스는 테아노의 입술을 빨면서 코안 밖으로 반쯤 드러난 테아노의 가슴을 움켜쥐었다.

"아직은, 히파소스 님."

테아노는 입술을 떼고 고개를 숙였다. 히파소스는 꿀을 빨다가 빼앗긴 어린아이 같은 표정으로 오도카니 그 얼굴을 바라보았다.

"무한대의 정신세계라고 하셨나요? 제게 그것을 자랑하고 싶다고 하셨잖아요? 그것이 무엇인지 말씀해주세요."

"아, 그것은…… 바로 '수'였습니다. 현자가, 아니, 온 세상이 몰랐던 수를 제가 발견했습니다."

"그 '수'가 무한대라는 말씀인가요?"

"네. 우주의 끝에 닿아 있는 그런 '수'였답니다. 테아노 님을 향하는 제 마음 같은 것일 수도 있고요. 어쩌면 아네모네 꽃 같은 '수'일 수도 있겠네요. 이루어질 수도 없고 닿을 수도 없는, 그래서 더 애달픈 사랑 같은……."

"그런 '수'가 있었나요? 참 아름다운 '수'이겠군요. 현자께서 기뻐하시겠네요."

"그러실 테지요. 그런데 아직 연구가 다 진행되지 않은 상태라서 보고를 드리지 못하였습니다."

"그럼 학파 내에서는 비밀이겠네요. 좋아요. 제가 비밀을 지켜드리는 대신 제 소원도 들어주시겠어요?"

"무엇이든지요!"

히파소스는 테아노의 가슴에 얼굴을 묻었다. 코안 자락을 헤치자 그녀의 살굿빛 속살이 드러났다. 테아노도 히파소스의 품을 파고들었다. 히파소스의 손이 그녀의 아래로 향했다.

"아, 먼저 제 소원을 들으셔야지요!"

"무슨?"

테아노가 코안으로 몸을 감싸며 히파소스를 가만히 밀어냈다. 히파소스는 엉거주춤, 닿을 듯 닿지 않는 거리를 유지한 채 테아노를 바라보았다.

"바로…… 디오도로스입니다."

"디오도로스라니요?"
"그 사람이 어떻게 되었는지 알고 싶습니다. 히파소스 님은 그의 오랜 지기이지 않습니까?"

테아노는 간절하게 애원했다. 디오도로스가 살았는지 죽었는지, 그것만이라도 알아봐달라고. 그 모습이 한없이 어리석으면서도 한없이 순결해 보였다. 사내들은 많은 것을 위해 살고 또 죽는다. 명예, 권력, 더 높은 지혜와 지식…… 그 같은 이름을 붙여 자신의 존재를 높이고 싶어 한다. 그러나 눈앞의 이 여인은 오직 사랑만을 좇고 있다. 조금도 부끄러워하지 않고 자신의 모든 것을 걸고, 미안한 줄도 모른 채 또 한 사람을 수렁으로 몰아넣고 있다. 그렇게 해주신다면 그때는 저도 히파소스 님, 당신을 허락하겠습니다. 그 말을 맺고 고개를 숙인 그녀의 뺨이 붉어져 있었다. 그것마저도 사랑스러웠다. 그러나 히파소스는 여인처럼 한곳만 볼 수는 없었다. 그러기에는 욕망하는 것이 너무 많았다.

"그는 죽은…… 자입니다."
"저도 알고 있습니다. 그 사람의 이름은 이제 입 밖에 내면 안 된다는 것을……."

차마 그의 죽음을 발설할 수 없어 고개를 돌린 히파소스의 팔을 테아노가 가만히 감아왔다.

"걱정되는 일이 또 하나 생겼습니다. 당신에게 쓴 서신을 비녀가 잃어버렸습니다. 한동안은 각별히 몸을 조심하십시오."

턱을 괴고 앉은 현자의 그림자가 돌바닥에 드리워져 있었다. 에우니케가 횃불을 밝히고 푹 눌러쓴 두건을 벗었다. 질끈 동여맨 머리칼 아래 드러난 얼굴. 희고 영롱한 진주같이 매끈한 피부 위로 붉은 불빛이 어른거렸다. 파란 동공이 선명했다. 작은 콧방울 아래 도톰하고 붉은 입술은 현자 앞에만 서면 어쩔 수 없이 더욱 뜨거워졌다.

"네가 방에 들어온 줄도 몰랐구나."

"무슨 생각을 그렇게 골똘히 하신 겁니까. 어두운 방에 불도 밝히시지 않고……."

에우니케는 긴 잠에서 깨어난 듯한 현자에게 가슴에 품고 있던 서신을 내밀었다. 아내가 부정한 마음으로 쓴 연서를 읽어 내려가는 현자의 얼굴이 의외로 담담해 보였다. 테아노를 오랫동안 미워하며 살아온 에우니케였지만 지금 이 순간만큼은 그녀가 가여웠다. 지금 현자를 살게 하는 힘은 사랑이 아니었고, 앞으로도 아닐 것이기에.

"필레에게서 뺏은 것입니다. 어떻게 하시겠습니까? 히파소스, 그 작자를 그냥 두어서는 안 되겠지요."

횃불이 다 타들어갈 때까지 현자의 침묵은 계속되었다. 분노를 삭이는 듯한 옆얼굴을 바라보는 에우니케의 마음속에서는 연모의 감정이 복받쳤다. 크로톤에서뿐 아니라 이오니아 해 근방의 도시에서 추앙받는 현자가 바로 자신의 연인이었다. 현자는 그의 자랑이었으나, 일평생 그림자처럼 살아간다 해도 에우니케는 족했다. 현자는 그에게 삶의 의미를 깨우쳐준 단 한 사람이었다.

에우니케는 현자를 바라보았다. 흰 눈썹 아래 형형한 눈동자. 상대를 제압하는 꼿꼿한 풍모. 학문을 탐구하느라 생긴 골 깊은 주름들. 살아온 세월을 그대로 보여주는 검버섯들. 손가락과 발바닥에 박힌 옹이와 아주 깊은 곳의 흰 터럭까지 에우니케에게는 소중하지 않은 것이 없었다.
"명령만 내리십시오. 당장이라도 히파소스의 목을 따올 것이니."
눈을 감고 있던 현자가 조용히 손을 내저었다. 일자로 뻗은 흰 눈썹이 꿈틀거렸다. 그것이 질투이든 분노이든, 아니면 단순한 명예욕이든 현자가 테아노로 인해 고통스러워하는 모습에 에우니케는 은밀한 기쁨을 느꼈다.
"아직은 아니다. 그자가 할 일이 남아 있으니. 일의 진척을 지켜본 후에 죄를 물어도 늦지 않을 테니."
"테아노는…… 어떻게 하시겠습니까?"
"불 꺼진 화덕에 뜨거움은 곧 사라지지. 대신 차가운 바람만 들기 마련인 게야. 테아노에 대한 내 마음이 그렇다는 게다. 본인 스스로 자신의 죗값 때문에 괴로워할 날이 오겠지."
어쩌면 현자는 처음부터 결혼이나 사랑 따위에 마음이 없었던 사람인지 모른다. 그저 학문과 학파의 번영, 그리고 불사의 명예가 전부인 현자가 브론티누스의 간곡한 청에 못 이겨 그의 딸인 테아노를 아내로 맞았을 뿐이리라. 아들 둘과 딸을 얻은 것을 그나마 성공적인 결과로 여기며. 그러나 현자에게 남편의 역할을 요구하면서 제자에게 수작이나 거는 그녀 또한 현자에 대한 사랑은 남아 있지 않은 것이 분명했다. 현자는 측은한 표정으로 자신을 응시하는 에우니케를 외면했다.
"그만 돌아가라."
"오늘도, 그냥 돌아가란 말입니까."
에우니케는 부복한 채로 미동도 않고 현자를 올려다보았다. 에우니케와 몸을 섞은 현자는 이성조차 마비된 것처럼 그의 몸을 집요하게 탐했다. 철인들이 왜 미소년을 가까이 두고 아끼는지 비로소 알겠다던 현자는 그를 안으면 육체뿐만 아니라 정신까지 정화된다는 말을 종종 건네곤 했다. 두 사람의 사랑이 깊어가면서 에우니케는 현자의 번뇌를 무언의 대화로 느꼈다. 그 번뇌의 씨앗을 죽음의 돌밭에 묻어 현자의 마음이 편해질 수만 있다면 못 할 것이 무엇인가. 에우니케는 저잣거리에 나가 사람을 물색해 일을 처리했고 현자는 안도한 모습으로 에우니케의 품에 안겼다. 그 일로 현자의 사람이 되어 학파를 떳떳하게 드나들게 되는 것은 아닐까 조금은 기대하기도 했지만 현자의 태도에는 별 변화가 없었고, 오늘도 마찬가지였다.

"내가 지금 너와 함께 하고 싶은 기분이겠느냐? 혼자 있고 싶다. 돌아가라."

"저를 멀리하시는 이유가 무엇입니까? 그것만이라도 알고 싶습니다. 이제 저를 사랑하지 않으시는 것입니까?"

에우니케는 목이 메었다.

"나는 고결한 자이니라. 그리고 너는……."

"저는 피를 묻힌 자입니다. 언제든 당신의 마음을 어지럽히는 번뇌가 있다면 다시 말씀하십시오. 다시 이 손을 피로 적시겠습니다."

에우니케는 현자의 방을 나와 명상의 숲으로 접어들었다. 그리고 그만을 위한 길이자 학파에서 외부로 연결된 유일한 비공식 통로인 개구멍으로 기어들었다.

수습기간 동안에는 두 번의 외출이 허락되었다. 아리스톤은 외출증을 가지고 학파 정문을 나왔다. 야밤에 개구멍을 통해 수시로 드나들었지만 떳떳이 출입하는 것은 처음이었다.

 아리스톤은 먼저 니코스를 찾아갔다. 미끼로 풀어놓은 칼잡이 테론에게서 어떤 낌새도 보이지 않는다는 말을 전해 들었다. 그는 자기 어미의 시신을 거두어준 니코스에게조차 반성하는 기미가 없다고 했다. 하룻밤 여자와 술을 살 돈만 준다면 명부에 가 있는 제 어미의 영혼도 팔아넘길 작자 같았다. 비열한 자일수록 그 대가만큼은 하는 법. 꽤 큰돈을 쥐여주었으니 그걸 믿는 수밖에는 없었다.

 아리스톤과 니코스는 디오도로스의 무덤을 향해 언덕을 올랐다. 돌에 새겨진 테트라크티스가 보이자 쓴웃음이 나왔다. 도대체 저런 그림 따위가 뭐라고……. 죽음이 임박해서까지도 형은 무슨 진리를 남기려고 했던 걸까. 과연 저것이 형의 목숨보다 중요한 걸까. 아리스톤은 머리를 가로저었다. 세상 그 어떤 것도 사람의 생명보다 귀한 것은 없다고 믿어왔다. 눈앞에서 부모의 죽음을 목도한 자신에게 형은 너무 가혹한 사람이라는 생각만 들었다.

 "디오도로스의 죽음에 대해서 뭘 좀 알아냈는가?"

 옆에 서 있는 니코스가 물었다.

 "의심은 가지만 증거가 있어야지요. 히파소스 사형이 뭔가를 찾고 있긴 한데……. 이래저래 갑갑합니다. 킬론과 시민들의 동향은요?"

 "똘똘 뭉쳐 힘을 모으는 중이라네. 물도 고이면 악취가 나기 마련이지. 현자의 학파가 너무 비대해졌어. 자그마치 사십 년이지 않는가. 어쨌든 현자는 외부인이네. 굴러온 돌이 자꾸 커지는 걸 좋아할 크로톤 사람은 없어."

니코스도 킬론의 사람이 다 된 것 같았다.

"학파를 해체라도 시킬 분위기라 그 말씀입니까?"

"킬론의 성격으로 보건대, 해체보다는 전복해서 다시 세우는 방향으로 나가지 않을까 싶네."

"그게 언제쯤이랍니까?"

"성질도 급하긴. 아직 구체적인 계획은 없어. 그저 생각을 같이하는 사람들의 힘을 모으는 것뿐이야. 학파 전복의 정당성을 획득하기 위해서 지지 세력을 구축해두어야 뒤탈이 없을 테니까. 킬론의 계략일세. 겪어볼수록 대단한 지략가더군."

아리스톤도 킬론을 누구보다도 잘 알고 있었다. 본토의 세력을 등에 업고 추방의 위기를 교묘하게 빠져나온 인물이었다. 킬론이야말로 학파와 현자의 세력이 비대해지는 것을 가장 탐탁하게 여기지 않을, 권력의 핵심이었다. 만약 킬론이 현자를 휘하에 끌어들였다면 그 위세가 가히 헬라스 본토에까지 떨쳤을 것이다. 어쩌면 킬론이 먼저 현자에게 손을 뻗었을 수도 있다고 아리스톤은 생각했다. 그러나 현자 또한 그렇게 호락호락한 인물은 아니었을 것이다. 휘어질 줄 모른다면 부러지는 길밖에는 없는 걸까. 아리스톤은 형 디오도로스도 그런 사람일지 모른다고 생각했다.

기숙관으로 돌아온 아리스톤은 히파소스의 방부터 찾았다. 눈밑의 그늘과 쑥 들어간 뺨이 그동안의 연구가 얼마나 혹독했는지 보

여주고 있었으나 어쩐 일인지 기운은 전보다 넘치는 것 같았다.

"학파를 전복시킨다면 여기에 소속된 학자들과 방대한 지식이 사라질 위기에 처할지도 모르지 않는가. 그것은 크로톤 입장에서도 막대한 손실일 거야. 킬론이 그걸 모를 리가 없을 텐데 그쪽에서 세운 사후대책은 뭐라고 하던가?"

히파소스는 바깥 소식을 이것저것 캐묻기 시작했다.

"구체적인 계획은 아직 없답니다. 지금은 물밑 작업을 하는 중인 거 같습니다. 사형이 걱정하는 대로 지식의 싹수까지 잘라 없애야 하겠습니까. 제 생각인데요, 새로운 학파와 수장을 세우지 않을까요. 킬론이 좌지우지할 수 있는 범위에서. 뭐, 결국은 세력 다툼이지요."

"아무래도 그렇겠지. 새로운 학파와 수장이라? 현자에 맞먹는 자가 수장이 되어야 할 텐데."

히파소스는 아래턱을 만지작거렸다. 아리스톤은 더는 참지 못하고 히파소스의 코앞에 얼굴을 들이밀었다.

"흙 서판의 수수께끼는 풀어내신 겁니까? 이렇게 오랫동안 시간을 끄시다니요. 제가 어떤 마음으로 기다리고 있는지 아시지 않습니까. 마름모 그림의 비밀을 풀어야 당최 속을 알 수 없는 현자의 의중을 파악할 거 아닙니까."

"자네 말대로 바빌로니아 시대에 쓰던 60진법부터 직각삼각형에 대한 수수께끼까지 모두 풀렸네만, 아직 섣불리 움직이고 싶지 않아. 내가 발견한 건 그 이상의 무엇이거든."

"그 이상의 무엇이라. 사형, 좀 쉬운 말로 해주면 안 됩니까?"

히파소스는 아리스톤에게 현자의 정리의 오류와 그 해법, 그리고 자신이 발견한 수에 대해 자세히 설명해주었다. 아직 수식에 약한 아리스톤이기에 식을 세우고 증명을 하기보다는 수의 집합들을 밀랍판에 그려보며 비유와 논리로 이해시키려고 애쓰는 모습이 역력했다.

"하늘의 별이나 바닷가의 모래처럼 무궁무진한 '수'의 전체라고 해야 할까. 우주가 새로이 열리는 느낌이었다네. 이런 성과를 거둔 이상 스승님께 먼저 고해야 마땅하겠지. 학파의 불문율에 따르자면 말이야……."

"사형, 아직은 안 돼요. 그렇게 중요한 '수'라면 다른 사람에게는 발설하지 마세요."

아리스톤이 단호하게 말했다. 곧 닥쳐올 흉흉한 세상에서 그 새로운 수야말로 두 사람을 지키는 무기가 될 수 있었다.

"또 누가 알겠습니까? 사형이 새 학파의 수장이 될지."

예상대로 히파소스의 눈동자가 깊어졌다.

아리스톤은 밀랍판을 손끝으로 더듬으며 수의 집합들을 상상했다. 아직 새로운 수와 그 개념을 아직 완전히 이해하지는 못했지만 아리스톤은 입을 다물지 못했다. 현자가 그토록 숨기려고 애썼던 천 년 전 바빌로니아 시대의 흙 서판에 그의 정리가 명료하고 자세한 공식으로서 남겨져 있다는 것만으로 놀랄 일이었다. 게다가 단순하게만 보였던, 직각을 낀 두 변의 길이가 각각 1인 직각이등변삼각형 빗변의 길이 속에 무한의 수가 담겨 있고, 천 년 전의 사람들이 나름의 방법으로 그것을 남겨놓았다니!

"아리스톤, 나는 이 수에게 이름을 붙여주려는 참이야."

별안간 히파소스가 바짝 다가와 속삭였다.

"이름이라뇨?"

"현자의 정리처럼. 새로운 수에게도 이름이 필요하지 않겠는가? 히파소스의 수! 어떤가? 욕심낼 만하지 않은가?"

순간 아리스톤은 온몸에 소름이 돋았다.

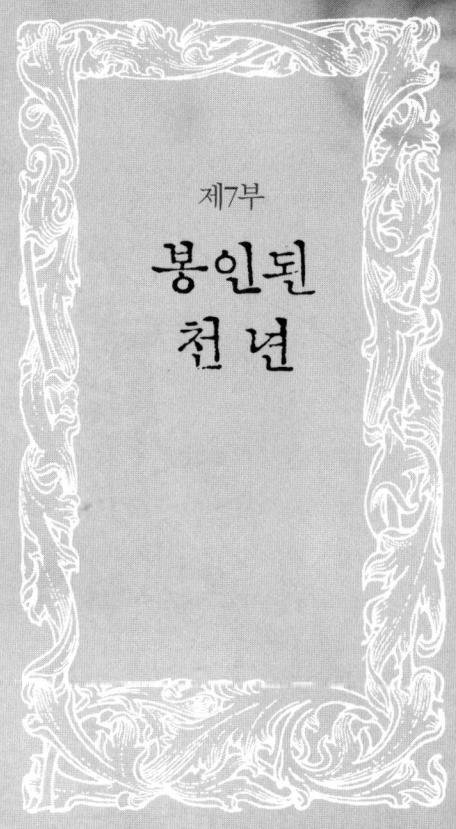

제7부
봉인된 천 년

이것에 대한 훌륭한 증명을 찾아냈으나, 여백이 너무 좁아 적을 수 없다.

페르마 Pierre de Fermat (프랑스의 수학자)

현자에게 급한 전언이 왔다. 시로스 섬의 페레키데스가 오랜 지병으로 위독하다는 것이다. 그는 《다섯 개의 동굴》이라는 우화를 쓴 작가이자 명성 높은 사상가이기도 했으며, 현자에게 영혼의 불멸성을 가르친 첫 스승이었다. 마지막일지도 모르는 순간, 마땅히 스승의 곁을 지켜야 했으나 다른 어느 때보다 학파의 안팎이 흉흉했다. 그래도 현자는 오랫동안 생각을 거듭한 끝에 시로스 섬에 가기로 결단을 내렸다. 가벼운 행장으로 단출한 여행을 준비하여 외부에 알려지지 않도록 입단속을 시켰지만, 이내 학파 곳곳이 술렁였다. 모든 준비를 마친 현자는 카리톤을 불러 학파의 운영을 지시했다. 카리톤이 좌우를 살피고는 조심스레 입을 열었다.

"제가 외람된 일을 하나 저질렀습니다."

"무슨 일을?"

"조각 부조가를 불렀습니다."

"조각 부조가? 올리푸스 신들을 조각하는 사람 말이냐?"

"네. 고위층 인사들이 두상이나 전신상을 만들어 후대에 남기는 일이 많다고 합니다. 스승님이야말로 후대까지 그 이름이 전해질 분이기에 스승님께 허락도 받지 않고 일을 추진하였습니다. 용서해주십시오. 오래전부터 생각해온 일입니다."

"네 마음 씀씀이가 그와 같다면 그렇게 하자꾸나."

현자는 흐뭇한 미소를 지으며 고개를 끄덕이다가 문득 자신이 많이 변했음을 깨달았다. 그곳 참주와의 불화로 고향인 사모스 섬을 도망치듯 떠난 젊은 날보다 지금이 더 불안하게만 느껴졌다. 그때만 해도 자신의 위상이 높아질수록 깊고 넓어지는 지혜의 눈으로 세상을 바라볼 수 있으리라 생각했다. 그러나 상상조차 못했던 권력을 거머쥔 지금, 그는 끊임없이 자신의 위치를 확인하고 싶었고 자신을 인정해주는 말에 몸이 달았다. 직각삼각형 정리에는 현자의 이름이 붙어 백 년 천 년 그의 자취가 될 것이나, 그는 더 많은 것을 원했다. 이를테면 지혜의 아비인 자신의 모습을 후대에 남기는 일. 그것을 눈치채고 일을 도모한 카리톤이야말로 진정 경계해야 할 대상은 아닐까 번민하는 사이 부조가가 들어와 예를 갖추고 일을 준비했다. 현자는 굳은 표정을 짓고 있을 자신의 얼굴을 만졌다. 손가락이 주름진 이마를 지나 탄력을 잃은 뺨과 고집스러운 입가를 지났다. 현자는 조각가에게 지금의 자신보다 조금은 젊고 자애로운 표정의 얼굴을 남기라고 명령했다.

부조가가 현자의 두상을 막 본뜨고 있을 때였다. 히파소스가 방에 들어섰다. 신경이 곤두선 현자는 조각가에게 밖으로 나가라고 일렀다. 채 본을 뜨지 않은 부조가 허연 밀가루 덩어리처럼 남아 있었다.
"다모는 참 영리한 아가씨입니다"
히파소스가 여유로운 표정으로 먼저 말을 꺼냈다. 지난번보다 혈색이 많이 좋아졌고 얼굴에 살도 올라 있었다.
"다모?"
"네, 여기 오는 길에 뵈었습니다. 뜰에서 정다면체 도형을 그리고 있더군요."
"내 아내 테아노의 여식이기도 하지. 테아노를 쏙 빼닮았어."
지금은 사내로서의 분노를 감추고 협상을 해야 할 때다. 현자는 거듭 생각하며 노골적으로 히파소스를 비난하고픈 마음을 삭였다. 히파소스는 한 손을 허리에 얹고 다른 손으로 턱을 만지작거렸다. 그 동작이 학자라기보다는 귀족회의에서 의견을 펼치는 의원처럼 보였다.
"스승님의 긴 여정에 조그만 기쁨을 드리고자 이렇게 찾아왔습니다. 박차를 가하라고 명하신 연구의 성과를 말씀드리고자 합니다."
"자세히 고하라."
"먼저 제가 질문 하나를 드려도 괜찮겠습니까?"
현자는 보일 듯 말듯 고개를 끄덕였다.
"스승님께서는 정녕코 직각삼각형의 정리가 한 치의 오류가 없는 진리라고 확신하십니까? 이 사람이 어리석어서 밑변이 각각 1인 직각삼각형에서 빗변의 길이를 구하고자 수일을 고심했습니다. 스승님이라면 그 값을 알고 계시리라 사료됩니다. 저에게 그 값을 알려주십시오."
"빗변의 길이를 제곱한 값이 2라는 것은 알고 있을 테지. 그러나 어떤 수를 제곱해도 2는 구해지지 않아. 내 정리를 더욱 확고부동하게 만들겠다는 그대의 연구가 그 값에 대한 것이 아니던가?"

"하나의 정설로 제시된 명제에는 참과 거짓만 있을 뿐이라고 스승님께 가르침을 받았습니다. 그럼 이 학설은 거짓으로 판명되어야 마땅하지 않습니까?"

"네 의도가 대체 무엇이냐? 연구의 성과를 고하러 왔으면 소상히 그 내용을 펼치는 것이 제자의 도리일 텐데."

현자는 주먹을 쥐어 단전을 눌렀다.

"치명적인 오류 따위는 애초부터 존재하지 않았습니다. 직각삼각형 정리의 치명적인 오류⋯⋯는 사실, 천 년의 비의를 간직하고 있었습니다. 절대 가치를 지녔으나 스승께서 모르셨던 '수'가 바로 그 열쇠입니다."

"내가 모르는 절대 가치의 수라. 지금 나를 놀리는 것이냐."

"어떤 수를 제곱했을 때 2라는 숫자가 분명히 나온다는 말씀을 드리고 싶었을 뿐입니다. 또한 그 수는 스승님께서도 늘 곁에 두셨던 수이기도 합니다. 오랫동안 학파의 상징이었던 펜타그램에도 존재하는 수이니까요. 아름다움의 극치, 황금비율 말입니다."

"1:1.168을 말하는 것이냐?"

"네. 그런데 혹시 1.168이라는 수가 근사값은 아니었습니까? 학파의 상징이자 스승님께서 친히 이름 붙이신 펜타그램의 비율을 정확히 검증조차 하지 않으셨더군요. 혹 닫힌 시각으로 사물을 보신 것은 아닌지요."

현자는 깨달았다. 지금 눈앞에 서 있는 짐승은 핏물 빠진 고기에 만족할 우리 속 새끼가 아니었다.

"네 말대로라면 펜타그램에도 존재하는 수가 뭐 그렇게 대단한 수라고 내 앞에서 오만하게 구는 것이냐?"

"그것은 정말 대단한 '수'였고 절대적인 가치가 있는 '수'였습니다. 그리고 그 '수'는 반드시 밝혀져야 할 진리입니다. 그러나 그것을 논하기 전에 조건이 있습니다."

현자는 자신의 귀를 의심했다. 조건이라. 혹시 테아노라도 갖겠다는 뜻일까. 피 끓는 나이에는 사랑이 전부라고 믿고 인생을 거는 법이다. 히파소스 또한 학자이기 이전에 사랑에 눈먼 사내에 불과할지 모른다. 히파소스는 오랫동안 두드리고 갈아 준비한 칼을 꺼내듯 망설임 없이 말을 이었다.

"외부로 발설하겠다는 뜻은 아닙니다. 그것만큼은 이 사람의 목숨을 다하여 지킬 것입니다. 스승님, 세 번째 불문율을 파기해주십시오. 제가 발견한 그 수를 오로지 저의 업적으로 인정해달라는 것입니다."

디오도로스와 히파소스를 제 뱃속처럼 잘 안다고 생각했던 현자였다. 그러나 지금 이 순간만큼은 둘 다 전혀 모르는 사람처럼 느껴졌다. 어쩌면 누군가를 안다고 믿는 순간 그들은 전혀 다른 얼굴로 갈아입는 것인지도 몰랐다. 히파소스 안의 괴물은 현자를 집어삼킬 기세로 몸을 세우고 있었다.

"당장 결정을 내리시기에는 여러 가지 어려움이 있을 줄 압니다. 다만 지금은 스승님께서 그토록 고민하셨던 난제가 풀렸다는 것만 말씀드리고자 합니다. 그것이 스승님의 여행길에 자그마한 선물이 되었으면 하는 것이 이 사람의 마음입니다. 부디 무사히 돌아오시길 바라며, 스승님의 결정만 기다리고 있겠습니다."

현자의 눈 속에서 그가 지난 세월을 다해 지켜온 모든 것이 불타고 있었다. 놈의 머리통을 깨부수는 한이 있더라도 그 수를 알아낼 수만 있다면 그리 했을 것이다. 그러나 조건을 수락하지 않는 이상 히파소스는 입을 열지 않으리라. 이윽고 히파소스가 나간 자리에 다모가 불쑥 얼굴을 내밀더니 놀라 뛰어 들어왔다.

"아버지, 왜 그러세요? 어디가 불편하세요?"

현자는 딸을 품에 안았다. 가빴던 호흡이 조금 진정되는 듯했다. 현자의 기색을 살피던 다모는 조심스레 입을 열었다. 다섯 가지 정다면체 도형을 만들어 자기 손으로 직접 만져보고 싶다는 것이다. 현자는 딸의 머리를 쓰다듬었다. 기하학은 관념의 학문이 아니란다. 손으로 만지고 눈으로 보고 그것이 실생활에 어떻게 쓰일까 연구하는 학문이란다. 그렇게 말하다가 울컥 울음이 터질 것 같아 몇 번이고 목을 가다듬어야 했다. 그런 생각을 한 네가 참 대견하구나. 현자의 목소리가 쉬어 있었다. 다모는 현자의 볼에 입을 맞추고 팔랑거리는 나비처럼 뛰어나갔다. 제 어미를 참 많이 닮은 아이다. 다모의 뒷모습을 바라보던 현자는 급히 에우니케를 찾았다.

아리스톤은 밤이 늦도록 잠들지 못하고 방 안을 이리저리 서성였다. 언제까지 히파소스만 믿어야 할지 판단이 서지 않았다. 형이 현자의 약점을 밝혔고, 궁지에 몰린 현자가 형을 되훔시켰다. 여기까지는 여러 가지 증거로 드러난 일이다. 아마도 그 죽음에 현자가 깊이 관여했을 것이다. 누구보다 그 사실을 잘 아는 히파소스가 차일피일 수사를 미루고만 있는데 먼 길을 떠나는 현자를 그냥 보낼 수는 없었다.

아리스톤은 붉은 흙과 상아색 흙을 퍼와서는 돌조각으로 오랫동안 빻았다. 붉은 흙을 펴바른 얼굴을 물항아리에 비추니 얼굴이 검은 편이었던 디오도로스와 닮아 보였다. 밝은 색의 흙은 입술과 볼에 발라 핏기를 없앴다. 헝겊을 뭉쳐 어깨에 꽁꽁 싸맨 다음 형이 입던 겉옷을 걸치니 체격도 비슷해졌다. 마지막으로, 침상 밑에서 칼을 꺼내 허리춤 깊이 감추었다.

기숙관을 빠져나오자 냉기가 정강이까지 올라왔다. 발소리를 내지 않기 위해 신발을 신지 않은 탓이다. 아리스톤은 길을 따라 걷지 못하고 풀과 나뭇가지를 헤치며 걸었다. 달빛을 받아 빛나는 현자의 거처가 유난히 도드라져 보였고, 등 뒤로 펼쳐진 명상의 숲은 거대한 짐승처럼 몸을 말고 엎드려 있었다. 아리스톤은 가죽에 싸인 칼날을 손끝으로 매만졌다. 인적이 뜸한 밤이었지만 일부러 으슥한 곳만 골라 디뎌 이윽고 현자의 방문 앞에 닿았다. 희미한 불빛이 새 나왔다. 침상에 앉아 있는 현자의 옆모습이 보였다. 슬며시 문을 열자 현자가 천천히 고개를 돌렸다.

침상 맞은편에 채 완성되지 않은 현자의 부조가 보였다. 한데 뭉쳐진 이목구비가 비밀을 감춘 것 같았다. 아리스톤은 디오도로스가 생각에 잠길 때 그렇게 하던 것처럼 팔짱을 단단히 끼고 고개를 숙였다.

"누구냐?"

"저를 모르시겠습니까."

아리스톤은 입술도 거의 달싹이지 않고 작고 낮은 목소리로 읊조렸다.

"누구이건 간에 여기가 어디라고 함부로 들어왔느냐? 썩 물러가지 못하겠느냐!"

"저를 모른다는 말씀은 못 하시겠지요."

아리스톤은 기분 나쁜 웃음소리로 끽끽거리며 고개를 들었다.

"너는……. 네, 네가 어떻게 여기에……."

현자가 등 뒤로 손을 짚으며 상체를 젖혔다. 눈동자가 심하게 일렁거렸다. 아리스톤은 한 발씩 천천히 침상으로 다가갔다. 구석까지 물러난 현자가 입을 열었다.

"……디오도로스!"

현자의 목소리는 횃불에서 날리는 불꽃처럼 날카롭게 올라가다가 흩어져 부서졌다.

"네가 어떻게 여길……."

"그래, 내가 죽어서 기쁘셨나요?"

아리스톤은 칼을 뽑아 들이밀었다.

"이게 뭐 하는 짓이냐?"

"말해! 날 어떻게 했지?"

아리스톤이 쥔 칼끝이 현자의 목울대에 닿을 듯했다.

"그렇게 억울했던 것이냐. 날 죽이러 왔다면 그 칼로 나를 찔러라. 네가 어쩔 수 없었던 만큼 나도 어쩔 수 없었다."

아리스톤은 칼을 움켜쥔 손을 부르르 떨었다. 다시 한 번 칼을 허공에 힘껏 치켜든 순간 현자가 맥없이 쓰러졌다. 아리스톤은 침상 옆에 꽂혀 있는 횃불을 돌바닥에 비벼 끄고 방을 나왔다.

아리스톤은 기숙관으로 돌아가 히파소스의 방문을 슬며시 열고 침상에 똑바로 누운 이의 어깨를 툭툭 쳤다. 눈을 비비던 히파소스는 깜짝 놀라 몸을 벌떡 일으켰다.

"디오도로스!"

아리스톤은 천장이 떠나가라 큰 소리로 웃었다. 겨우 정신을 차린 히파소스가 숨을 내리 쉬며 아리스톤에게 주먹을 날렸다.

"한밤중에 이게 무슨 장난인가? 죽은 디오도로스인 줄 알고 깜짝 놀라지 않았나."

"제가 형과 그렇게 비슷했던가요? 현자가 기절할 만도 하네요."

"그게 무슨 소리야?"

아리스톤은 히파소스에게 현자와 대면한 이야기를 풀어놓았다.

"아무리 그래도 그렇지, 장난이 심했군."

"그냥 마음속의 의심을 해결하기 위해 위협만 주려고 했지만 현자가 기겁하는 모습을 보니 모든 것이 확실해지더군요. 하마터면 그 목에 칼을 꽂을 뻔했습니다."

"섣부른 생각은 말게. 현자는 자네 혼자 그렇게 처리할 인물이 아니야. 어쨌든 크로톤의 거목 아닌가. 거목은 거목으로 쓰러뜨려야지. 차라리 킬론이 도모한다는 거사에 동참하는 것이 낫지 않겠나."

히파티온을 머리까지 뒤집어 쓴 낯선 사내가 히파소스에게 악수를 청했다. 엉겁결에 사내의 손을 잡는 순간 히파소스의 몸에 소름이 끼쳤다. 차고 매끄러운 파충류가 재빠르게 손바닥 곳곳을 탐색하는 듯했다.

"누구요?"

"현자께서 보내셨습니다."

말을 하면서도 그는 입을 보이지 않으려 애쓰는 것 같았다. 지식의 아비로 추앙받는 현자가 아무도 모르게 이런 자를 측근으로 두고 있었단 말인가.

"현자께서 모르신다고 생각하셨습니까?"

"무슨 얘긴지 나는 도통 모르겠군."

"끝까지 시치미를 떼는 거요. 자, 이 물건의 주인까지 모른다고 잡아떼진 못하겠지."

사내는 히파소스에게 가죽 두루마리를 건넸다. 테아노의 도장반지가 찍혀 있었다. 잃어버렸다는 테아노의 서신이었다.

"여기 당신 이름이 버젓이 있군. 히파소스 님, 당신의 사랑이 변하지 않았다면 제 방으로 꼭 한 번 와주십시오. 외간 남자에게 자기 방으로 와달라고 하다니. 심상치 않은 관계라고 봐도 되겠지."

사내의 웃음소리는 웃음이라기보다는 낮은 비명처럼 들렸다. 사실을 알고도 히파소스를 태연하게 맞은 현자는 얼마나 무서운 사람인가. 히파소스는 곤혹스러운 기색을 드러내지 않으려 안간힘을 썼다.

"현자께서는 당신과 테아노가 부적절한 사이라는 것을 처음부터 알고 계셨소이다. 그런데도 당신을 용서하셨지요. 왜 그러셨을까요. 현자는 제자를 아끼는 마음이 크신 분입니다. 그런데 당신은 어떻게 했습니까. 실낱같은 명예를 꿰차려는 욕망으로 배신을 선언했다지요."

히파소스는 사내의 말을 끊었다.

"스승님께서 당신을 보낸 의도만 전달하시오. 그것이 당신 역할인 것 같은데. 당신 훈계 따위를 듣고 싶진 않소이다."

"역시 현자께서 아끼는 수제자답군요. 용건만 말하라. 좋습니다. 조건은 테아노요. 어떻습니까?"

히파소스는 잠시 어리둥절했다. 너의 모든 연구를 현자의 업적으로 돌려라. 만약 그렇게 하지 않는다면 스승의 아내를 범한 죄를 학파에 알려 너를 파멸시키겠다. 이와 같은 협박이 이어질 줄 알고 대응할 말을 찾고 있던 터였다.

"현자께서 큰 결단을 하셨습니다. 당신이 그 진리를 상납한다면 상당한 재물, 그리고 테아노와 함께 당신을 학파 밖으로 내친다고 하셨습니다. 물론 학파 안팎에는 철저히 비밀을 지킬 것입니다. 어떻습니까. 사랑하는 여인을 얻는 것이."

히파소스는 그 제안이 조금도 기쁘지 않았다. 현자에게 남아 있었던 일말의 경외감과 죄책감마저 사라졌다. 명성을 얻기 위하여 세 아이를 낳고 살아온 아내를 팔아넘기는 현자가 일개 범부보다도 못하다는 생각이 들었다. 고작 그런 현자를 그토록 숭배하고 절대시해왔던 걸까. 히파소스는 숙고해보겠노라고 답했다.

사내는 다시 찾아오겠다는 말을 남기고 올 때와 똑같이, 발소리조차 내지 않고 사라졌다. 순수한 진리를 명성과 권력의 또 다른 얼굴로 이용해온 현자는 대체 몇 개의 얼굴을 가진 사람이었던 걸까. 진리를 향한 진실한 모습은 아예 없는 걸까. 평생을 두고 욕망해온 것을 눈앞에 두었지만 히파소스는 행복하지 않았다.

문서실과 방에 틀어박혀 침식도 잊은 채 연구에 열정을 바쳤던 순간에는 오직 그것이 전부였다. 명성도, 탐욕도 뒷전이었다. 단단한 바위 밑에 흐르는 지식의 정수. 그 맑은 물을 맛보기 위하여 경건한 마음으로 곡괭이를 내리꽂았다. 그런데 마침내 지식을 손에 넣자 그 너머의 것을 원하게 되었다. 현자의 얼굴에 자신의 얼굴이 겹쳐지며 굴절되고 있었다. 어느새 진동하는 썩은 냄새. 현자가 과거의 지혜를 도용해 자신의 이름을 붙였듯이 히파소스도 그와 똑같은 욕망을 꿈꾸지 않았는가.

히파소스는 머리를 흔들었다. 지금은 인간의 여러 가지 욕망에 대해 고민할 때가 아니다. 시간이 없다. 히파소스는 현실적인 상황을 타진해보았다. 밖에서는 킬론이 거사를 준비한다고 했지만 쉽지만은 않으리라. 만약 성공한다 해도 자신이 새로운 학파의 수장이 된다는 보장은 없었다. 또 수장의 자리에 오른다고 하더라도 테아노가 히파소스를 받아들일지는 의문이었다. 얼마나 대단한 명성을 얻는다고 한 치 앞을 볼 수 없는 험난한 길에 발을 들여놓는단 말인가. 그까짓 진리야 아내조차 헌신짝처럼 버릴 만큼 명성에 눈이 뒤집힌 현자에게나 줘버리는 것이 나을 것이다. 그렇게 하고는 테아노에게 사랑을 호소해보자. 디오도로스의 죽음을 알리고 위로한다면 그녀도 마음을 돌리지 않을까. 사랑스러운 테아노의 품에서 범부로서의 인생을 사는 게 더 행복할 것이다. 현자를 상대로 여기서 더 버티다가는 디오도로스 꼴이 되지 말라는 법이 없다.

히파소스는 양가죽을 펼치고 붓을 들었다. 순환하지 않는 무한소수를 발견했던 과정을 천천히 써내려갔다. 연구에 연구를 거듭한 히파소스는 현자에게 다녀온 후 순환하지 않는 무한소수가 현자의 수가 아님을 증명하는 방법까지 고안해냈다. 직접 증명법을 쓰지 않고 명제를 부정한 가정을 세워 증명하다 보면 결론에 이르는 과정에서 모순이 발생하게 된다. 그러므로 부정했던 명제가 사실이 아님을 나타내는 귀류법을 썼다. 히파소스는 어떤 반론도 제기하지 못할 완벽한 보고서에 도장을 찍었다. 산고로 얻은 자식을 넘겨주는 쓰라림이 밀려왔다.

∽∽

며칠 사이 늙어버린 듯한 현자의 얼굴이 히파소스의 서신을 읽는 동안 생기를 되찾고 있었다. 히파소스의 서신 한 장이 현자의 표정을 저렇게 바뀌게 할 수 있다니. 에우니케는 안도와 함께 질투를 느꼈다. 현자는 에우니케가 있다는 것도, 자신의 위치도 망각한 사람처럼 외쳤다.

"순환하지 않는 무한소수의 영역이 있었다니! 그런 비의가 존재했다니! 애초부터 오류 따위는 존재하지 않았단 말이지. 결국 직각삼각형의 정리는 더 확실해졌고 거기다 새로운 수까지 발견하게 되었으니 이것이야말로 일거양득이 아닌가. 히파소스가 해낼 줄 알았어. 제우스 신 제단에 이백 마리의 소를 바쳐도 아깝지 않아. 이제 수의 신기원을 수립한 현인의 제왕으로 길이 남을 일만 남았도다."

그 기쁨을 함께할 수 없음이 에우니케는 새삼 안타까웠다. 현자의 정신세계는 도달할 수 없기에 에우니케에게 더 깊어지는 욕망의 대상이었다.

"기쁨을 미루시고 현안을 해결하는 것이 순서가 아니겠는지요."
"현안이라?"
"히파소스 말입니다."

"이제 그것은 네 몫이 아니냐? 그리고 내가 잠시 지식에 경도되어 너에게 확인해야 할 문제를 잊을 뻔하였구나."

"말씀해 주십시오."

"디오도로스, 그자를 정말 깨끗이 처리했느냐?"

"이를 말씀이겠습니까. 지금쯤 하데스 신의 발 밑에서 자신의 죗값을 치르고 있을 것입니다."

"그럼 됐다. 내가 분명 심신이 허약했던 게야."

"무슨 일이 있으셨습니까? 그렇지 않아도 얼굴이 많이 상하셔서 마음이 아팠습니다."

"디오도로스를 보았다."

"마음을 단단히 잡수십시오. 디오도로스 일은 저만 압니다. 현자와는 상관이 없는 일이 아닙니까."

"네가 의식이 있을 때는 그렇겠지. 의식을 잃었을 때 나오는 말은 어찌하겠느냐."

"무슨 말씀이십니까?"

"아니다. 그래 네 말대로 모든 것은 너의 일이니라. 내가 여행을 떠난 직후에 바로 처리하도록 해라."

현자의 표정이 차갑게 굳어졌다. 학파의 수장으로 있으면서 현자의 냉정은 몸에 밴 습관이 되어버린 지 오래였다. 잠자코 문을 나서려는 에우니케에게 현자가 공허한 얼굴로 물었다.

"나에 대한 너의 연모, 그 궁극을 생각해본 적이 있느냐?"

"무슨 말씀이신지요? 미욱한 저로서는 뜻을 헤아리기가 어렵습니다."

현자는 단상에서 내려와 무릎을 꿇고 있는 에우니케를 안아 일으켰다. 현자의 혀를 받아들이는 에우니케의 혀도 뜨거워졌다. 현자와 에우니케는 서로의 옷을 차례로 벗겨내며 침상으로 갔다. 현자는 에우니케의 몸을 현을 고르듯 매만졌다. 에우니케는 현자의 품을 파고들었다. 에우니케의 몸속으로 현자가 들어왔다. 각기 다른 방향에서 흘러오던 물과 물이 만나듯 그렇게 두 사람의 육체는 자연스럽게 엉켜들었다. 절정에 이르자 에우니케의 요추는 심하게 요동쳤다. 사랑의 궁극은 물이지요, 물! 에우니케의 입에서 신음처럼 나온 대답이었다. 두 사람의 몸은 뜨겁게 달아올랐다.

"물이라 했느냐?"

현자가 뒤에서 에우니케의 어깨를 감싸안으며 물었다. 에우니케는 현자의 몸을 한 번 더 받아들이는 것으로 대답을 대신했다.

"무릇 남녀 간의 사랑이란 물처럼 만난 후 흘러가 넓은 대양에 이르는 것이겠지. 그러나 너와 나의 사랑은 불이니라. 뜨거움으로 화르르 타올라 종국에는 재와 연기밖에 남지 않는 것이지. 그래도 상관없겠느냐?"

에우니케가 몸을 돌려 현자의 입술을 덮쳤다.

"상관없습니다. 이 뜨거운 불길이 결국 자취조차 없이 사라진다고 해도 지금 이 순간, 현자의 사랑을 확인한 것만으로 저는 만족합니다."

에우니케의 말에 현자의 눈에 눈물이 고였다. 현자의 눈가를 혀로 부드럽게 핥는 에우니케의 눈에서도 눈물이 흘렀다.

방을 나서기 전 에우니케는 잠들어 있는 현자의 얼굴을 천천히 쓰다듬었다. 사랑하는 사람의 눈썹과 콧대와 입술을 감지하는 그의 손끝이 미세하게 떨렸다.

명상의 숲을 빠져나온 에우니케는 칼잡이가 있다는 술집을 물어 물어 알아냈다. 대가를 지불한다면 일을 맡아줄 사람은 많았다. 그러나 그 사내만큼 일처리가 완벽한 자를 찾기는 힘들 터였다. 에우니케가 칼잡이를 찾아갔을 때 그는 조금 놀란 얼굴로 뒷걸음질을 쳤다.

"내일 밤, 그림자가 다섯 자로 늘어나는 시각이야. 저잣거리 입구에 서 있는 자라네. 암호는, 테아노 님을 기다리십니까. 잘 기억해두시게."

"이번에도 생명보다 귀중한 의리를 저버린 인간이오?"

"아, 그자에게는 한 가지 죄목이 추가되어 있다네. 현숙한 남의 아내와 간음을 했다네. 어떤가? 죽어 마땅한 인간이 아닌가?"

에우니케는 금괴를 내밀었다. 그것을 받는 칼잡이는 무표정했다.

히마티온 자락을 펄럭이며 그곳을 나온 에우니케는 사랑과 운명에 대해서 생각했다. 재와 연기로 사라지는 것이 사랑의 궁극이라고 했다. 에우니케는 현자가 했던 그 말의 의미를 알고 있었다. 현자의 떳떳한 애인이고 싶었던 적도 많았으나 그것은 현자가 원하지 않았다. 그렇게 애원의 눈길을 보내도 몸조차 쉽게 허락하지 않았던 현자였다. 에우니케에게 준 현자의 사랑은 마지막을 의미했다. 완전히 연소된 불꽃, 그 뒤에는 어둠과도 같은 죽음이 정해진 수순일 것이다. 현자의 눈물에 에우니케 또한 눈물로 화답했다. 현자의 뜻을 따를 것이라는 무언의 약속이었다. 현자를 위해 두 번의 살인을 저지른 에우니케였다. 그 살인을 사주한 사람이 현자라는 것을 아는 유일한 사람이기도 했다. 만에 하나라도 체포되어 모진 고문에 시달려 의식을 잃는다면 현자의 이름을 발설할 수도 있었다. 현자는 그것을 두려워했던 것이다. 에우니케 또한 스스로의 입을 믿을 수 없었다. 이제 죽음의 돌밭에 그 입술을 묻어야 했다. 현자를 사랑한 운명이 그것이라면 에우니케는 조용히 받아들이기로 마음먹었다.

그림자의 길이가 다섯 자로 늘어난 시각, 에우니케는 저잣거리에 서성거리던 히파소스가 칼잡이와 만나는 것을 확인했다. 해안가로 가는 길은 히파소스에게 죽음의 통로가 될 것이다. 이제 모든 일은 끝났다.

에우니케는 한적한 바닷가를 거닐었다. 히마티온 속에 감춰둔 한 움큼의 독약. 현자가 칼잡이에게 주라며 금괴를 줄 때 함께 쥐어준 것이다. 에우니케는 독이 담긴 주머니를 꼭 쥐었다. 사랑하는 이가 준 마지막 선물을 입안에 털어넣는 에우니케의 심장은 그 어느 때보다 뜨거웠다. 혀가 굳고 목구멍이 타들어가는 아픔에 이어 몸 안에 불이 지피는 것 같았다. 사지에 경련이 일어났다. 새파랗게 굳어지는 에우니케의 입에서 붉다 못해 시커먼 피가 울컥 터져나왔다.

그림자가 다섯 자로 늘어나는 시각이다. 히파소스는 붉다가 푸르러지고, 결국은 검게 내려앉는 어둠을 응시하고 있었다. 바람결에 저잣거리의 악취가 묻어났다. 시궁창에서 올라온 쥐가 히파소스의 발등을 잽싸게 스치고 지났다. 약속 장소인 저잣거리 모퉁이는 인적이 아주 뜸한 곳은 아니었지만 히파소스는 자신에게 향하는 발소리를 단번에 알아채고 고개를 들었다.

앞에 나타난 그림자는 히파소스 것의 두 배는 되는 듯했다. 필레가 나올 것이라 생각했는데……. 히파소스는 고개를 갸웃했지만 그자가 암호를 말했다. 테아노 님을 기다리십니까? 지금이다. 바로 이 순간을 위해 히파소스는 자신이 가진 모든 것을 버렸다. 히파소스는 목소리를 떨지 않으려 주먹을 꼭 쥐었다.
"그렇소이다. 테아노 님은 어디 있소?"
"나를 따라오시오."
그자는 어둠 속에서 등을 돌렸다. 그 목소리가 어쩐지 낯설지 않았다. 어디서 들었더라? 어느새 두 사람은 저잣거리의 중심에 들어섰다. 찌든 기름내에 음식 썩는 냄새, 시궁창 냄새가 뒤섞여 났다. 히파소스는 코를 틀어막았다. 쥐들이 찍찍거리며 재빠르게 몸을 움직이는 것이 언뜻언뜻 보였다. 말로만 듣던 하층시민들의 생활이 고스란히 느껴졌다. 하급 관리의 아들로 태어나 아고라 광장 근처 주택에 살며 어려운 것 없이 성장한 히파소스에게는 분명 낯선 풍경이었다. 히파소스는 세상의 쓴맛, 단맛을 보기도 전에 학파에 입문했다. 짐승의 내장 같은 길이 이어지자 히파소스의 걸음은 자꾸 더디어졌다.
"이보시오, 도대체 나를 어디까지 끌고갈 거요. 좀 천천히 갑시다."
히파소스는 참다못해 그를 불러 세웠다. 목소리를 다시 들어보려는 속내도 있었다. 그자가 우뚝 멈춰섰다. 히파소스는 두 손으로 무릎을 짚은 채 엉거주춤한 자세로 숨을 헐떡거렸다.
"아직도 나를 모르겠소?"
그자는 힐끗 뒤를 돌아 히파소스의 눈앞에 얼굴을 들이댔다. 부리

부리한 눈과, 한 번도 손질하지 않은 것 같은 흑갈색 수염이 눈에 들어왔다. 자신이 디오도로스의 수순을 그대로 밟고 있는 것을 깨달은 히파소스는 온몸의 털이 곤두서는 것 같았다. 제자의 진리를 움켜쥐고 자신의 이름으로 발표해 천 년의 영광을 누릴 스승은 그것으로도 성이 차지 않았던 것일까.

"이제야 아셨소?"

"당신은 그때 유곽에서 만난…… 그럼 처음부터 나를 알아본 것이오? 아, 아니 처음부터 나인 줄 알고 약속 장소에 나왔단 말이오?"

턱이 덜덜 떨려 이가 부딪는 소리가 히파소스 자신의 귀에까지 들릴 지경이었다.

"나를 죽이라고 시켰겠지."

"물론이오. 그러나 마음 놓으시오. 지금 내가 노리는 건 형씨가 아니니까."

"돌 주머니를 목에 매어 천 길 물속에 빠뜨려 죽여야 할 자는 바로 현자로군."

"그것 참 재미있는 일이로군. 당신을 꼭 그렇게 없애라고 합디다. 목에 무거운 돌을 매달아 수장시키라고. 그래야 뒤탈이 없다고. 결국 이 모든 일의 배후가 바로 현자란 말인가. 신의 탈을 뒤집어 쓴 악마가 따로 없군그래. 그 현자라는 작자 말이요. 그래도 디오도로스보다는 곱게 죽여달라 명령했다오."

칼잡이는 기가 막힌다는 듯 피식 웃었다. 히파소스는 겨우 정신을 수습하고 칼잡이와 나란히 걸었다. 칼잡이의 발이 벌집처럼 연결된 좁은 뒷골목을 지나 해안가로 향했다.

"이제 금값을 좀 해볼까. 나를 따라오되, 여기서부터는 숨소리도 죽여야 하오."

칼잡이가 속삭였다. 짙은 남청색 바닷가에 하얀 포말이 긴 띠처럼 몰려왔다가 물러났다. 어두워지는 하늘에는 성미 급한 별들이 하나 둘씩 반짝이기 시작했다. 칼잡이는 정박해 있는 배들 사이로 몸을 잔뜩 낮추었다. 히파소스도 그를 따라 몸을 웅크렸다. 어부들마저 집으로 돌아간 한적한 바닷가에 휘청이는 그림자가 있었다.

"드디어, 쥐새끼가 나타났군."

"날 죽이라고 사주한 자가 저자란 말인가?"

"아까는 시간을 끌어서 미안하게 됐소이다, 놈이 저잣거리의 상인들 무리 속에 몸을 숨기고 우리를 지켜보고 있었소. 뭐, 형씨는 그걸 알아챌 정신이 없었겠지만. 형씨가 죽일 대상이란 걸 알고 여기 온 건 아니었소만, 어쨌든 내 목표물은 저놈이오. 뒷골목만을 통과해 그늘만 디디며 왔으니 우리가 여기 있는 줄은 꿈에도 모를 거요."

칼잡이가 쥐새끼라고 부르는 사람이 자신을 찾아온 검은 두건의 사내라는 것을 히파소스는 어렵지 않게 짐작할 수 있었다. 닿을 듯 말 듯 밀려오는 물거품을 따라 몇 발을 옮기던 그가 그 자리에 우뚝 서는가 싶은 순간 칼잡이가 몸을 던졌다. 칼잡이의 몸 아래 나뒹구는 그의 입에서 비명이 터졌다. 하얀 얼굴과 옷은 온통 피투성이였다. 히파소스는 그의 손에 남아 있는 가루를 가죽 주머니에 털어 넣으며 외쳤다.

"이자를 어떻게든 살려야 하오!"

히파소스는 다급하게 외쳤다. 칼잡이는 그를 어깨에 걸치고 바닷물로 달렸다. 히파소스도 모래 속에 발을 푹푹 빠뜨리며 뛰었다. 그의 입을 바닷물로 여러 번 헹구었지만 이미 얼굴빛이 푸르스름하게 질려가고 있었다.

"빨리, 빨리, 니코스 노인 집으로 갑시다."

테아노는 올림푸스 신전을 향해 무릎을 꿇었다. 신들의 우두머리이며 정의의 신 제우스, 태양과 예술의 신 아폴론, 바다를 관장하는 신 포세이돈이시여……. 신들의 이름을 부르는 테아노의 입술이 바짝바짝 타들어갔다.

현자가 여행길에 오르기 전날, 현자는 인사차 찾아간 테아노에게 문조차 열어주지 않았다. 대신 사환을 보내어 테아노에게 근신할 것을 명하면서, 여행에서 돌아오는 즉시 그녀의 죄를 물을 것이라 했다. 말을 마친 사환은 현자의 서신 두 꾸러미를 전했다. 우선 하나를 펼쳐든 테아노는 손가락이 굳는 것 같았다. 바로 테아노가 히파소스에게 보냈던, 테아노의 도장반지까지 찍힌 변명할 수 없는 서신이었다. 또 하나의 서신은 현자가 보낸 것이었다.

부도덕한 테아노여, 읍하는 마음으로 나의 말을 들을지어다. 함께 보낸 서신으로 그대의 죄가 드러났음을 알린다. 현숙함으로 본이 되어 마땅해야 할 그대의 죄를 차마 필설하지 못하겠노라. 부정한 테아노여, 그 상대가 히파소스라는 데 더욱 참담함을 금치 못하겠다. 평소 그를 지극히 아꼈던 나였다. 나의 분노가 어떠했을지 짐작조차 못할 것이다. 그대의 음란에 동조한 히파소스를 퇴출할 것을 명했노라…….

거기까지 읽은 테아노는 서신을 떨어뜨리고 말았다. 테아노의 머릿속엔 히파소스를 퇴출시킨다는 글귀만 선명하게 떠올랐다. 자신의 거짓 사랑이 올가미가 되어 그를 퇴출에 이르게 하다니! 비록 히파소스와의 사이에 한 점 부끄러움이 없었다 해도 테아노는 이미 스스로 음란한 여인이었다. 자신은 어떤 벌이라도 달게 받을 수 있었다. 하지만 히파소스가 곤욕을 당하는 일만은 없어야 했다. 동정을 살피러 나간 필레가 마침내 돌아왔다.

"어찌 되었느냐?"

"방이…… 비어 있습니다."

퇴출인가. 무릎이 꺾이는 테아노를 필레가 간신히 일으켜 세웠다.

"테아노 님, 정신 차리세요. 아직은 모르는 일입니다. 테아노 님처럼 근신이 떨어진 것일 수도 있잖아요."

테아노는 필레의 위로가 하나도 귀에 들어오지 않았다. 적어도 이곳 크로톤의 학자에게 학파로부터의 퇴출이란 죽음과 다르지 않았다. 오로지 연구에 모든 것을 바쳐온 이들에게 그 벌은 너무나 가혹했다. 행방을 알 수 없는 디오도로스와, 곧 그렇게 될 히파소스. 스승의 아내를 사랑한 불운한 학우들이었다.

니코스는 사지가 결박된 남자의 입에 쉴 새 없이 약물을 흘려넣었다. 몇 시간쯤 흘렀을까. 새까맣게 죽어 있던 입술에 핏기가 돌아오더니 경련 같은 기침이 터졌다.

"깨어났군."

"살았어요!"

니코스의 집에 모여 있던 사람들이 가슴을 쓸어내렸다.

"이것으로 당신네와의 거래는 끝난 셈이로군. 난 내 갈 길을 갈 것이니 다시는 얼굴 마주치는 일 없도록 합시다."

칼잡이는 몸을 일으켰다. 가늘게 눈을 뜬 남자는 자신이 살아 있다는 사실조차 저주스럽다는 듯 몸을 마구 뒤틀었다.

"현자가 나를 죽이라고 사주하였느냐?"

히파소스가 다그쳤지만 남자의 눈에는 아무런 동요가 없었다.

"입을 다물고 있다고 해결될 일이 아니다. 현자의 조건을 듣고 날 찾아온 사람이 바로 너였다. 칼잡이에게 나를 죽이라 한 것도 바로 너였고, 네 배후에 있는 인물이 현자라는 것도 잘 알고 있다. 귀족회의에서 그동안의 일을 낱낱이 밝힌다면 네 죄도 어느 정도 참작될 것이다. 진실을 말하라."

남자의 입이 열렸다.

"난 당신을 한 번도 본 적이 없소. 당신을 찾아간 일도 없소. 나는 다 모르는 일이오. 제발 나를 죽여주시오."

"네놈 하나 죽인다고 억울하게 죽은 형의 원혼이 달래질 것 같으냐. 기필코 너를 족치고 현자를 아고라 광장에 세울 테다!"

소식을 듣고 한달음에 달려온 아리스톤이 남자를 거칠게 들어올렸다. 간신히 아리스톤을 떼어낸 니코스가 말했다.

"네가 무슨 연유로 현자의 하수인이 되었는지는 모르나 현자는 살인자다. 마땅히 귀족회의에 넘겨져 벌을 받아야 할 사람이다. 네가 현자의 모든 죄를 뒤집어쓰고 간다고 현자가 무사할 것 같으냐. 현자 하나만 귀족회의에 넘긴다면 그동안 현자를 따르던 학도들의 신상에는 피해가 없을 것이다. 그러나 네가 끝내 고집을 부린다면 학파는 물론 헬라스 전체가 시끄러울 일이다. 아무 죄 없는 학도들까지 피해를 입어서야 되겠느냐. 무고한 희생은 디오도로스 한 사람으로 족하지 않겠느냐?"

팔짱을 끼고 상황을 지켜보던 니논이 끼어들었다.

"이미 한 번 죽었던 목숨 아닌가요. 여기서 이럴 게 아니라 속히 귀족회의인지 뭔지에 넘기십시오. 자백을 받아내든 아고라 광장으로 끌고가서 처형을 하든 귀족회의에서 알아서 하겠지요. 우리는 우리대로 학파를 싹 밀어내면 그뿐 아닙니까. 현자가 죄를 자백한다고 골로 간 사람이 살아 돌아온답디까. 뭐 그런 걸 시시콜콜 캐묻는 거요. 현자의 모가지만 따면 될 일이지."

줄곧 침묵을 지키던 남자의 얼굴이 순식간에 일그러졌다.

"현자는 네놈 같은 쓰레기가 함부로 입에 올릴 분이 아니야! 현자를 모독했던 그 입술이 썩는 저주를 받을 것이다!"

"대단한 충신이 나셨구먼. 학파 사람도 아니었다는 네놈 정체가 도대체 무엇이냐? 늙은 현자가 네놈을 어떻게 구워삶았기에 그 지경이 되었느냐? 혹시 현자가 구린내 나는 네 궁둥이를 보면 사족을 못 썼던 건 아니냐. 계집 같은 낯바닥에 낭창낭창한 몸뚱어리를 보아하니 사내놈들에게 비역질깨나 당한 게 틀림없는데. 내 말이 틀렸나? 머릿속에 지식나부랭이 든 놈들은 남자를 더 좋아한다더니. 현자도 별 수 없군."

니논은 남자에게 목을 돋우어 침을 뱉었다. 그때였다. 신음 같기

제7부 · 봉인된 천년 —— 257

도 하고, 무엇을 삼키는 것 같기도 한 소리가 들리더니 남자의 입에서 분수처럼 피가 뿜어져나왔다. 눈동자는 하얗게 뒤집혀 있었다. 네 사람은 허겁지겁 달려들어 결박을 풀었으나 이미 사지가 축 늘어진 뒤였다. 이 사이에 물린 혀가 피범벅이었다. 니논은 진저리를 치며 문을 쾅 닫고 나갔다. 여럿이서 진실을 밝히네 마네 하며 계집 같은 사내를 어르고 뺨치는 일조차 시간 낭비 같아 마음에 들지 않았던 터였다.

 여동생을 하녀로 팔아 넘겼지만 니논은 여전히 가난했다. 그 가난은 자식들에게까지 대물림될 것이 뻔했다. 바깥에서는 크로톤이 무서운 기세로 성장하고 있다고들 했다. 신전과 관청, 또 학파 건물이 화려해진 걸 봐도 그런 것 같았다. 그러나 냄새나고 지저분한 저잣거리 뒷골목은 조금도 달라지지 않았다. 밤이면 술에 취한 무뢰배들이 칼부림을 일삼았고, 고아와 늙은이들이 주린 배를 안고 구걸을 했다. 니논과 같은 하층시민들은 아침부터 저녁까지 노동에 시달렸지만 배는 허기졌고 옷은 남루했다. 그러면서도 누군가에게 굽실거려야 하는 그들의 핏속에 뜨거운 울분이 쌓일 만도 했다.

 코레가 부른 배를 안고 돌아왔을 때 니논은 눈이 뒤집히는 줄 알았다. 가슴속에 박힌 못 같은 동생이 몹쓸 일까지 당했다며 펄펄 뛰는 니논에게 코레는 돈을 안겼다. 그리고 참주 킬론의 의도를 전했다. 언제까지 대물림될지 모르는 가난의 사슬을 완전히 끊을 수 있는 절호의 기회가 찾아온 것이다. 더군다나 대의명분까지 뚜렷한 거사였다. 킬론의 명령만 떨어지면 시민단체 젊은이들을 이끌고 학파를 덮칠 터였다. 거들먹거리던 귀족들을 짓밟는 상상만으로도 가슴이 후련했다. 다른 사람도 아닌 참주가 주도한 일이므로 대가도 보장되어 있으리라. 코레의 배가 불러올수록 팜필로스와 가족이 된 것이 으쓱해졌다. 시민단체에서도 니논을 떠받들었다. 그러나 무슨 이유인지 킬론은 뜸을 들이고 있었다. 배우고 가진 자들이 어떤 생각을 하고 있든, 니논으로서는 체면이 안 서는 일이었다. 아리스톤과 히파소스 같은, 소위 학파 물을 먹은 자들도 못마땅했다. 니코스와 코레는 아리스톤과 히파소스가 거사에 큰 도움을 줄 거라 기대하는 눈치였지만 허여멀건한 낯바닥에 곱상한 이목구비, 노동이라고는 해보지 않은 가늘고 긴 손가락, 논리정연하고 조용한 말투에 현자의 제자라니. 마음에 드는 구석이 하나도 없었다. 니논에게 지식인이란 싹 쓸어버려야 하는 존재들이었다.

귀족회의에 도착하자마자 숨을 거둔 남자의 이름은 에우니케라 했다. 아리스톤과 히파소스는 허탈한 발길을 돌려 디오도로스의 무덤을 찾았다. 디오도로스가 먼저 일을 당하지 않았더라면 무덤에 묻혀 있는 건 자신일지도 모른다고 생각하자 히파소스는 몸서리가 쳐졌다.

결국 히파소스가 얻은 것은 '무한'이라는 진리였다. 끊임없이 계속되는 펜타그램처럼 수의 세계 또한 무한과 다르지 않았다. 그 무한은 어떤 순환과 획일성도 거부하는 또 다른 세계였다. 현자가 그토록 욕망하던 것도 어쩌면 그 무한성이 아니었을까. 유한한 인생에 불멸의 명성을 입혀 무한으로 존재하고 싶은 욕심이 그를 이 지경에 이르게 한 것이다.

무덤 속 디오도로스야말로 진정한 현인이었다. 현자가 품었던 욕망에 사로잡혀 죽음 직전까지 갔다가 돌아온 히파소스는 누구도 탓할 처지가 아니었다. 문득 아리스톤의 옆모습이 쓸쓸해보였다.
"디오도로스를 죽인 자가 스승님이라니, 세상사란 참……."
"지금 심정이 어때요? 지혜의 아버지로 평생을 따르고자 했던 현자였잖아요."
"그 허탈함을 어떻게 말로 할 수 있겠나? 사람의 목숨을 담보로 한 진리가 참된 진리이겠나. 그건 권력의 또 다른 얼굴일 뿐이지."
"저 역시 허탈합니다. 어쨌든 형은 이렇게 사형의 목숨까지 구했으니 편히 눈 감을 수 있을지도 모릅니다. 그러나 저는 여기서 끝낼 수 없습니다."
"우리가 뭘 어떻게 할 수 있겠나? 자넨 아직 어리고 내게는 힘이 없어."
"거목은 거목이 쓰러뜨릴 수 있다……. 사형이 했던 말이잖아요. 잊었나요?"
"킬론."
"맞아요. 킬론 쪽에서 우리에게 손을 뻗치려는 조짐이 보입니다. 목적은 달라도 목표물은 같으니까요."
쓸쓸한 얼굴로 냉혹한 말을 내뱉던 아리스톤은 언덕을 내려오자 예의 짓궂은 표정으로 돌아왔다.
"그나저나 테아노는 한번 안아보고 쫓겨나신 겁니까요. 나도 버리고 테아노와 범부로서의 인생을 살아보려고 했던 사형 아니었습니까? 그런 여인을 어떻게 잊겠습니까."
히파소스의 얼굴이 붉어졌다. 새로운 수를 알려주면 테아노를 넘겨주겠다는 현자의 꼬드김에 넘어갔던 자신이 부끄러웠다. 아리스톤 말대로 테아노와 하룻밤조차 함께하지 못한 채 꼼짝없이 덜미만 잡힌 격이었다. 아리스톤이 히파소스의 옆구리를 쿡쿡 찔렀다.

"그거야 하셨겠지요. 제가 화대까지 지불하며 사형을 교육시켰는데. 어땠어요? 사형 다리 밑에서 숨이 꼴딱 넘어가던가요?"

"한번 찾아가긴 했지. 남자로서 정말 우스운 꼴이 되고 말았지만. 테아노 님의 마음에 나는 없었다네. 그 순간 이미 고인이 된 자네 형이 정말 밉더군. 테아노 님의 진심을 알았는데도 그 여인을 얻고자 현자의 음모에 넘어가는 어리석음을 저질렀으니. 정말 부끄럽네. 인간의 욕망은, 참."

"그게 무슨 말이에요?"

히파소스는 디오도로스가 테아노와 연인 사이였다는 사실을 아리스톤에게 털어놓았다. 아리스톤은 적이 놀랐는지 아무 말도 하지 못했다. 히파소스도 그 충격을 알고 있었다. 처음 그 사실을 알았을 때 질투와는 다른 배반감으로 혼란스러웠으니. 사람은 도대체 몇 개의 얼굴을 가지고 사는 것일까.

"사형, 지금이라도 테아노에게 사실을 말하세요."

"무슨 사실을?"

"형이 죽었다는 사실이요. 두 사람이 그렇게 사랑했던 사이였다면 누구보다 테아노가 알아야 하지 않겠어요."

"그 말을 어떻게 하겠나. 테아노 님은 나를 사랑하지 않지만 그래도 난 여전히 테아노 님을 사랑한다네. 그 사람이 아파하는 걸 지켜보는 고통이 어떤지 아는가?"

"힘든 일이겠죠. 그러나 해야 할 일이에요. 테아노가 사형에게 부탁까지 했다면서요. 형의 안부를 알아봐 달라고."
 두 사람은 어느새 명상의 숲 뒤쪽에 이르러 개구멍을 찾았다. 아리스톤은 현자와 테아노의 거처를 향해 히파소스의 등을 떠밀었다.

 킬론은 턱수염을 잡아당겼다. 현자가 스승을 문병하러 긴 여행을 떠났다는 말을 은밀히 들었다. 아리스톤이 귀띔해준 정보였다. 결국 형을 죽인 배후 인물이 현자라는 걸 밝히다니, 참으로 명민한 자다. 형의 원수를 갚고 싶습니다. 아리스톤은 킬론을 찾아와 정식으로 말했다.
 현자도 없는 이때가 학파를 와해시킬 절호의 기회였다. 니논도 그렇게 주장하고 있었다. 킬론의 명령만 떨어지면 당장 사람들을 선동해서 학파로 쳐들어가겠다고 잔뜩 벼르고 있었다.
 학도들 중에는 귀족의 자녀들도 있을 뿐 아니라 멀리 헬라스와 이집트의 영향력 있는 집안의 자손들도 섞여 있었다. 이오니아 해 연안의 두뇌가 거기 다 모여 있다고 해도 과언이 아니었다. 그들이 다 친다면 일이 일파만파로 커질 것이었다. 거사를 치루는 과정에서 어쩔 수 없는 희생은 발생하는 법이나, 적어도 명분은 있어야 했다. 무작정 뒤집어엎을 궁리만 하고 있는 니논의 무식함에 질렸지만 킬론에게 시민들의 지지를 얻게 해주는 데 그만 한 인물도 없었다.
 현자의 하수인만 살아 있었더라면……. 킬론은 입맛을 다셨다. 어쨌든 현자는 엄연한 살인자였다. 아리스톤은 이미 현자를 귀족회의에 정식으로 고발하는 모든 절차를 마쳤다. 현자 하나를 끝장내는 것은 일도 아니었다. 그러나 현자를 제거한 후에도 그의 학파가 존립한다는 게 킬론은 못마땅했다. 아리스톤도 그 점을 지적했다. 말이 통하는 자였다. 현자를 중심으로 한 학파는 완전히 붕괴시켜 버리고 새로운 이름의 학파를 재건해야 한다는 것이 아리스톤과 킬론의 공통된 생각이었다. 물론 새 학파의 수장은 킬론의 입맛에 맞는 사람으로 세워야 할 것이다. 아리스톤은 히파소스라는 인물을 추천했다.

킬론은 니논을 불러 히파소스의 됨됨이를 넌지시 물어보았다. 예상대로 니논은 험담을 늘어놓았다. 귀족이라면 덮어놓고 미워하면서도 거기에 기대려는 니논의 이율배반적인 행실이 추했다.

"코레의 배 속에 있는 아기가 이제 제법 태동을 하나봅니다. 참주님의 귀한 핏줄이니 어련하겠습니까. 팜필로스 님이 한번 들여다보시지도 않는다고 코레가 섭섭해 하던데. 아, 저야 물론 그걸 이해 못 할 졸장부는 아니지요. 하지만 여자들이란 다 그렇지 않습니까. 이런 서운함이 태아에게 좋은 영향이야 미치겠습니까. 어미는 미천하나 핏줄은 존귀한 손자가 아닌지요. 그래서 저 또한 제 조카와 참주님을 위해 이렇게 밤낮없이 뛰고 있는 게 아니겠습니까."

니논의 입가에 매달린 비굴한 미소에 킬론은 정나미가 떨어졌다. 아리스톤과 히파소스를 데려오라는 명에 니논의 목소리는 금세 통명스러워졌다.

"참주님께서는 현자의 제자였다는 자들을 왜 굳이 만나려고 하시는 겁니까? 지식나부랭이가 든 족속들은 다 한통속이라니까요."

감히 내게 토를 달다니. 킬론은 시건방진 그를 내치고 싶었지만 지금은 울뚝불뚝한 그의 증오심을 한층 부추겨야 할 시점이었다.

"히파소스라는 자를 새로 세울 학파의 수장으로 내세우라는 아리스톤의 적극적인 추천이 있었네."

"학파를 또 만드신다니요? 지금까지로 성이 안 차셨나요?"

니논은 침을 튀기며 킬론의 몸에 바짝 닿을 듯 대들었다.

"이런 무지한 사람 같으니. 시민회의와 귀족회의만으로 폴리스가 유지되는 줄 알았느냐. 현자의 학파가 제 분수를 모르고 지식을 권력화했던 게 문제였던 거지. 인재양성 기관 자체를 무너뜨릴 수는 없는 일이다. 히파소스는 현자도 아꼈던 인재라 들었다. 앞으로의 거사는 아리스톤과 히파소스, 그 두 사람과 의논할 생각이다. 자네도 그 사람들을 대할 때는 예를 갖추어야 할 것이다. 어서 가서 정중히 모셔오라."

니논은 불만이 가득한 얼굴로 두 사람을 데리고 나타났다.

"참주님이십니다. 예를 갖추어서 대하셔야 할 것입니다. 현자와는 차원이 다른 어른이라는 걸 명심하십시오."

목소리에 힘이 잔뜩 들어간 니논의 행세에 킬론은 헛웃음이 나왔다. 나름 기를 죽이고자 애쓰는 모양이었다. 킬론은 니논을 대할 때와 달리 자리에서 내려가 그들을 정중히 맞았다. 모멸감으로 얼굴이 시뻘겋게 달아오른 니논의 세모꼴 눈이 히파소스를 향했다.

니논이 밖으로 나간 후, 킬론은 자세를 바꾸어 등받이에 몸을 기댔다. 아리스톤이 조력자라면 히파소스는 꼭두각시일 뿐이었다. 킬론은 히파소스를 아래위로 훑어보았다.

"자네가 밝혀낸 이론과 학설이 굉장하다지? 아리스톤에게 들었네. 안타깝게도 그 이론은 벌써 현자에게로 넘어간 상태고, 그로 인해 생명의 위협까지 받았다니. 대단하군. 어떤 인물인지 만나보고 싶었다네. 그게 다 사실인가?"
"참주께서 알고 계신 그대로입니다."
"내가 자네에 관하여 들은 것처럼 자네도 나에 대해서 들은 바가 있을 테지."
"현자와 그 학파를 무너뜨리고자 힘을 모으고 계시다고 들었습니다."
킬론은 에두르지 않는 히파소스의 솔직함이 맘에 들었다.
"자네도 내가 학파 자체를 초토화시킬 거라고 생각하는가?"
"……"
아리스톤은 짐짓 딴청을 부리고 있었다. 굳이 협상에 끼어들고 싶지 않은 눈치였다. 아리스톤에게 외면당한 히파소스는 킬론 쪽으로 시선을 던졌다.
"크로톤에서 학자의 씨를 말릴 거라고 생각하느냐는 말일세. 물론 내가 그렇게 맘먹는다면야 못 할 것도 없겠지만."
"그런 경솔한 생각과 행동을 하실 분이었다면 참주의 자리를 지키시지 못했을 것이라 사료됩니다."
"역시 현자의 수제자답군. 가진 거라곤 불만밖에 없는 하층시민들은 내 거사를 한참 오해하고 있어. 하긴 그 오해 덕분에 내 휘하에 몰려들었으니 나무랄 수만은 없는 일이지. 현자의 업적이나 그동안 쌓아올린 혁혁한 공에는 나 또한 경의를 표하는 바일세. 하나 달도 차면 기우는 것이 세상의 이치 아니던가. 현자가 학파 수장으로 있은 지 벌써 사십 년이라네. 물갈이가 필요한 때야. 고인 물은 썩기 마련이거든. 풍랑의 조짐이 있는 배 안에서는 쥐들이 먼저 위험을 감지한다지. 같은 이치로 시민들이 그 흐름을 가장 먼저 직감했던 것이 아닐까. 난 그렇게 생각하네. 물론 외부의 움직임에 맞춰 내부에서도 시궁창 냄새가 진동했던 게지. 자네의 살인을 사주한 현자의 간교함이 그 증거가 아니겠는가. 긴말은 않겠네. 어떤가, 새로 수립할 학파의 주인이 되는 것이."

이오니아 해 연안과 에게 해의 여러 도시국가에서 추앙받는 현자의 권위와 명예를 익히 보았던 히파소스였다. 학파에서 현자는 신이었다. 히파소스의 눈이 서서히 반짝였다.

"제게 그 자리를 주시려는 참주님의 뜻을 알고 싶습니다."

히파소스의 말에 킬론은 웃음을 터뜨렸다. 키케온을 천천히 마시는 히파소스의 행동이 짐짓 여유로움을 가장하고 있었다.

"순수하게 학문만 도야하는 곳이 학파는 아니로군. 말이 통하는 친구야. 나의 뜻이라? 그렇지. 승산 없는 거사는 무가치한 일일 테니. 우선은 크로톤을 위해서라네. 현자 덕에 크로톤의 위상이 높아진 것은 인정해야 할 사실이지. 제2의 현자와 학파는 계속 유지되어야 한다고 생각하네. 두 번째는 나 개인의 사적인 이유에서겠지. 물론 자네도 눈치채고 있겠지만, 내 울타리 안에서 학파를 존속시키고 싶네. 현자가 이룩한 업적을 내 휘하에 두겠다는 말이야."

"깊이 숙고해보겠습니다."

"명심하게. 자네에게는 선택의 여지가 없다는 것을."

히파소스는 킬론에게 목례를 하고 방을 나왔다. 유능한 학자이긴 해도 킬론에게 히파소스는 그저 애송이였다. 정말로 선택의 여지가 없었다. 어쨌든 거사는 진행될 것이며, 그든 아니든 제2의 현자가 곧 추대될 것이다. 히파소스는 킬론의 눈에서 어떤 확신을 보았고, 킬론은 히파소스의 눈에서 야망을 꿰뚫어보았다.

~~~

 현자를 맞는 시로스 섬의 환영은 대대적이었다. 그곳 참주가 보낸 학자와 귀족들이 수십 명에 이르렀다. 방문 기념으로 열린 현자의 강연에도 사람들이 몰려들었다. 현자의 손짓과 기침 소리조차 놓치지 않고 경청하는 눈은 하나같이 존경심으로 가득 차 있었다. 현자는 오랜만에 피가 뜨거워지는 기분을 느꼈다. 여독이 일시에 풀리는 것만 같았다.
 강연을 끝내고 페레키데스의 방에 들어섰을 때 쌕쌕거리는 숨소리가 거칠게 들렸다. 현자는 스승의 목숨이 경각에 달했음을 알았다. 옛 얼굴을 쉽게 찾아보기 힘들 만큼 병색이 깊어 보였다. 페레키데스는 간신히 제자를 알아보고 앙상한 손을 내밀었다. 현자에게는 최초의 스승이었지만, 오늘날 학문적 깊이는 현자에게 한참 미치지 못했다. 현자를 가르쳤다는 것을 일생의 큰 자랑으로 여기며 살았던 페레키데스였다. 현자의 방문은 작은 섬 시로스의 위상을 높이는 계기이기도 했다.
 늙은 스승은 합죽한 입을 우물거렸다. 현자는 귀를 들이댔다. 일개 서생에 불과한 자신이 현자같이 위대한 제자를 둔 것이 자랑스럽고 고맙다는 말이었다. 페레키데스는 말을 채 끝내기가 무섭게 기침을 토했다. 입을 막은 리넨 수건이 붉은 피로 물들었다.

"스승님, 말씀을 많이 하지 마십시오. 스승님의 가르침이 있었기에 오늘의 제가 있습니다. 저야말로 스승님께 늘 감사하는 마음으로 살아가고 있습니다. 시로스 섬 전체가 들썩거릴 정도로 저를 환대하는 모습을 스승님이 보셨다면 더 기뻐하셨을 것입니다. 스승님의 가르침을 받았던 이 사람을 여느 참주 못지않게 환영해주더이다. 이오니아 해 연안에서 이제 제 이름은 명실상부한 위치에 있답니다. 기쁘시지 않습니까?"

현자는 페레키데스가 잘 알아들을 수 있도록 한 마디씩 또박또박 외쳤다. 피 묻은 페레키데스의 입술이 씰기죽거리며, 자신의 몸을 온통 퍼붓듯 고통스럽게 말을 꺼냈다. 혼신을 다해 전하는 마지막 가르침이었다.

"자네 변했구먼. 세상과 세월이 자네를 변하게 한 건가? 지식은 그 자체로서 빛날 때 참된 진가가 발휘되는 거라네. 권력의 손을 잡은 지식에선 악취가 나기 마련이야······."

페레키네스는 숨을 헐떡였다.

"명심하게나. 권력의 맛을 알면 누구든 시궁창같이 부패해. 학자라 해도······ 몸 파는 유녀와 다르지 않아······."

어린 현자에게 지식보다도 청빈함과 도의를 먼저 가르쳤던 스승이었다. 학자에게 호의호식은 몸의 나태와 게으름을 가져오고 판단력을 상실케 하는 첫 번째 악이라고 단언했다. 권력과 손잡는 일은 근친상간이나 다름없는 부도덕이라고 여기는 그였다. 그러나 그것은 페레키데스의 길이었다. 현자에게는 현자의 길이 있었다. 학자라고 모두 같은 길을 갈 수는 없기에 현자는 학파의 수장으로서 걸어온 세월 또한 충분히 의미 있는 시간이라고 자부했다. 그 시간을 헛되게 하지 않으려 때로 비장한 결단도 내렸다. 흰 수건을 적시는 붉은 피를 바라보는 현자는 학파에서 제명시킨 제자들을 떠올렸다. 상징적인 죽음이란 사실 실제적인 죽음이었다. 그들이 퍼뜨릴 말이 두려웠던 현자는 그들의 입을 막으려 죽음을 사주해왔다. 총명했던 제자, 아끼는 제자일수록 내거는 조건 또한 만만치 않았다. 디오도로스만은 달랐다. 왜곡된 진실을 공개하라고 청한 유일한 자였다. 그것이 피의 시작임을 그는 짐작조차 하지 못했으리라.

페레키데스는 끝내 절명했다. 붉은 피가 침상을 더럽혔지만 죽음에 이른 스승의 얼굴은 무구했다. 한평생 사심 없이 학자의 길을 걸어온 망자의 얼굴에 평온이 깃들었다. 현자는 스승의 장례를 치르면서, 바빌로니아 흙 서판 두 개를 스승의 돌무덤에 함께 묻어버렸다. 서판의 존재를 아는 두 사람은 바다 깊은 곳에 수장되었고, 피의 증거는 돌무덤 속에서 영원히 침묵할 것이다. 현자의 마음은 이미 자신의 위상을 드높일 무한의 수가 기다리는 그곳, 크로톤으로 향하고 있었다.

킬론의 방에 들어선 자객이 무릎을 꿇었다. 킬론이 그의 발밑에 휘장 하나를 던졌다. 열 개의 점이 피라미드 모양으로 쌓아올려진 그림, 바로 테트라크티스였다. 학파를 표시할 물건이 없겠느냐는 말에 아리스톤이 학파에서 직접 가져다준 것이었다. 빛을 뿜는 자객의 눈을 보며 킬론 부자는 그가 벙어리일지도 모른다고 수군거렸다. 단지 목소리를 듣지 못해서가 아니었다. 그는 눈빛으로 모든 질문에 대답하고 있었다.

"잔인하게. 누가 보아도 경악할 정도로."

킬론은 방을 나서는 자객에게 덧붙였다. 피는 또 다른 피바람을 몰고 올 것이다. 자객은 얼굴 표정도 없고 사람 체취도 느껴지지 않는 그림자 같은 사내였다. 과연 칼잡이라는 이름이 아깝지 않았다. 처음으로 팜필로스가 제대로 일을 해내는 것 같았다.

"네가 이번 일에 애를 많이 썼구나."

킬론은 아들에게 치하를 아끼지 않았다. 팜필로스는 사람을 시켜 니논 남매가 학도들 사이에서 구설수에 올랐다는 소문을 퍼뜨렸다. 특히 코레의 임신과 천박한 언행이 빈축을 사고 있다고 했다. 예상대로 펄펄 뛰는 니논에게 팜필로스는 끓는 기름을 부었다.

"자네 누이가 누군가. 참주이신 우리 아버지와 시민단체의 교량을 자처했던 장본인이잖아. 미움받는 것도 당연하지. 학파를 부숴놓기 위해 귀족과 시민이 손을 잡았다는 것도 공공연한 비밀이 된 지 오래라네."

외부와 소통이 단절된 학파 사람들이 바깥일을 소상히 안다는 것 자체가 불가능했지만, 니논은 팜필로스의 말을 믿었다. 팜필로스는 내친 김에 코레를 찾아가 밤길을 조심하라고 못까지 박아두었다. 모든 일을 일사천리로 끝낸 팜필로스는 마차에 타고 집을 나섰다. 적막이 감도는 밤공기가 상쾌했다. 팜필로스는 오랜만에 처녀관에서 질탕하게 놀아볼 심산으로 몸이 뜨겁게 달아올랐다.

히파소스의 머릿속이 엉킨 실타래처럼 복잡해졌다. 권력에서 빠져나오자마자 또 다른 권력에 빌붙어야 하다니. 어쩌면 모든 것은 욕망의 문제인지도 몰랐다. 학파도 사랑도 잃은 지금 은자나 범부로서의 삶은 생각하기도 싫었다. 히파소스는 또 하나의 욕망인 테아노가 불현듯 그리워졌다. 히파소스에게 디오도로스의 소식을 듣고 몸부림치며 울던 모습이 머릿속에 떠나지 않았다.

현자가 돌아올 날도 머지않았다. 비록 아리스톤에 의해 살인 용의자로 고발된 상태였으나 그를 옹호하는 귀족들이 건재한 이상, 그 위상이 하루아침에 실추되지는 않을 것이다. 시간이 촉박했다. 아리스톤도 빨리 결정을 내리라고 종용하고 있었다. 그러나 쉽게 결정을 내리지 못하는 데는 이유가 있었다. 차마 대놓고 물어보지 못했지만, 현자가 없는 틈을 타서 어떤 방법으로 학파를 장악할지 알아야 했다. 단지 잘못을 바로잡자고 시민들의 힘을 모으는 것은 아닌 듯싶었다. 킬론의 뒤를 졸졸 따라다니는 니논은 아고라 광장에서 처음 보았던 때와는 많이 달랐다. 순수한 패기로 물불 가리지 않았던 모습은 사라지고 킬론이 먹이처럼 던져준 권력의 맛에 길들여져 있었다.

히파소스는 아리스톤에게 자신의 고민을 털어놓았다. 킬론과 아리스톤이 상의한 일도 몹시 궁금하던 차였다.

"걱정을 사서 하시는군요. 킬론이 학파를 어떻게 장악하든 무슨 상관입니까? 어쨌든 학파를 통째로 사형한테 넘겨준다는데, 고맙습니다 하고 받으면 그뿐이지. 좋은 시절을 누리지도 못하고 먼저 간 디오도로스 형만 불쌍하게 된 거지요."

디오도로스의 이름에 히파소스는 속이 뜨끔했다. 어쩌면 아리스톤의 말처럼 단순하게 생각하는 게 나을지도 몰랐다. 이윽고 찾아간 킬론의 집 앞에서 히파소스는 예의 니논과 맞닥뜨렸다. 히파소스의 어깨를 노골적으로 부딪치는 태도가 불손했다. 길바닥에 가래침을 뱉으며 욕을 내뱉는 그에게서 묘한 살기가 느껴졌다. 히파소스는 그를 외면하고 실내로 들어섰다. 예상대로 킬론은 히파소스를 반갑게 맞았다.
"참주께서 제안하신 그 일 말입니다. 부족한 재주를 가진 사람이지만 임명해주신다면 그 뜻을 받들겠습니다만……."
킬론은 히파소스의 다음 말이 나오기를 느긋한 자세로 기다렸다.
"한 가지 의문 나는 점이 있습니다. 현자의 귀국 날짜가 임박한 이 시점에 참주님의 거사 계획을 알아야겠습니다."
"자네가 내 제안을 수락했다고 하니 나 또한 번거로운 수고 하나를 덜게 된 셈이로군. 새로운 수장을 찾으려고 하는 수고 말이네. 하긴 거절할 이유가 없었겠지. 자네로서는 영광이 아니겠는가. 하나 지금 자네의 질문은 엄연한 월권이라네. 내게 나름의 계획이 있지만 그것까지 자네에게 의논하고 보고할 필요가 있을까."
킬론의 얼굴이 딱딱하게 굳어졌다. 히파소스는 킬론의 수법에 이대로 말려들 수 없다는 생각이 들었다.
"참주님께서 월권이라고 받아들이셨다면 머리 숙여 사죄드리겠습니다. 하지만 아시다시피 지금 제 입장으로서는 시급한 상황이 아닙니까. 저는 현자에게 이미 죽은 자입니다. 그가 크로톤 땅을 디디기 전에 일이 끝났으면 합니다."
히파소스의 말을 듣고 킬론은 비로소 냉정한 표정을 거두고 호탕하게 웃었다. 킬론은 자세를 조금 낮추며 넌지시 말을 꺼냈다.

"현자가 크로톤에 발을 디디기 전에 거사를 마쳐야 한다는 것에는 나도 동의하네. 가장 합법적인 방법이라야 하겠지. 아니면 법을 초월한 그 무엇이든가. 그 점에 관해서는 내게 묘안이 있다네. 다만 그걸 실행하려면 자네 도움이 필요하지. 학파 생활 전반에 관해 자세히 말해주게나."

히파소스는 킬론과 한 배를 탔다고 여기며 그에게 학파 생활을 열거했다. 하루에 두 번 있는 개인 명상, 추종자와 주의자를 위한 강연 날짜와 그 과목들, 식사 및 금기, 학파의 제자들이 정기적으로 대회당에 모이는 명상 수행의 날까지 조목조목 이야기해주었다. 여기까지 말했을 때 킬론이 히파소스의 말을 잘랐다.

"대회당에 제자들이 모여서 명상하는 때가 언제라고?"

킬론의 눈꼬리가 한껏 올라갔다.

"모레입니다."

"그날 학파의 학도들이 명상 수행을 위해 대회당으로 모인다는 건가?"

"그렇습니다만……."

"어쨌든 자네는 염려하지 말고 기다리게나. 학파의 수장으로 임명한 후 자네 품 안에 현자의 아내까지 무사히 넘겨줄 테니까."

킬론의 말에 히파소스는 가슴이 뜨끔했다. 킬론이 그 일까지 알고 있으리란 생각은 미처 하지 못했다. 뭔가 덜미를 잡히고 말았다는 느낌에 히파소스는 얼굴을 붉혔다.

테아노의 낯빛이 초췌했다. 히파소스로부터 디오도로스의 죽음을 들었을 때 혼절을 했지만 전적으로 믿지는 않았다. 디오도로스를 잊게 하기 위한 거짓말일 수도 있다고 생각했다. 그러나 이제는 모든 것을 사실로 받아들여야 했다. 디오도로스의 동생이 현자를 살인 용의자로 고발한 사실이 학파에 삽시간에 퍼졌기 때문이다. 히파소스는 디오도로스가 학파 제명에 대한 충격으로 자살했다고만 했다. 그런데 디오도로스를 죽인 사람이 남편이라니. 테아노는 말할 수 없는 충격에 휩싸였다. 학파도 술렁였다. 현자의 전권을 위임받은 카리톤는 모든 것을 유언비어로 단언하고 학파의 기강을 바로잡는 데 온 힘을 기울이고 있었다. 카리톤의 내심이 궁금했다. 혹시 차기 현자 자리를 욕심내는 것은 아닐까. 카리톤은 대회당에서 열리는 침묵 수행도 다른 어느 때보다 철저하게 진행시키겠다며 만전을 기하고 있었다.

그림자의 길이가 한 자에 이르는 시각. 명상 수행의 시작이 가까웠다. 제자들이 모여들고 있을 것이다. 테아노도 준비를 서둘렀다. 테아노에게 내린 현자의 명령이었다. 현자는 애초에 테아노의 부정 따위에는 관심이 없었는지도 몰랐다. 그의 관심사는 오로지 자신의 이름과 위상뿐이었다.

테아노는 키톤 위에 망토처럼 히마티온을 둘렀다. 히마티온 자락을 두건처럼 만들어 머리까지 푹 눌러 썼다. 근신이면 충분하지 명상을 하러 대회당에까지 가야 하느냐고. 제자들이 알면 수군거릴 것이라고 필레가 투덜댔다. 현자가 남자 학도들의 스승이라면 테아노는 여자 학도들의 스승이었다. 스승이 제자들과 함께 수행을 한다는 것은 있을 수 없는 일이었지만 테아노는 잠자코 검은 베일을 둘렀다. 완벽한 위장이었다. 남자인지 여자인지도 구별이 가지 않을 정도였다.

테아노에게 여자로서의 회한은 남아 있지 않았다. 그러나 한 남자의 아내로서, 자식을 둔 어미로서는 떳떳하지 못했다. 현자의 명이 없었더라도 마땅히 명상 수행에 참석해 반성의 채찍으로 마음을 때리고 또 때렸으리라.

테아노는 머리를 숙이고 거처를 나와 대회당 뒷문으로 발걸음을 옮겼다. 회랑을 지나 대회당으로 들어서자 제자들의 모습이 하나둘씩 눈에 띄었다. 모두 고행자의 숭고함이 깃들어 있었다. 세상의 경박함과 욕망의 그림자조차 찾아 볼 수 없는 얼굴이었다. 오로지 지혜만을 갈구하는 순정한 눈빛에서 세상을 초월한 마음이 엿보였다. 오랜 세월 잊고 살았지만 초로였을 적 현자도 그랬다. 세상의 물욕과는 엄밀히 다른 학자로서의 순정함이 현자에게도 뿜어져나왔다. 테아노는 그런 현자를 사랑하지 않았지만 마음 깊이 존경했었다.

그들 부부에게 사적인 생활은 거의 없었다. 수업과 수행으로 학파를 이끌었던 현자에게 테아노는 늘 뒷전이었다. 처음에는 그런 것조차도 존경하는 마음으로 내조에 헌신을 다했다. 그러나 언제부터인가 테아노는 현자에게, 아니 남자에게 목이 말랐다. 자식을 낳은 테아노의 젊은 육체는 애욕에 눈을 뜨기 시작했다. 거기다 현자를 향해 품었던 존경 자체에도 의심이 들었다. 지혜의 순정이 변질된 채 전전긍긍하는 모습이 자주 눈에 띄었다. 그 결과가 오늘에 이른 것이다. 제자의 목숨까지 빼앗은 야욕이라니.

대회당에 가부좌를 틀고 앉은 테아노는 자신의 삶을 되돌아보았다. 디오도로스와의 부적절한 음행을 현자 탓으로만 돌리고 싶지 않았다. 시간이 지남에 따라 몸은 욕망에 길들여지고 정신은 멀어지는 것이 사랑이었다. 디오도로스가 고민하고 괴로워했던 정신세계를 테아노는 조금도 공유하지 못했다. 그녀는 자신의 육체를 찢고 태어난 아이들의 이름을 하나씩 불러보았다. 햇볕에 그을린 가무잡잡한 피부와 활발한 성격의 아들 테라우게스. 영리하고 똑똑한 맏딸 다모. 테아노는 소리 없이 눈물을 흘리며 괴로움의 찌꺼기를 가슴 깊숙한 곳으로 밀어넣었다. 머릿속으로 지중해의 물빛과 푸른 하늘이 펼쳐졌다. 어느새 그녀의 영혼은 바다를 유영하는 한 마리 물고기였다가 하늘로 비상하는 새가 되기도 했다. 마침내 아무것도 보이지 않는 그녀의 육신은 무념무상의 상태로 빠져들었다. 테아노는 심호흡을 반복했다. 비로소 몸이 공기처럼 가벼워졌다.

대회당의 명상은 첫닭이 울 때까지 계속될 것이다.

코레의 시신이 처참하게 살해되어 널브러져 있었다. 그것을 발견한 니논의 입에서는 수사자의 포효가 터졌다. 살점 하나하나를 발라내듯 난자된 코레의 몸은 눈 뜨고 볼 수가 없을 지경이었다. 솟구친 피가 천장까지 튀어서 아래로 뚝뚝 떨어졌다. 태아가 웅크리고 있을 복부에서도 태반이 훤히 드러나 꾸역꾸역 피가 쏟아졌다. 아기집은 조금의 꿈틀거림도 없이 잠잠했다. 괴한의 칼 아래 할딱거리다 끊어진 태아는 처참했다. 방은 피비린내로 진동했다.

니논의 고함에 뛰어나온 그의 아내와 아이들도 자지러지듯 소리를 질렀다. 밤사이에 일어난 일이라고는 믿어지지 않을 정도였다.

재갈 물린 코레는 그 순간에 닥친 경악과 두려움으로 천장을 향해 동공을 홉뜨고 있었다. 니논의 식구들은 새벽녘 바람결에 기척을 들었던 것도 같았다. 그러나 아무도 혼미함에 눈을 뜨지 못했다. 누군가 연기를 피우고 집 안에 들어온 게 분명했다.

식구들의 비명 소리는 온 동네로 퍼져나갔다. 사람들이 니논의 집 앞에 몰려들었다. 소식을 듣고 달려온 니코스가 사람들을 헤집고 집 안에 들어섰지만 이내 헛구역질을 해대며 고개를 돌렸다. 피투성이 코레의 시신을 가운데 놓고 울부짖는 가족들. 길길이 날뛰는 니논……. 니코스는 코레의 시신을 살피다가 손에 움켜쥔 무언가를 보았다. 무슨 옷자락 같았다. 니코스가 코레의 경직된 손가락을 하나씩 폈다. 옷자락이 아니라 휘장이었다. 피라미드 모양으로 쌓인 열 개의 점. 니코스와 니논이 익히 보았던 상징이었다.

"노인장. 이게 무엇입니까? 어서 말씀해주세요. 어서요."

부들부들 떠는 니논의 핏발 선 눈에는 광기가 번뜩였다.

"테트라크티스……"

니코스가 힘없이 그 말을 내뱉었다.

"테트라크티스라뇨? 그게 뭔지 여기 모인 사람들 앞에서 말해주세요. 전 지금 눈에 뵈는 게 없는 놈입니다요."

니코스를 다그치는 니논의 격앙된 목소리가 골목까지 쩌렁쩌렁 울렸다. 곧이어 니논은 단도를 휘둘렀다. 말을 해주지 않으면 니코스의 목이라도 따버릴 성싶었다. 밖에서 구경하던 사람들은 그 서슬에 움찔하며 저만치 물러났다.

"현자 학파의 상징이라네."

니코스는 간신히 그 말을 하고는 그 자리에 풀썩 주저앉아버렸다.

니논은 단도로 허공을 찌르며 이를 부득부득 갈았다.
"니논! 이건 모략일지도 몰라. 학파 사람이 일을 저지르고 저걸 떨어뜨렸다는 게 말이 안 되잖나."
"아니야. 코레가 범인의 것을 꼭 쥐고 죽은 거라고. 놈이 정신이 없어 그걸 모르고 도망간 게 틀림없어."
집 밖에 있던 시민단체 청년 둘이 각기 소리를 질렀다.
"누구든 학파를 두둔하는 놈은 내 칼에 죽을 것이다! 우리가 그들을 먼저 처단했어야 했다. 한발 늦은 것이 뼈에 사무치는 한이다. 이제 참주의 명령 따위는 필요 없다. 피는 피로 갚을 것이다!"
니논은 코레의 시체를 부둥켜안고 분연히 몸을 일으켰다. 붉은 피가 떨어지는 임신부의 시신이 니논의 양팔에 축 늘어졌다. 니논은 시신을 쳐들고 집 밖으로 나갔다. 그의 손에는 테트라크티스가 그려진 휘장이 들려 있었다. 피 묻은 휘장은 사람들의 감정을 격앙시키는 선동의 깃발처럼 나붓거렸다.
"현자의 학파는 살인마다! 처참한 내 누이의 죽음이 그걸 말해주고 있다. 모두 횃불을 들고 나를 따르라! 내 누이를 이렇게 만든 학파로 쳐들어가자!"
시신을 본 누군가 머리를 쥐어뜯으며 큰 소리로 울부짖었다. 그것이 도화선이 된 듯 삽시간에 여인들이 거리로 뛰어나와 산발한 채 통곡했다. 광분한 사내들도 횃불을 들고 니논의 뒤를 따랐다. 저잣거리는 순식간에 아수라장으로 변했다. 니논이 구불구불 이어지다가 하나로 합쳐지고 다시 나뉘는 좁은 골목을 하나씩 통과할 때마다 그를 따르는 무리가 점점 늘어났다. 시민단체 사람들도 속속 모여들기 시작했다. 피를 본 사람들의 흥분이 극에 달했다.

견고한 정문이 부서지자 새벽을 맞은 학파에는 일대 소란이 일었다. 우왕좌왕하는 학도들은 대책 없이 밀려오는 폭력 아래 맥없이 쓰러졌다. 횃불을 든 무리는 건물 여기저기에 불을 놓았다. 학도들은 도망을 치느라 뿔뿔이 흩어졌다. 코레의 시신을 어깨에 걸친 니논은 피 맛을 본 한 마리 맹수처럼 으르렁거리며 학파 곳곳을 휩쓸고 다녔다.

───

대회당 안으로 매캐한 연기가 스며들었다. 무념무상의 경지에 빠져 있던 제자들이 잔기침을 토하다가 이윽고 하나둘 눈을 떴다. 이미 불길이 회당의 기둥과 문틈으로 붉은 이빨을 들이밀었다. 그제야 정신을 차린 테아노도 곳곳에서 넘실거리는 불꽃을 보았다. 수십 명의 제자들이 한꺼번에 밖으로 나가려고 아우성을 치고 있었다. 저들이 과연 조금 전까지 명상 수행을 하던 사람들이었을까 의아할 정도였다. 제 몸 하나 살기 위해 학우를 짓밟거나 밀쳐가며 통로 쪽으로 몰려가는 사람들 사이에서 테아노도 허겁지겁 사방을 두리번거렸다. 사람들 틈바구니에서 간신히 길이 뚫렸다. 그때 누군가 테아노를 확 밀쳤다. 카리톤이다. 그의 눈은 불길처럼 활활 타오르고 있었다. 카리톤은 필사적으로 가슴께를 움켜쥐고 있었다. 테아노는 카리톤의 키톤 사이로 두루마리 비슷한 것을 보았다. 저게 무엇일까? 테아노는 그에게 밀쳐지는 순간 잠깐 생각했지만 곧 정신이 혼미해졌다. 금세 사람들이 끼어들었고 테아노는 통로로부터 점점 멀어졌다.

자욱한 연기와 불길이 회당 안을 무섭게 장악했다. 앞이 보이지 않았고 눈을 뜰 수조차 없었다. 불기둥이 치솟자 천장이 무너져 내리면서 불똥이 허공에 마구 튀었다. 미처 피하지 못한 사람들이 바닥에 쓰러져 사지를 버둥거렸다. 외마디 비명이 화염과 연기 사이로 터졌다. 빠르게 번지는 불꽃은 버둥대는 사람과 기물을 단숨에 집어삼켰다. 화염은 시커먼 연기를 순식간에 토해내며 재를 높이 날렸다.

테아노의 몸도 불길에 휩싸였다. 금빛 머리카락과 살굿빛 피부가 시커멓게 눌어붙었다. 숨통이 조여오자 비명조차 나오지 않았다. 아이들의 이름만 입안에서 소용돌이칠 뿐이었다. 목구멍과 눈으로 피가 왈칵 솟아올랐다. 폭도들의 함성이 붉은 불길과 함께 대회당을 뒤흔들었다. 그때 테아노의 눈에 한 마리의 부나방이 보였다. 불꽃을 향해 제 한 몸을 날리는 날갯짓으로 다가오는 사람이 있었다.

"테아노! 테아노!"

금빛 날개가 검은 연기를 뚫고 펄럭였다.

히파소스가 테아노를 발견했을 때 그녀는 이미 손을 써볼 수도 없을 만큼 망가져 있었다. 히파소스는 히마티온을 벗어 테아노의 몸에 붙은 불길을 끄고 그녀를 들어올렸다. 순간 히파소스의 눈앞에 학파 생활을 캐묻던 킬론의 얼굴이 스쳐 지나갔다. 명상 수행에 맞춘 민중의 난폭한 봉기. 이 모든 것이 킬론의 음모 아래 각색된 향연이었다.

히파소스는 사방을 둘러보지만 통로는 막혀 있었고 점점 부풀어 오르는 화염이 해일처럼 앞을 막아섰다. 불 속에 갇힌 히파소스는 그 자리에 주저앉았다. 온몸을 둥글게 말아 테아노를 감싼 히파소스는 새까맣게 타들어간 머리카락을 쓰다듬었다. 그 아름답던 초록색 눈에서 붉은 피가 흘러내렸다. 히파소스는 가슴이 찢어지는 고통으로 울부짖었다. 힘껏 테아노를 끌어안은 히파소스는 그녀의 가슴에 귀를 대보았다. 가느다랗게 뛰는 심장 소리가 들렸다. 고개를 들어 빠져나갈 곳을 살펴보았지만 주황색 불꽃이 빙 둘러 넘실거리고 있을 뿐이었다. 다시 고개를 숙여 아직 형태가 남아 있는 그녀의 입술에 입을 맞추는 히파소스의 얼굴에 잠시 평안함이 깃들었다. 그때 붉은 화염이 송곳니를 곤두세우고 그의 등을 덮쳤다. 눈 깜짝할 사이였다. 두 사람의 육체는 불길 속에 화르륵 타올랐다. 이윽고 대회당이 요란한 굉음과 불꽃을 뿜으며 무너졌다. 시커먼 연기가 크로톤의 하늘을 뒤덮었다.

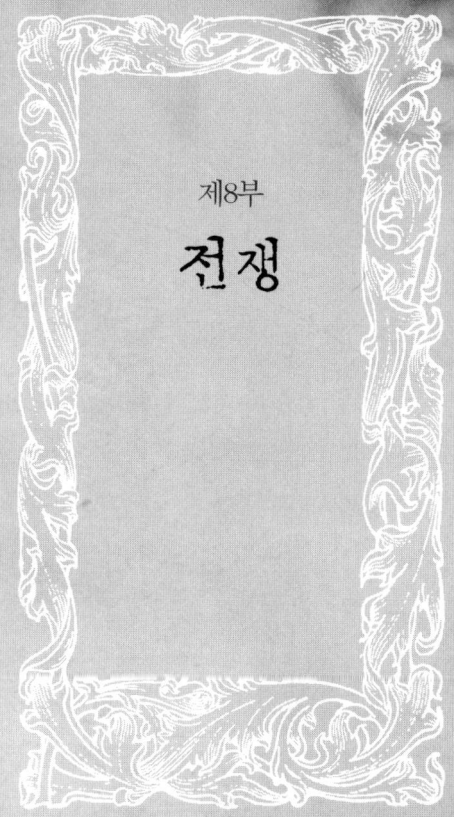

제8부
전쟁

어느 쪽이 진실인지 우리의 능력으로 판단할 수 없을 때는 가능성이 가장 큰 쪽을 택해야 한다. 이것만은 분명한 진실이다.

르네 데카르트 Rene Descartes (프랑스의 철학자이자 수학자)

 시커멓게 타버린 대회당은 살점을 다 뜯긴 짐승의 잔해 같았다. 주춧돌이 내려앉고 뼈대만 남은 기둥들이 무너질 때마다 검은 부스러기가 사방에 날렸다.
 헬라스 본토는 대규모의 병사를 투입해 광분한 폭도들을 진압했지만 폭동을 잠재우는 데만 이틀 밤 이틀 낮이 걸렸다. 재구덩이에서 꺼낸 수많은 시신은 형태조차 알아보기 힘들었고, 이오니아 해 곳곳에서 내로라하는 집안들의 휘장이 걸린 배가 연일 크로톤 항구에 닿았다. 분노한 귀족들은 용병까지 데려와 전쟁도 불사하겠다고 나섰고, 이로 인해 크로톤은 또 한 번 아수라장이 되었다. 참주의 위치로, 자연히 사태를 수습하는 최전선에 선 킬론은 니논을 지목했다. 내란 죄, 방화 죄, 학도들을 살해한 죄……. 셀 수 없을 정도의 죄명이 붙어 아고라 광장으로 붙들려온 니논은 결박된 채 성난 유족들 앞에 섰다.
 아리스톤은 아고라 광장이 멀리 내려다보이는 디오도로스의 무덤에 올랐다. 유족들이 앞 다투어 던진 돌에 니논의 살이 찢어지고 피가 터지고 있었다.

 정신을 잃은 니논의 몸은 사지가 네 갈래로 찢어지는 형벌에 처해졌고, 조각난 시신은 아고라 광장에 설치된 나무꼬챙이에 매달렸다. 끔찍한 처형이었지만 다시 크로톤을 혼란에 빠뜨리는 자는 니논과 똑같은 방법으로 처형할 것이라는 정부의 엄중한 경고 앞에 어떤 반대 여론도 있을 수 없었다. 하층시민들부터 귀족들과 군대, 정부 관료들까지, 그저 쉬쉬하며 제 몸 사리기에 급급한 분위기였다.

 현자가 크로톤에 닿았는지는 알 수 없었다. 비슷한 사람을 보았다는 말이 끊임없이 돌았지만 제자를 제외하고는 그의 얼굴을 아는 사람이 드물 터였다. 크로톤 정부도 현자를 보호한다는 명목으로 백방으로 찾았지만 그는 힘없는 늙은이에 불과했다. 그가 폭도들 발길에 치어 죽었다 해도 성대한 장례나 치러주면 그뿐이었다. 몸을 숨겨 망명하더라도 여생을 은둔자로 살아갈 현자가 크로톤에 영향력을 미치기는 힘들 것이었다.

 킬론에 의해 새로운 학파의 새로운 수장이 천거되었다. 청강자 시절 아리스톤을 지도했던 카리톤이었다. 그는 현자의 아이들을 데리고 학파의 자료들 중에서도 가장 귀한 것만 가지고 몸을 피했다고 했다. 카리톤이라면 귀족회의에서도 이견이 없을 것이다. '히파소스의 수'가 담긴 비밀 문서까지 손에 쥐었으니 또 한 사람의 현자가 되어 그것을 자신의 발견인 양 발표할 것이다. 아리스톤은 아무래도 상관없었다.

아리스톤이 찾아갔을 때 킬론은 개인 목욕탕에서 반 나신인 하녀들의 시중을 받고 있었다. 나른한 눈빛의 킬론은 제 배를 다 채우고 햇볕을 즐기는 포식자처럼 느긋했다. 아리스톤을 안에 들이는 데도 엄청나게 시간을 끌었다.

"무슨 일인가?"

아리스톤은 김이 오르는 탕 속의 물을 손가락으로 천천히 저었다.

"참주님은 이 물이 물로 보이십니까?"

"그럼 물이 물이지. 불이겠는가. 자네도 여기까지 왔으니 함께 목욕이나 즐기지 그래."

아리스톤은 물을 움켜쥐는 척하며 물방울을 튕겼다. 얼굴을 훔치는 킬론의 안색이 달라졌다.

"이게 뭐하는 짓인가?"

"저는 피로 보여서요. 피로 하는 목욕이라, 그것도 괜찮겠습니다."

킬론은 수건을 받아 하반신을 감싸고는 탕 밖으로 나왔다.

"할 말이 있어서 찾아온 거 같군."

"참주님도 알고 계시겠지요. 대회당에서 히파소스와 테아노가 죽은 일을."

"세상이 다 아는 일 아닌가. 테아노가 그 대회당에 있었는지 알 수 없는 일이었고, 또 히파소스가 거길 뛰어들 거라는 생각까지 어찌 할 수 있었겠나. 미친 폭도들의 손에 죽은 자가 그 두 사람만은 아니지 않는가. 썩은 거목을 뽑을 때 근처의 초목이 밟히고 꺾이는 것은 어쩔 수 없지. 자네 앞날을 생각해서라도 더 이상은 거론하지 않는 게 좋을 거야."

아리스톤은 팔짱을 끼고 둥근 탕 주위를 한 바퀴 빙 돌았다.
"아, 제가 지금 참주님께 히파소스와 테아노의 죽음에 대한 책임을 추궁하는 것은 아닙니다. 크로톤에 있었던 피의 향연, 그 뒤에서 그것을 각색한 사람이 누구였는지 제가 알고 있다는 말씀을 드리기 위해서입니다."
킬론의 얼굴은 뜨거운 수증기와 땀으로 번들거렸다.
"그래서? 지금 날 협박하는 건가."
"저도 어차피 이 일에 일조한 사람인데 협박이라니요. 이 일로 참주님은 잃은 것 없이 학파를 손아귀에 움켜쥐셨습니다. 그에 비해 저는 잃은 것만 너무 많지 않습니까. 저는 정식으로 현자의 죄를 묻고자 했을 뿐, 명망 높으신 참주께서 학파 전체를 푸줏간으로 만드실 줄은 몰랐습니다."
아리스톤은 명치 끝에 감도는 고통을 감추려 주먹을 움켜쥐었다. 킬론의 호탕한 웃음소리가 돌로 만들어진 천장과 벽에 반사되어 울렸다.
"귀족회의 복귀로는 성에 차지 않는다 그 말이로군. 내 자리를 넘겨줘야 하겠는가."
아리스톤은 킬론 옆에 바짝 다가가 속삭였다.
"네, 바로 그것입니다. 참주님의 자리를 제게 주십시오. 그 정도는 되어야지 제 입을 닫으실 수 있지 않겠습니까. 어떻습니까."
킬론의 입이 묘하게 일그러졌다.
"그렇게 알고 돌아가겠습니다."
"시민단체 사람들이 아고라 광장에서 현자 석상을 가지고 처형식을 한다는군. 원한다면 자네도 가서 칼을 꽂지 않겠나?"

아리스톤의 등 뒤로 킬론의 낮은 목소리가 울렸다. 목욕탕을 빠져 나오는 아리스톤의 두 눈에 눈물이 흘러내렸다.

⁂

현자가 탄 배가 크로톤 항구에 닿았다. 소자에게 짐을 들려 보낸 현자는 심호흡을 하며 크로톤의 바다 내음을 들이켜고 하늘을 올려 다보았다. 늘 청명하던 코발트빛 하늘에 회색 먼지가 두텁게 끼어 있는 것 같았다. 공기에서도 그가 익히 알고 있던 것과는 다른 맛이 났다. 현자는 고개를 갸웃거리며 마른 얼굴을 손바닥으로 훑었다. 여독으로 인해 몸이 피로해진 것일 테지. 현자는 긴 여행길에서의 초라한 옷차림을 고치지 않은 채로 긴 막대에 의지해 학파 정문 쪽으로 발을 옮겼다. 막 언덕을 넘어갔을 때 탄내가 와락 끼쳐 살펴보니 폐허가 펼쳐져 있었다. 위용을 자랑하던 대회당이 서 있던 바로 그 자리였다. 현자는 그 자리에서 얼어붙었다. 아고라 광장 쪽에서 함성이 들렸다.

"살인자 현자를 죽여라!"

"현자를 화형에 처하라!"

현자는 언덕을 내려와 인파를 헤집고 들어갔다. 아고라 광장 중앙에 버티고 서 있는 것은 자신의 모습을 새긴 석상이었다. 다른 점이 있다면, 그것이 놓이기로 되어 있던 대리석 바닥 위가 아닌, 짐승의 피가 낭자한 광장에서 쇠사슬로 묶여 돌 세례를 받고 있다는 것이었다. 창에 찍힌 듯한 자국도 보였다. 현자는 자신의 몸을 팔로 감쌌다. 구호를 외치는 사람들의 표정은 하나같이 살기로 번뜩였다. 긴 여정으로 야위고 초췌해진 몰골이 자애로운 미소를 띤 석상과 닮지 않아 다행이었으나 현자는 자신도 모르게 고개를 숙였다.

"이보시오, 노인장. 혹시 현자라는 작자를 본 적이 있소이까."

옆에서 곡괭이를 한껏 치켜세운 이가 물었다. 현자는 완강하게 도리질을 했다.

"나같이 무지한 늙은이가 왕 대접 받으며 호사했던 그자의 얼굴을 어찌 볼 수 있겠소. 그놈을 만나면 내가 먼저 요절을 낼 거요."

현자의 맞장구에 그는 호기롭게 웃었다.

"암요. 머릿속에 먹물깨나 들었다 하여 크로톤에서 무려 사십 년이나 행세하지 않았습니까요. 사십 년 전이면 난 세상에 태어나지도 않았을 때라니까요. 그 오랜 세월 권세를 쥐고 흔들며 사람을 몇이나 죽였다니 말이나 됩니까. 그는 현자도 뭣도 아니고 늙은 살인마 악귀일 뿐이외다. 자, 노인장도 여기 계신 이상 남아 있는 힘을 다해 외치셔야 할 겁니다."

누군가 다시 구호를 외쳤다. 현자는 제자들과 아이들이 걱정되었지만 누구를 붙들고 물어볼 처지가 아니었다. 석상에 창과 칼과 돌이 내리꽂혔다. 현자도 비척거리며 구호를 따라 외치고 돌을 던졌다. 살인자 현자를 죽여라!

에필로그

아무런 연고도 없는 아리스톤이 나타나 니코스의 임종을 지켰지만 그를 알아보는 사람은 없었다. 귀족회의에 복귀했으나 얼마 견디지 못하고 도망치듯 크로톤을 빠져나와 세상을 떠돈 지 오 년의 세월이 지난 탓이었다. 그동안 크로톤은 과거의 영광도 상흔도 잊은 듯 말끔히 달라져 있었다. 새로운 참주를 맞아 전혀 다른 권력이 지배하고 있었고, 카리톤이 이끈다는 학파도 명성이 예전 같지 않은 모양이었다. 킬론은 아들과 함께 숙청당했다고 했다.

니코스의 장례를 치르고 붓다의 땅 인도를 향해 떠난 길에서 아리스톤은 마야라는 이름의 여인을 만났다. 보잘것없는 집안에서 태어나 종으로 팔려가는 길에 도망쳤다고 했지만, 하층시민답지 않게 눈이 깊고 지혜로운 여자였다. 아리스톤은 까막눈이라는 마야에게 글과 수학을 가르쳤고, 모든 지식을 놀라울 정도로 빠르게 받아들이는 그녀와 밤이 깊도록 토론을 이어가곤 했으며, 곧 사랑에 빠졌다.

마야는 아이를 가졌다. 아리스톤은 마야가 몸을 풀 때까지 유목민의 마을에 잠시 머물러 그들에게 수학을 가르쳤다. 높은 모자를 쓰고 발등을 덮는 가죽신을 신은 유목민과 어울리면서 아리스톤은 그들의 공예술과 금속을 다루는 재주에 놀랐고, 그곳에 정착할 계획을 세우기도 했다. 그러나 아기를 돌보던 유모가 마야의 꾸러미에서 찾았다는 리넨 모포를 본 아리스톤은 뒤도 돌아보지 않고 길을 떠났다. 테트락티스 문양이 거기에 있었다.

길 위에서 보낸 십 년의 세월. 사람들은 아리스톤을 헬라스의 숨겨진 현인이라고 불렀지만 아리스톤은 스스로 망나니라고 칭했다. 그는 한데서 잠을 잤고 거친 음식만 먹었으며 가르침의 대가로 어떤 것도 받으려 하지 않았다.

그는 죽음에 임박해서야 고향 크로톤을 다시 찾았다. 형 디오도로스와 사형 히파소스, 그리고 현자의 수학적 발견에 대한 기록을 집필하기 위해서였다. 크로톤에서 아리스톤을 기다린 것은 한때 다모였고 마야라는 이름으로 살아간 아내의 무덤이었다.

크로톤으로 돌아온 다모는 그곳에서도 마야라는 이름으로 살인마이자 현자였던 아버지에 대한 자료를 모았고, 그의 생애에 대한 연민의 기록을 남겼다. 아리스톤은 마야가 남긴 기록까지 집대성한 방대한 서책을 집필했다. 수학을 철학의 영역으로 끌어올린 현자와 그 학파의 학문적 성과가 어떤 식으로 남겨질지 알 수 없었지만 판단은 후대의 몫이라고 여겼다. 아리스톤은 아내 마야와 이름을 알 수 없는 아이의 무덤을 마지막까지 지켰고, 그곳에서 죽었다.

그 밖의 사실들

　크로톤을 빠져나온 현자는 그곳에서 남서쪽으로 약 100킬로미터 지점에 있는 카울로니아로 몸을 피했다고 한다. 카울로니아에서 로크리까지 육로로 걸어갔으나 로크리의 최고 연장자가 나와 그를 정중히 거절했다. 현자는 발길을 돌려 타렌툼으로 가는 배를 탔지만 그곳의 반응도 냉담하기만 했다. 마지막으로 메타폰툼을 찾았지만 거기서도 현자와 그의 추종자들을 반대하는 소요가 일어났다. 그의 학파를 반대하는 저항은 남부 이탈리아 전역으로 퍼져나갔다.
　현자는 치외법권의 성역인 뮤즈 여신들의 사원으로 간신히 몸을 피할 수 있었다. 현자는 밖으로 나가지도 못하고 사원 내부에 꼼짝없이 갇히게 되었다. 치외법권이 폭도로부터 현자를 지켜주긴 했지만 먹을 것이 없었다. 현자는 그 속에서 여러 날을 굶주리다가 결국 최후를 맞이하게 되었다. 당시 현자의 나이는 거의 백 살에 가까웠다고 한다. 그의 시신은 메타폰툼에 묻혔다고 전해지지만 오늘날까지도 무덤의 위치는 확인되지 않고 있다.
　다른 설에 의하면 현자는 폭도를 피해 달아나다가 체포되어 살해당했다고도 한다. 그 외에도 그의 죽음에 대한 여러 설이 있다. 그러나 그는 죽음 앞에서 아르키메스처럼 초연했던 것으로 전해지고 있다.
　현자는 부처와 동시대에 살았던 인류 최초의 지식인이고 그리스에 철학의 꽃을 피우게 한 장본인이기도 하다. 수학과 음악, 철학,

천문학에 걸친 그의 연구는 갖가지 비의와 더불어 누대에 걸쳐 길이 기록되었고, 후에 플라톤과 아리스토텔레스는 그들의 성과를 현자 학파의 공으로 돌리기도 했다.

오늘날 그리스의 사모스 섬에는 신처럼 추앙받았으나 끝내 신이 되지 못한 현자 피타고라스의 동상이 직각삼각형 모양의 조형물과 함께 솟아 있다.

사모스 섬의 피타고라스 동상

작가의 말

문학은 내게 아름다운 독이다.

어릴 적 나도 꿈을 꾸었다.
그러나 나의 꿈은 막연했고 현실과는 동떨어진 것이었다. 그저 방 안 가득 책을 쌓아두고 읽고 또 읽는 나를 상상하는 일만은 즐거웠다. 그곳은 책의 감옥이었고 나는 수인이었다. 내가 꿈꾸던 그곳에서 문학은 아름다운 독으로 자라나 서서히 퍼져갔는지 모른다.

무리수를 발견한 히파소스를 피타고라스학파가 우물에 빠뜨려 죽였다.
어느 날, 수학 참고서적에서 발견한 이 한 줄의 글이 나를 기원전 6세기의 그리스로 데려갔고, 나를 전율하게 했다. 산더미 같은 자료들 속에서 이천오백 년 전, 먼 나라의 사람들에게 살이 붙고 피가 돌았다. 그리고 그들의 이야기가 내 속에서 아우성치기 시작했다. 이 글에서는 많은 것이 허구이다. 피타고라스와 히파소스, 니논, 다모 등의 실존 인물도 있고 디오도로스와 아리스톤, 니코스, 코레 같은 허구의 인물도 있다. 그러나 소설 속에 뒤섞이면서 지금 내게는 모두가 허구 같고 또 모두가 사실 같다. 아마 그 둘 다일 것이다.

처음에 나는 작가가 소설 속 인물들을 창조하는 것이라 생각했다. 인물들에게 이름 하나를 붙일 때도 수없이 망설였고 빈약한 글재주를 원망했지만, 결국 그 인물들과 함께 울고 웃고 사랑하고 증오하고 번민하며 작가는 오직 그들을 관찰하고 삶의 궤적을 기록해나가는 관찰자임을 깨달았다. 그들이 어디를 가야 할지 두리번거리고 번민할 때마다 나 또한 도서관 화장실에 머리를 처박고 울었다. 밤이 깊어서야 도서관을 나오며 어두워진 하늘을 볼 때마다 머리가 핑 도는 어지러움을 느꼈지만, 그 순간이 참으로 행복하고 즐거웠다. 그렇게 여러 달이 흘러 독으로 만든 나의 첫 세상이 팔과 다리를 버르적거리며 아주 서툴게 걸음마를 떼기 시작했다. 그리고 이 년여의 수정을 거쳐 나만의 세상이 독자들의 세상과 만나게 되었다. 무서울 정도로 황홀한 일이다.

운명.
별로 좋아하지 않았지만 요즘 자주 떠올리는 말이다. 《천 년의 침묵》은 내가 여태까지 만든 어떤 흔적보다 힘 있고 강렬한 발자취가 되었다. 신이 나로 하여금, 책의 감옥에서 나와 비로소 세상에 흔적을 만들게 하려고 작정하셨던 것이 아닐까. 이제 나는, 다시 먼 훗날의 꿈을 꾼다. 미래의 어느 순간에 지금의 발자취가 참으로 멋진 시작이었노라고 말할 수 있기를 바라며.

  내 뜨겁고 깊은 감사의 첫인사는 조동선 선생님께 드린다. 선생님을 만난 것은 내가 문학을 소망했던 날들 중 최대의 행운이었기 때문이다. 그분은 내게 소설과 함께 소설가의 자세까지 가르쳐주신, 거대하고 아름다운 스승님이다. 세상 누구보다 소설을 사랑하는 장편반과 화요반 문우들에게 고맙다는 말을 전한다. 끊임없는 실패를 도전의 새 힘으로 만들어가는 그들과 함께할 수 있어서 앞으로도 나는 외롭지 않을 것이다. 부족한 작품을 세상에 나올 수 있게 해주신 여섯 분의 심사위원과 조선일보사에 감사드린다. 마지막으로 책이 출간되기까지 많은 격려를 해주신 김영사 박은주 사장님과 수고를 아끼지 않은 편집부에도 감사드린다.

2010년 1월

이선영

| 참고 문헌 |

《감동하는 수학》, 사쿠라이 스스무 지음, 홍성민 옮김, 웅진윙스
《거침없이 빠져드는 역사 이야기 -경제학 편》, 황유뉴 엮음, 이지은 옮김, 시그마북스
《거침없이 빠져드는 역사 이야기 -고대 국가편》, 인쑤린 엮음, 이지은 옮김, 시그마북스
《거침없이 빠져드는 역사 이야기 -정치학 편》, 콩신펑 엮음, 정우석 옮김, 시그마북스
《거침없이 빠져드는 역사 이야기 -철학 편》, 공원 엮음, 최옥영 옮김, 시그마북스
《고대세계의 위대한 발명 70》, 브라이언 M 페이건 외 지음, 강미경 옮김, 랜덤하우스
《고대 그리스의 일상생활》, 로베르 플라실리에르 지음, 심현정 옮김, 우물이 있는 집
《고대사회》, 루이스 헨리모건 지음, 최달곤, 정동호 옮김, 문화문고
《그리스인 이야기》, 타임라이프 북스 지음, 신현승 옮김, 가람기획
《무한의 신비》, 애머 액절 지음, 신현용, 승영조 옮김, 승산
《서양건축이야기》, 빌 리제베로 글, 그림, 오덕성 옮김, 한길아트
《서양복식사》, 이정옥, 최영옥, 최경순 지음, 형설출판사

《서양철학사》, 스털링 P.램프레이트 지음, 김태길, 윤명로, 최명관 옮김, 을유문화사
《수학귀신》, H. 엔첸스베르거 지음, R. 베르너 그림, 고영아 옮김, 비룡소
《수학 비타민 플러스》, 박경미 지음, 김영사
《수학사》, Howard Eves 지음, 이우영·신항균 옮김, 경문사
《수학사 가볍게 읽기》, 샌더슨 스미스 지음, 황선욱 옮김, 한승
《수학의 스캔들》, 테오니 파파스 지음, 고석구, 이만근 옮김, 일공일공일
《수학의 역사 上》, 칼 B. 보이어, 유타 C. 메르츠바흐 지음, 양영오·조윤동 옮김, 경문사
《수학역사 퍼즐》, 후지무라고자부로, 다무라사부로 지음, 김관영, 유영호 옮김, 전파과학사
《신화 속 수학이야기》, 이광연, 경문사
《앵무새의 정리》, 드니 게디 지음, 문선영 옮김, 끌리오
《0의 발견》, 요시다 요이치, 정구영 옮김, 사이언스북스
《이야기 그리스 철학사》, 루치아노 데 크레첸조 지음, 현준만 옮김, 문학동네
《재미있는 수학여행 —수의 세계》, 김용운, 김용국 지음, 김영사
《중학교 수학 9-나》, 강행고 외 8명 지음, (주)중앙교육진흥연구소
《지중해의 영감》, 쟝 그르니에 지음, 청하

《피타고라스가 보여주는 조화로운 세계》, 이광연, 프로네시스
《피타고라스를 말한다》, 존 스트로마이어, 피터 웨스트브룩 지음, 류영훈 옮김, 퉁크
《피라미드에서 수학을 배우자》, 나카다 노리오 지음, 황소연 옮김, 이지북
《피라미드의 바지》, 마거릿 버트하임 지음, 최애리 옮김, 사이언스북스
《한권으로 읽는 세상과 세계사》, 박경민, 출판의 바다